初學

阿拉伯文

文法

利傳田 著

前 言

　　阿拉伯文屬西亞閃族語系，阿拉伯文顧名思義，就是阿拉伯人所使用的語言與文字。目前這種語文被使用於亞洲的阿拉伯半島以及北非約 3 億人口的阿拉伯國家，阿拉伯文也是現今 22 個阿拉伯國家的官方語言與文字，1974 年以後，聯合國把阿拉伯文也列為聯合國大會的語文。

　　使用阿拉伯語文的阿拉伯人分佈廣闊，所以，阿拉伯人除了這種官方語文之外，還有各地的方言。現今阿拉伯人常使用的阿拉伯文只有一種，那就是標準阿拉伯語文。但阿拉伯人所說的阿拉伯語則有兩種；一種是標準阿拉伯語，另一種是阿拉伯方言。

　　標準阿拉伯語文，是語言也是文字，說的跟寫的一樣，也就是說，報章、雜誌、書籍所使用的文字，也是在正式場合所使用的語言。

　　至於阿拉伯方言，則各國甚至各地區的阿拉伯人所說的都不盡相同，方言通常只能說，很少人把它寫出來。

　　一個精通阿拉伯文的人，不但要學好標準的阿拉伯語文，也要聽得懂各國或各地區的阿拉伯方言，所謂「嘴巴要能說標準的阿拉伯語，耳朵要聽懂最黑的方言」，當然，這需要時間，尤其方言只能到當地才學得到。

　　作者本人在國立政治大學阿拉伯語文學系，從事阿拉伯語文教學 30 年，本人深深體會，語文除了到當地自然學習之外，若非在當地學習，則了解文法是必要的，因為有了完整的文法觀念，才能寫得出好的文章以及說出好的言語。

　　本書所提供的是標準阿拉伯語文的常用文法概念，也是學習阿拉伯文者必須了解的基本文法。為使初學者容易理解，本書都使用簡單、常用的單字或句子當例句來說明文法概念，希望讀者能從中獲益，學好阿拉伯語文。本書顧名思義，僅提供初學者使用，要更進階阿拉伯文文法，尚須參考其它阿拉伯文文法書籍，尤其是阿拉伯文原文文法。

　　本書分兩大部分，第一部分為阿拉伯文介紹，讓初學者認識阿拉伯文的字母、讀法、寫法、音標、標點符號、數字、冠詞。第二部份則是文法部分，由淺漸進，學習基礎又必要的文法觀念。本書最後附有附錄，讓學生記住星期、月份的說法，以及把文法觀念綜合整理，最後是阿拉伯文動詞變化表，學習者若遇到不會變化的動詞，可以把這些表格當參考，反覆練習，熟能生巧。

　　本書能順利出版，要感謝目前就讀於美國哈佛大學的叢培臻同學幫忙校對，也要感謝秀威資訊科技股份有限公司的協助，更要感謝國立政治大學阿拉伯語文學系林建財老師在本書出二版時不吝給予修訂與指正。

目　次

前　言 3

◀第一部份▶　認識阿拉伯文
　　　　　　　（التَّعَرُّفُ عَلَى اللُّغَةِ الْعَرَبِيَّةِ ）.................11

　第 一 章　阿拉伯文字母（الْحُرُوفُ الأَبْجَدِيَّةُ ）.........................11
　第 二 章　阿拉伯文字母的寫法（طَرِيقَةُ كِتَابَةِ الْحُرُوفِ الأَبْجَدِيَّةِ）...14
　第 三 章　阿拉伯文字母的讀法（أَصْوَاتُ الْحُرُوفِ الأَبْجَدِيَّةِ）.........18
　第 四 章　阿拉伯文音標（الْحَرَكَاتُ ）....................................20
　第 五 章　阿拉伯文冠詞（حَرْفُ الْ لِلتَّعْرِيفِ ）..........................25
　　　　　第一節　太陽字母與月亮字母（الْحُرُوفُ الشَّمْسِيَّةِ وَالْقَمَرِيَّةِ ）...25
　　　　　第二節　冠詞的讀法（ طَرِيقَةُ قِرَاءَةِ الأَسْمَاء الْمُعَرَّفَةِ بِـ الْ ）...25
　第 六 章　阿拉伯文數字與標點符號（الْعَدَدُ وَالْعَلَامَاتُ）..............28

◀第二部份▶　阿拉伯文文法
　　　　　　　（ الْقَوَاعِدُ الْعَرَبِيَّةُ ）...............................31

　第 一 章　詞類（ أَقْسَامُ الْكَلِمَةِ ）......................................31
　第 二 章　字的格位與音標變化（ الإِعْرَابُ في العربية ）..............33
　第 三 章　固定尾音與變化尾音（ الإِعْرَابُ والْبِنَاءُ في الْعَرَبِيَّةِ ）.......35
　第 四 章　動詞時態（تَقْسِيمُ الْفِعْلِ باعْتِبَار زَمَنِهِ ）......................38
　第 五 章　名詞的陽性與陰性（الاسْمُ الْمُذَكَّرُ وَالْمُؤَنَّثُ ）...............39
　第 六 章　名詞的數（ الْمُفْرَدُ وَالْمُثَنَّى وَالْجَمْعُ ）.......................44
　第 七 章　健全名詞與不健全名詞（ الاسْمُ الصَّحِيحُ وَالاسْمُ الْمُعْتَلُّ ）...47

第 八 章　人稱代名詞（الضَّمِيرُ）.. 52

第 九 章　指示代名詞（اسْمُ الإِشَارَةِ）.. 59

第 十 章　確定名詞與非確定名詞（الْمَعْرِفَةُ وَالنَّكِرَةُ）................. 62

第 十一 章　名詞的正偏組合（الإِضَافَةُ）....................................... 64

第 十二 章　五個特殊名詞（الأَسْمَاءُ الْخَمْسَةُ）............................. 67

第 十三 章　虛詞（الْحَرَفُ）.. 69

　　　　第一節　介系詞（حَرْفُ الْجَرِّ）.. 69

　　　　第二節　時間地點副詞（ظَرْفُ الزَّمَانِ وَظَرْفُ الْمَكَانِ）...... 77

第 十四 章　名詞句與動詞句（الْجُمْلَةُ الاسْمِيَّةُ والْفِعْلِيَّةُ）......... 80

　　　　第一節　主語與述語（الْمُبْتَدَأ وَالْخَبَرُ）....................... 81

　　　　第二節　倒裝名詞句（الْجُمْلَةُ الاسْمِيَّةُ الْمَقَلُوبَةُ）........... 84

第 十五 章　كَانَ 及其姐妹字（كَانَ وَأَخَوَاتُهَا）.......................... 85

第 十六 章　إِنَّ及其姐妹字（إِنَّ وَأَخَوَاتُهَا）............................. 90

第 十七 章　動詞句（الْجُمْلَةُ الْفِعْلِيَّةُ）...................................... 92

第 十八 章　主動語態與被動語態與命令式（الْفِعْلُ الْمَعْلُومُ والْمَجْهُولُ وَفِعْلُ الأَمْرِ）.... 95

第 十九 章　命令式動詞的形成（صِيَغُ فِعْلِ الأَمْرِ）.................... 99

第 二十 章　主詞與代主詞（الْفَاعِلُ وَنَائِبُ الْفَاعِلِ）.................. 104

　　　　第一節　主詞（الْفَاعِلُ）... 104

　　　　第二節　代主詞（نَائِبُ الْفَاعِلِ）.................................. 105

第二十一章　受詞（الْمَفْعُولُ بِهِ）... 107

第二十二章　不完全變化尾音名詞（الْمَمْنُوعُ مِنَ الصَّرْفِ）......... 111

第二十三章　肯定句與否定句（الْجُمْلَةُ الْمُثْبَتَةُ والْمَنَفِيَّةُ）......... 115

第二十四章　疑問句（الْجُمْلَةُ الاسْتِفْهَامِيَّةُ）.......................... 117

　　　　第一節　疑問名詞（اسْمُ الاسْتِفْهَام）............................. 117

　　　　第二節　疑問名詞的文法地位（إِعْرَابُ اسْمِ الاسْتِفْهَام）..... 119

　　　　第三節　疑問虛詞（حَرَفُ الاسْتِفْهَام）............................ 122

第二十五章　動詞與人稱代名詞變化（إِسْنَادُ الأَفْعَال مَعَ الضَّمَائِر）.... 124

第二十六章　純三字根動詞（الْفِعْلُ الثُّلاثِيُّ الْمُجَرَّدُ）................ 127

第二十七章　增三字根動詞（الْفِعْلُ الثُّلاثِيُّ الْمَزِيدُ）................. 129

第二十八章　增三字根動詞的意義（مَعَاني الْفِعْلِ الثُّلاثِيِّ الْمَزِيد）.... 132

第二十九章　四字根動詞（الْفِعْلُ الرُّبَاعِيُّ）................................ 135

第 三十 章　健全動詞與不健全動詞（الْفِعْلُ الصَّحِيحُ والْفِعْلُ الْمُعْتَلُّ）.... 136

第三十一章　كَادَ 及其姐妹字（كَادَ وَأَخَوَاتُهَا）........................ 138

目次

第三十二章　受格虛詞（حَرْفُ النَّصْبِ）.................................141

第三十三章　祈使格虛詞（حَرْفُ الْجَزْمِ）.................................145

　　第一節　使一個現在動詞成祈使格的虛詞（الأَحْرُفُ الَّتِي تَجْزِم فِعْلا واحِدا）.....145

　　第二節　使兩個現在動詞成祈使格的虛詞（假設語氣）
　　　　　（الْجُمْلَةُ الشَّرْطِيَّةُ）（الأَحْرُفُ الَّتِي تَجْزِم فِعْلَيْنِ）.................146

第三十四章　五個特殊動詞（الأَفْعَالُ الْخَمْسَةُ）.................................152

第三十五章　形容詞（الصِّفَةُ）.................................154

第三十六章　阿拉伯數字（الْعَدَدُ）.................................157

　　第一節　基數（الْعَدَدُ الأَصْلِيُّ）.................................157

　　第二節　序數（الْعَدَدُ التَّرْتِيبِيُّ）.................................165

第三十七章　關係代名詞（الاسْمُ الْمَوْصُولُ）.................................168

第三十八章　同源受詞（الْمَفْعُولُ الْمُطْلَقُ）.................................175

第三十九章　狀況副詞（الْحَالُ）.................................177

第 四 十 章　被呼喚詞（الْمُنَادَى）.................................185

第四十一章　區分副詞（التَّمْيِيزُ）.................................188

第四十二章　特指受詞（الاخْتِصَاصُ）.................................191

第四十三章　原因受詞（الْمَفْعُولُ لَهُ، الْمَفْعُولُ لأجْلِهِ）.................................193

第四十四章　同位語（الْبَدَلُ）.................................195

第四十五章　加強語氣詞（التَّوْكِيدُ）.................................198

第四十六章　對等連接詞（الْعَطْفُ）.................................202

第四十七章　驚嘆語氣（التَّعَجُّبُ）.................................205

第四十八章　除外句型（أسْلُوبُ الاسْتِثْنَاءِ）.................................209

第四十九章　句子的文法地位（إعْرَابُ الْجُمْلَةِ）.................................213

第 五 十 章　主動名詞（اسْمُ الْفَاعِلِ）.................................219

第五十一章　被動名詞（اسْمُ الْمَفْعُولِ）.................................221

第五十二章　半主動名詞（الصِّفَةُ الْمُشْبَّهَةُ）.................................223

第五十三章　比較級名詞（اسْمُ التَّفْضِيلِ）.................................224

第五十四章　從屬名詞（الاسْمُ الْمَنْسُوبُ）.................................226

第五十五章　時空名詞（اِسْمُ الزَّمَانِ وَاسْمُ الْمَكَانِ）.................................228

第五十六章　工具名詞（اسْمُ الآلَةِ）.................................229

第五十七章　誇大名詞（اسْمُ الْمُبَالَغَةِ）.................................231

第五十八章　示小名詞（اسْمُ التَّصْغِيرِ）.................................233

附　　錄　一　阿拉伯文星期與月份名稱.................................235

附　錄　二　阿拉伯國家名稱與首都 236

附　錄　三　阿拉伯文句法總整理 237

附　錄　四　動詞變化 255

第 I 式　健全動詞變化表 255

第 I 式　(فَعَلَ) 健全動詞與人稱代名詞變化 255

第 I 式　疊音動詞與人稱代名詞變化參考表　以(مَدَّ)(延伸)為例 256

第 I 式　字首همزة 動詞與人稱代名詞變化參考表　以(أَسَرَ)(囚禁)為例...... 257

第 I 式　字中همزة 動詞與人稱代名詞變化參考表　以(سَأَلَ)(問)為例 258

第 I 式　字尾همزة 動詞與人稱代名詞變化參考表　以(قَرَأَ)(唸書)為例 259

第 I 式　字首為(و)動詞與人稱代名詞變化參考表　以(وَضَعَ)(放)為例...... 260

第 I 式　字首為(ي)動詞與人稱代名詞變化參考表　以(يَسَرَ)(容易)為例 .. 261

第 I 式　字中為(ا)，現在式為(و)動詞與人稱代名詞變化參考表
以(يَقُولُ – قَالَ)(說)為例 262

第 I 式　字中為(ا)，現在式為(ي)動詞與人稱代名詞變化參考表
以(يَبِيعُ – بَاعَ)(賣)為例 263

第 I 式　字中為(ا)，現在式為(ا)動詞與人稱代名詞變化參考表
以(يَخَافُ – خَافَ)(害怕)為例 264

第 I 式　字尾為(ا)動詞與人稱代名詞變化參考表
以(يَدْعُو – دَعَا)(邀請)為例 265

第 I 式　字尾為(ى)動詞與人稱代名詞變化參考表
以(يَرْمِي – رَمَى)(丟)為例 266

第 I 式　字尾為(ي)動詞與人稱代名詞變化參考表
以(يَنْسَى – نَسِيَ)(忘記)為例 267

第 I 式　字首(و)字尾(ى)不健全動詞與人稱代名詞變化參考表
以(يَعِي – وَعَى)(領悟)為例 269

第 I 式　字中(و)字尾(ى)不健全動詞與人稱代名詞變化參考表
以(يَطْوِي – طَوَى)(摺疊)為例 270

第 I 式　字中(ي)字尾(ي)不健全動詞與人稱代名詞變化參考表
以(يَحْيَا – حَيِيَ)(生存)為例 271

第 II 到第 X 式健全動詞變化表 272

第 II 式　فَعَّلَ 健全動詞與人稱代名詞變化參考表 274

第 II 式　فَعَّلَ 字尾(ى)不健全動詞與人稱代名詞變化參考表
以(تَرْبِيَةٌ – يُرَبِّي – رَبَّى)(培養)為例 275

第III式 فَاعَلَ 健全動詞與人稱代名詞變化參考表 276

第III式 فَاعَلَ 字尾(ى)不健全動詞與人稱代名詞變化參考表
(مُعَادَاةٌ – يُعَادِي – عَادَى)(懷敵意)為例 277

第IV式 أفْعَلَ 健全動詞與人稱代名詞變化參考表 278

第IV式 أفْعَلَ 字首(همزة)動詞與人稱代名詞變化參考表
(إِيمَانٌ – يُؤْمِنُ – آمَنَ – أمُنَ)(信仰)為例 279

第IV式 أفْعَلَ 字首(و)動詞與人稱代名詞變化參考表
(إِيقَافٌ – يُوقِفُ – أوْقَفَ – وَقَفَ)(使停止)為例 280

第IV式 أفْعَلَ 字首(ي)動詞與人稱代名詞變化參考表
(إِيقَاظٌ – يُوقِظُ – أيْقَظَ – يَقِظَ)(叫醒)為例 281

第IV式 أفْعَلَ 字尾(ى)不健全動詞與人稱代名詞變化參考表
(إعْطَاءٌ – يُعْطِي – أعْطَى)(給予)為例 282

第IV式 أفْعَلَ 字中(١)不健全動詞與人稱代名詞變化參考表
(إعَادَةٌ – يُعِيدُ – أعَادَ)(歸還)為例 283

第V式 تَفَعَّلَ 健全動詞與人稱代名詞變化參考表 284

第V式 تَفَعَّلَ 字尾(ى)動詞與人稱代名詞變化參考表
(تَعَدٍّ – يَتَعَدَّى – تَعَدَّى)(超越)為例 285

第VI式 تَفَاعَلَ 健全動詞與人稱代名詞變化參考表 286

第VI式 تَفَاعَلَ 字尾(ى)動詞與人稱代名詞變化參考表
(تَنَاسٍ – يَتَنَاسَى – تَنَاسَى)(假裝忘記)為例 287

第VII式 انْفَعَلَ 健全動詞與人稱代名詞變化參考表 288

第VII式 انْفَعَلَ 字尾(ى)動詞與人稱代名詞變化參考表
(انْعِدَاءٌ – يَنْعَدِي – انْعَدَى)(感染)為例 289

第VII式 انْفَعَلَ 字中(١)動詞與人稱代名詞變化參考表
(انْحِيَازٌ – يَنْحَازُ – انْحَازَ)(偏向)為例 290

第VIII式 افْتَعَلَ 健全動詞與人稱名詞變化參考表 291

第VIII式 افْتَعَلَ 字尾(ى)動詞與人稱代名詞變化參考表
(ارْتِقَاءٌ – يَرْتَقِي – ارْتَقَى)(上升)為例 292

第VIII式 افْتَعَلَ 字中(١)動詞與人稱代名詞變化參考表
(اغْتِيَالٌ – يَغْتَالُ – اغْتَالَ)(暗殺)為例 293

第VIII式 افْتَعَلَ 字首(و)動詞與人稱代名詞變化參考表
(اتِّصَالٌ – يَتَّصِلُ – اتَّصَلَ – وَصَلَ)(連絡)為例 294

第IX式 افْعَلَّ 健全動詞與人稱代名詞變化參考表 295

第Ⅹ式　اِسْتَفْعَلَ 健全動詞與人稱代名詞變化參考表 296

第Ⅹ式　اِسْتَفْعَلَ 字尾(ى)動詞與人稱代名詞變化參考表
(اِسْتِعْدَاءٌ – يَسْتَعْدِي – اِسْتَعْدَى – عَدَى)(請求協助)為例 297

第Ⅹ式　اِسْتَفْعَلَ 字中(ا)動詞與人稱代名詞變化參考表
(اِسْتِعَادَةٌ – يَسْتَعِيدُ – اِسْتَعَادَ – عَادَ)(收復)為例 298

第Ⅹ式　اِسْتَفْعَلَ 字中疊音動詞與人稱代名詞變化參考表
(اِسْتِعْدَادٌ – يَسْتَعِدُّ – اِسْتَعَدَّ – عَدَّ)(準備)為例 299

四字根動詞變化表 300

四字根第Ⅰ式 فَعْلَلَ 健全動詞與人稱代名詞變化參考表 300

四字根第Ⅱ式 تَفَعْلَلَ 健全動詞與人稱代名詞變化參考表 301

四字根第Ⅲ式 اِفْعَنْلَلَ 健全動詞與人稱變化參考表 302

四字根第Ⅳ式 اِفْعَلَلَّ 健全動詞與人稱代名詞變化參考表 303

第一部份

認識阿拉伯文(اَلتَّعَرُّفُ عَلَى اللُّغَةِ الْعَرَبِيَّةِ)

第一章　阿拉伯文字母 (الْحُرُوفُ الأبْجَدِيَّةُ)

阿拉伯文的字是由字母自右至左拼寫組成，阿拉伯文的字母共有 28 個。

字母 (الْحُرُوفُ الأبْجَدِيَّةُ)
阿拉伯文 28 個字母依順序介紹如下：

順序	字母	字母念法（英譯參考）	字母發音（英譯參考）
1	ا	alif	a
2	ب	ba	b
3	ت	ta	t
4	ث	tha	th
5	ج	jim	j
6	ح	Ha	H
7	خ	kha	kh
8	د	dal	d

9	ذ	dhal	dh
10	ر	ra	r
11	ز	zaiy	z
12	س	sin	s
13	ش	shin	sh
14	ص	sod	so
15	ض	dod	do
16	ط	do	do
17	ظ	dho	dho
18	ع	Ain	A
19	غ	ghain	gh
20	ف	fa	f
21	ق	qof	q
22	ك	kaf	k
23	ل	lam	l
24	م	mim	m
25	ن	non	n

26	هـ	ha	h
27	و	wa	w
28	ي	ya	y

注意：

1- 字母念法即是字母的名稱，英譯字母念法與字母的發音部分，僅供初學者參考，正確的念法與發音，需要老師指導，才能發音標準。

2- 除了上述 28 個字母之外，還有一個叫做 Hamzah（ء）的字母，這個字母因它的發音不同而有不同的寫法。如：

ء、أ、إ、ؤ、ﺌ、ئ

第二章　阿拉伯文字母的寫法 (طَرِيقَةُ كِتَابَةِ الْحُرُوفِ الأَبْجَدِيَّةِ)

　　阿拉伯文是由右至左書寫，單字是由一些字母連寫而成，阿拉伯文不像英文有大寫、小寫、書寫體、印刷體之分，但是阿拉伯文的字母有四種寫法：

　　獨立體、字首體、字中體、字尾體。

　　獨立體：就是一個字母前後都不跟其它字母連寫的寫體。

　　字首體：就是一個字母被寫在單字字首的寫體。

　　字中體：就是一個字母被寫在單字中間的寫體。

　　字尾體：就是一個字母被寫在單字字尾的寫體。

　　將阿拉伯文 28 個字母的四種字體寫法介紹如下：

獨立體	字尾體	字中體	字首體	連寫例證
ا	ـا	ا	ا	ااا
ب	ـب	ـبـ	بـ	ببب
ت	ـت	ـتـ	تـ	تتت
ث	ـث	ـثـ	ثـ	ثثث
ج	ـج	ـجـ	جـ	ججج
ح	ـح	ـحـ	حـ	ححح
خ	ـخ	ـخـ	خـ	خخخ
د	ـد	ـد	د	ددد

獨立體	字尾體	字中體	字首體	連寫例證
ذ	ذ	ذ	ذ	ذ ذ ذ
ر	ـر	ـر	ر	ر ر ر
ز	ـز	ـز	ز	ز ز ز
س	ـس	ـسـ	سـ	سـسس
ش	ـش	ـشـ	شـ	شـشش
ص	ـص	ـصـ	صـ	صـصص
ض	ـض	ـضـ	ضـ	ضـضض
ط	ـط	ـطـ	طـ	طـطط
ظ	ـظ	ـظـ	ظـ	ظـظظ
ع	ـع	ـعـ	عـ	عـعع
غ	ـغ	ـغـ	غـ	غـغغ
ف	ـف	ـفـ	فـ	فـفف
ق	ـق	ـقـ	قـ	قـقق
ك	ـك	ـكـ	كـ	كـكك
ل	ـل	ـلـ	لـ	لـلل
م	ـم	ـمـ	مـ	مـمم
ن	ـن	ـنـ	نـ	نـنن

15

獨立體	字尾體	字中體	字首體	連寫例證
هـ	ـه	ـهـ	هـ	هـهـه
و	ـو	ـو	و	و و و
ي	ـي	ـيـ	يـ	يـيـي

阿拉伯文書寫時的注意事項：

1 - 阿拉伯文 28 個字母中有六個字母，寫在單字中，不被後面的字母連寫，這六個字母是(ا د ذ ر ز و)，因此，位在這六個字母後面的字母，即使是在字中，也應寫成字首體，若是在字尾，則寫成獨立體。如：

سَامِي	سام	مدينة	يدي
↓	↓	↓	↓
字首體	獨立體	字首體	獨立體
ذهاب	هذه	سرير	شاي
↓	↓	↓	↓
字首體	獨立體	字首體	獨立體
زميل	جزم	سوسن	سوس
↓	↓	↓	↓
字首體	獨立體	字首體	獨立體

2 - 這六個字母，只是不跟它後面的字母連寫，但它可與前面的字母連寫。如：

سامي　中的(ا)不與後面字母(م)連寫，但可以跟前面字母(ـس)連寫。
مدينة　中的(د)不與後面字母(يـ)連寫，但可以跟前面字母(مـ)連寫。
مذبحة　中的(ذ)不與後面字母(بـ)連寫，但可以跟前面字母(مـ)連寫。
سرير　中的(ر)不與後面字母(يـ)連寫，但可以跟前面字母(ـس)連寫。

جزم　中的(ز)不與後面字母(م)連寫，但可以跟前面字母(جـ)連寫。
سوسن　中的(و)不與後面字母(سـ)連寫，但可以跟前面字母(سـ)連寫。

3 - (ل)與(ا)連寫時，應該寫成(لا)，不可寫成(لـا)。如：

س + ل + ا + م → 應寫成： سلام 不可寫成：سـلـام

4 - 表示陰性的字母(ة ، ـة)，與(ت)的發音相同。如：

مَدِينَةٌ (madinatun) بَيْتٌ (baitun)

5 - 阿拉伯文除了上述的 28 個字母之外，還有一個叫做(hamzah)的字母，這個字母的寫法跟(ا)一樣，但還要注意下列寫法：

أ	→	أ + ك + ل	→	أكل
إ	→	إ + ج + ا + ز + ة	→	إجازة
ؤ	→	س + ؤ + ا + ل	→	سؤال
ئـ	→	ج + ئـ + ت	→	جئت
ئ	→	ش + ا + ط + ئ	→	شاطئ
ء	→	ج + ز + ء	→	جزء

第三章　阿拉伯文字母的讀法 (أَصْوَاتُ الْحُرُوفِ الأَبْجَدِيَّة)

阿拉伯文是個拼音的文字，所以學習者必須把每個字母的發音唸得正確，爾後才能把每個字讀或說得標準，將阿拉伯文每個字母發音介紹如下：

1 - ا (alif) → (a): 發音跟英文(about)的(a)一樣。

2 - ب (ba) → (b): 發音跟英文(but)的(b)一樣。

3 - ت (ta) → (t): 發音跟英文(take)的(t)一樣。

4 - ث (tha) → (th): 發音跟英文(thank)的(th)一樣。

5 - ج (jim) → (j): 發音跟英文(jade)的(j)一樣。

6 - ح (Ha) → (H): 中英文中都沒有類似這個字母的發音，勉強說它跟中文中的（哈）字的讀法相近，但發此音時，緊縮喉嚨肌肉，舌頭後縮，然後唸出（哈）的音。

7 - خ (kha) → (kh): 中英文中也都沒有類似這個字母的發音，勉強說它跟中文中的（喝）字的讀法相近，但發此音時，舌頭後縮，摩擦喉嚨肌肉，然後唸出（喝）的音。

8 - د (dal) → (d): 發音跟英文(date)的(d)一樣。

9 - ذ (dhal) → (dha): 發音跟英文的冠詞(the)一樣。

10 - ر (ra) → (r): 它是個彈舌音，接近西班牙文(r)字母的發音。

11 - ز (zai) → (z): 發音跟英文(zoo)的 (z)一樣。

12 - س (sin) → (s): 發音跟英文(sun)的(s)一樣。

13 - ش (shin) → (sh): 發音跟英文(she)的(sh)一樣。

14 - ص (sod) → (so): 發音跟英文的(so)相似。

15 - ض (dad) → (da): 中英文都無相近發音，將舌中貼緊上顎，發出（惰）的音。

16 - ط (dou) → (dou): 發音接近中文（鬥）的音。

17 - ظ (thou) → (thou):發音接近英文的(though)相似。

18 - ع (ain) → (a): 中英文都沒有這個音，發音時喉嚨縮緊，舌身後縮，發出接近中文（阿）的音。

19 - غ (ghain) → (gha): 中英文都沒有這個音，發音時喉嚨縮緊，舌身後縮，發出接近中文（額）的音。

20 - ف (fa) → (f): 發音跟英文(five)的 (f)一樣。

21 - ق (qof) → (g): 發音跟英文(golf)的 (g)相似。

22 - ك (kaf) → (k): 發音跟英文(king)的 (k)相似。

23 - ل (lam) → (l): 發音跟英文(let)的(l)一樣。

24 - م (mim) → (m): 發音跟英文(mather)的 (m)一樣。

25 - ن (noon) → (n): 發音跟英文(no)的(n)一樣。

26 - هـ (ha) → (h): 發音跟英文(hand)的(h)一樣。

27 - و (waw) → (w): 發音跟英文(wait)的(w)一樣。

28 - ي (ya) → (y): 發音跟英文(yes)的(y)一樣。

第四章　阿拉伯文音標 (اَلْحَرَكَاتُ)

學習阿拉伯文的音標，不需要像英文一樣，還要學一套的國際音標，或萬國音標，阿拉伯文的音標，是些符號，而不是特定的字母，只要知道符號的發音，再配合字母的發音，就能唸出單字正確的讀法。

阿拉伯文的音標共有 14 種，將它介紹如下：

1 -	開口音	: ـَـ	(a)	如：بَ (ba), تَ (ta), ثَ (tha)
2 -	裂口音	: ـِـ	(I)	如：بِ (bi), تِ (ti), ثِ (thi)
3 -	聚口音	: ـُـ	(u)	如：بُ (bu), تُ (tu), ثُ (thu)
4 -	開口鼻音	: ـً	(an)	如：بًا (ban), تًا (tan), ثًا (than)
5 -	裂口鼻音	: ـٍ	(in)	如：بٍ (bin), تٍ (tin), ثٍ (thin)
6 -	聚口鼻音	: ـٌ	(un)	如：بٌ (bun), تٌ (tun), ثٌ (thun)
7 -	輕音	: ـْ	(ْ)	如：بْ (b), تْ (t), ثْ (th)
8 -	長開口音	: ـَا	(a:)	如：بَا (ba:), تَا (ta:), ثَا (tha:)
9 -	長裂口音	: ـِي	(i:)	如：بِي (bi:), تِي (ti:), ثِي (thi:)
10 -	長聚口音	: ـُو	(u:)	如：بُو (bu:), تُو (tu:), ثُو (thu:)
11 -	開口雙母音	: ـَيْ	(ai)	如：بَيْ (bai:), تَيْ (tai:), ثَيْ (thai:)
12 -	聚口雙母音	: ـَوْ	(au)	如：بَوْ (bau:), تَوْ (tau:), ثَوْ (thau:)
13 -	延長音	: آ	(a~)	如：ب (ba~), ت (ta ~), ث (tha ~)
14 -	疊音	: ـّـ	(aa)	如：بَسَّ (bassa), تَسَّ (tassa), ثَسَّ (thassa)

1 - 開口音：ـَ (a)

開口音的符號就是標注在字母上方的短斜線，發此音時，嘴型張開，故稱開口音。它的發音如同國語注音符號的(ㄚ)，或英文的(a)，28 個字母中的任何一個字母上方，若標注了這個斜線，就把該字母的音，配上(a)的音即是開口音。如：

بَ (ba),　　　تَ (ta),　　　　ثَ (tha)

بَابَ (ba:ba)　أَنْتَ (anta)　　وَرَثَ (waratha)

2- 裂口音：ِ (i)

裂口音的符號就是標注在字母下方的短斜線，發此音時，嘴型裂狀，故稱裂口音。它的發音如同國語注音符號的（一），或英文的(i)，28 個字母中的任何一個字母下方，若標注了這個斜線，就把該字母的音，配上(i)的音即是裂口音。如：

بِ (bi),　　　　تِ (ti),　　　　ثِ (thi)

بِكَ (bika)　　تِلْكَ (tilka)　　ثِيَابٌ (thiyabun)

3- 聚口音：ُ (u)

聚口音的符號就是標注在字母上方類似逗點符號，發此音時，嘴型聚狀，故稱聚口音。它的發音如同國語注音符號的(ㄨ)，或英文的(u)，28 個字母中的任何一個字母上方，若標注了這個符號，就把該字母的音，配上(u)的音即是聚口音。如：

بُ (bu),　　　　تُ (tu),　　　　ثُ (thu)

يَشْرَبُ (yashrabu)　تُرَابٌ (tura:bun)　ثُلْثٌ (thulthun)

4- 開口鼻音：ً (an)

開口鼻音的符號就是標注在字母上方的雙短斜線，它的發音如同英文的(an)，28 個字母中的任何一個字母上方，若標注了這個雙斜線，就把該字母的音，配上(an)的音即是開口鼻音，但標這個音的字母後面，要多加一個(ا)。如：

بًا (ban),　　　تًا (tan),　　　ثًا (than)

بَابًا (ba:ban)　　بِنْتًا (bintan)　ثُلْثًا (thulthan)

5- 裂口鼻音：ٍ 　(in)

裂口鼻音的符號就是標注在字母下方的雙短斜線，它的發音如同英文的(in)，28 個字母中的任何一個字母下方，若標注了這個斜線，就把該字母的音，配上(in)的音即是裂口鼻音。如：

بٍ (bin), تٍ (tin), ثٍ (thin)
بَابٍ (ba:bin) بَنَاتٍ (bana:tin) أَثَاثٍ (atha:thin)

6 - 聚口鼻音：ـٌ (un)

聚口鼻音的符號也是標注在字母上方，它的發音如同英文的(un)，28 個字母中的任何一個字母上方，若標注了這個符號，就把該字母的音，配上(un)的音即是聚口鼻音。如：

بٌ (bun), تٌ (tun), ثٌ (thun)
بَابٌ (ba:bun) بَنَاتٌ (bana:tun) أَثَاثٌ (atha:thun)

7 - 輕音：ـْ (ْ)

輕音符號就是標注在字母上方類似句點的符號，它的發音就是發出字母的原音。阿拉伯文的輕音，不能單獨發音，它必須與前面字母一起念。如：

بْ (b), تْ (t), ثْ (th)
اِشْرَبْ (ishrab) شَرِبَتْ (sharibat) يَثْرِبُ (yathrib)

8 - 長開口音：ـَا (a:)

長開口音就是 28 個字母中的任何一個字母，後面與(ا)連寫，並把該字母的原音唸成開口長音，與英文的音標的(a:)讀音相似。如：

بَا (ba:), تَا (ta:), ثَا (tha:)
بَابٌ (ba:bun) كِتَابٌ (kita:bun) أَثَاثٌ (atha:thun)

9 - 長裂口音：ـِي (i:)

長裂口音就是 28 個字母中的任何一個字母，後面與(ي)連寫，並把該字母的原音唸成裂口長音，與英文的音標的(i:)讀音相似。如：

بِي (bi:), تِي (ti:), ثِي (thi:)
أَبِي (abi:) بَيْتِي (baiti:) أَثَاثِي (atha:thi:)

10 - 長聚口音：ـُـو　(u:)

長聚口音就是 28 個字母中的任何一個字母，後面與(و)連寫，並把該字母的原音唸成聚口長音，與英文的音標的(u:)讀音相似。如：

بُو (bu:),　تُو (tu:),　ثُو (thu:)
أَبُوهُ (abu:hu)　تُوتٌ (tu:tun)　كُلْثُومُ (kulthu:mu)

11 - 開口雙母音：ـَيْ (ai)

開口雙母音就是 28 個字母中的任何一個字母，後面與(ي)連寫，(ي)前面的字母又為開口音，(ي)本身為輕音時，把(ي)與前面開口音字母一起發音，就成為開口雙母音，也就是把字母原音配上英文音標(ai)的音。如：

بَيْ (bai),　تَيْ (tai),　ثَيْ (thai)
بَيْتٌ (baitun)　أَتَيْتُ (ataitu)　ثُلْثَيْ (thulthai)

12 - 聚口雙母音：ـَوْ (au)

聚口雙母音就是 28 個字母中的任何一個字母，後面與(و)連寫，(و)前面的字母又為開口音，(و)本身為輕音時，把(و)與前面開口音字母一起發音，就成為聚口雙母音，也就是把字母原音配上英文音標(au)的音。如：

بَوْ (bau),　تَوْ (tau),　ثَوْ (thau)
بَوْلٌ (baulun)　تَوْمٌ (taumun)　ثَوْمٌ (thaumun)

13 - 延長音　：آ (a~)

延長音的符號為(~)，標注在字母上方，它就是把開口音延長一倍的音長，與長開口音相近，但長開口音後面有(ا)，延長音沒有(ا)，只有音標(~)，這個音標常用在(آ)或古蘭經的經文中。如：

آ (a~)
آمَنَ (a~mana)　اَلْقُرْآنُ (algura~nu)

14 - 疊音：ّ (aa)

　　阿拉伯文裡，若有兩個相同的字母排列在一起，則這兩個字母只寫出一個字母，但在發音上，這兩個相同的字母都要發音，即第一個字母唸成輕音(ْ)，第二個字母要依疊音所標的音標來唸，即成疊音。疊音只出現在單字的中間或字尾，字首不會出現疊音。疊音本身若念開口音時，音標為(ّ)，若唸裂口音時，音標為(ِّ)，若唸聚口音時，音標為(ُّ)。如：

　　كَسَّرَ → 唸法為：كَسْسَرَ (kas sara)
　　كُسِّرَ → 唸法為：كُسْسِرَ (kus sira)
　　يَسُرُّ → 唸法為：يَسُرْرُ (yasur ru)

第五章　阿拉伯文冠詞 (حَرْفُ ال لِلتَّعْرِيفِ)

　　要了解阿拉伯文的冠詞之前，必須先介紹阿拉伯文的字母，分為太陽字母與月亮字母。

第一節　太陽字母與月亮字母 (الْحُرُوفُ الشَّمْسِيَّةُ وَالْقَمَرِيَّةُ)

　　阿拉伯文的 28 個字母，因發音部位的不同，分為兩大類；齒音字母與非齒音字母。阿拉伯人又把齒音字母稱為「太陽字母」，把非齒音字母稱為「月亮字母」。阿拉伯文的 28 個字母，一半為「太陽字母」，一半為「月亮字母」。

月亮字母：أ、ب、ج、ح、خ、ع、غ、ف、ق、ك、م、هـ、و、ي

太陽字母：ت、ث、د、ذ、ر、ز、س、ش、ص、ض、ط、ظ、ل、ن

　　字母這種分類，只有一個作用，就是冠詞的讀音，會因「太陽字母或月亮字母」而有所變化。

第二節　冠詞的讀法 (طَرِيقَةُ قِرَاءَةِ الأَسْمَاءِ الْمُعَرَّفَةِ بِ ا ل)

　　阿拉伯文只有定冠詞，阿拉伯文的冠詞就是(ال)(al)。
阿拉伯文的冠詞，不單獨寫，而是跟要加冠詞的字（名詞或形容詞）連寫成一個字。如：

بَيْتٌ + ال → الْبَيْتُ　　　(albeitu)
زَيْتٌ + ال → الزَّيْتُ　　　(azzaitu)

　　名詞的字尾，若沒加上冠詞，則可能念成開口鼻音或裂口鼻音或聚口鼻音，但加上冠詞後，則要把鼻音變為單音。如：

بَيْتٌ (baitun) + ال → الْبَيْتُ (albaitu)
زَيْتٌ (zaitun) + ال → الزَّيْتُ (azzaitu)

بَيْتًا (baitan) + ال → اَلْبَيْتَ (albaita)

زَيْتًا (zaitan) + ال → اَلزَّيْتَ (azzaita)

بَيْتٍ (baitin) + ال → اَلْبَيْتِ (albaiti)

زَيْتٍ (zaitin) + ال → اَلزَّيْتِ (azzaiti)

冠詞(ال)後面所連的字母若是月亮字母，則冠詞(ال)中的(ل)要唸成輕音 (اَلْ)。若冠詞後面的字母是太陽字母，則冠詞(ال)中的(ل)不可發音，但太陽字母要唸成疊音。

冠詞加上月亮字母的讀法：

أ	أَسَدٌ	(asadun)	+ ال →	اَلْأَسَدُ	(alasadu)
ب	بَيْتٌ	(baitun)	+ ال →	اَلْبَيْتُ	(albaitu)
ج	جَيْشٌ	(jaishun)	+ ال →	اَلْجَيْشُ	(aljaishu)
ح	حَالٌ	(Ha:lun)	+ ال →	اَلْحَالُ	(alHa:lu)
خ	خَالٌ	(kha:lun)	+ ال →	اَلْخَالُ	(alkha:lu)
ع	عَيْنٌ	(Ainun)	+ ال →	اَلْعَيْنُ	(alAinu)
غ	غَنَمٌ	(ghanamun)	+ ال →	اَلْغَنَمُ	(alghanamu)
ف	فَأْرٌ	(fa arun)	+ ال →	اَلْفَأْرُ	(alfa aru)
ق	قَوْسٌ	(gausun)	+ ال →	اَلْقَوْسُ	(algausu)
ك	كَاسٌ	(ka:sun)	+ ال →	اَلْكَاسُ	(alka:su)
م	مَاءٌ	(ma:uun)	+ ال →	اَلْمَاءُ	(alma:uu)
هـ	هَرَمٌ	(haramun)	+ ال →	اَلْهَرَمُ	(alharamu)
و	وَاحَةٌ	(wa:Hatun)	+ ال →	اَلْوَاحَةُ	(alwa:Hatu)
ي	يَأْسٌ	(ya asun)	+ ال →	اَلْيَأْسُ	(alya asu)

冠詞加上太陽字母的讀法：

ت	تَاجٌ	(ta:jun)	+ ال →	اَلتَّاجُ	(at ta:ju)
ث	ثَوْمٌ	(thaumun)	+ ال →	اَلثَّوْمُ	(ath thaumu)
د	دَارٌ	(da:run)	+ ال →	اَلدَّارُ	(ad da:ru)
ذ	ذَيْلٌ	(dgailun)	+ ال →	اَلذَّيْلُ	(adg dgailu)
ر	رَأْسٌ	(ra asun)	+ ال →	اَلرَّأْسُ	(ar ra asu)
ز	زَيْتٌ	(zaitun)	+ ال →	اَلزَّيْتُ	(az zaitu)
س	سَهْلٌ	(sahlun)	+ ال →	اَلسَّهْلُ	(as sahlu)

ش	شَمْسٌ	(shamsun)	+ ال →	الشَّمْسُ	(ash shamsu)
ص	صَوْمٌ	(Saumun)	+ ال →	الصَّوْمُ	(aS Saumu)
ض	ضَبٌّ	(dhabbun)	+ ال →	الضَّبُّ	(adh dhabbu)
ط	طَبِيبٌ	(dobi:bun)	+ ال →	الطَّبِيبُ	(ad dobi:bu)
ظ	ظَلَامٌ	(Dgola:mun)	+ ال →	الظَّلَامُ	(aDg Dgola:mu)
ل	لَيْلٌ	(lailun)	+ ال →	اللَّيْلُ	(al lailu)
ن	نُورٌ	(nu:run)	+ ال →	النُّورُ	(an nu:ru)

冠詞(ال)中的(ا)，若在句首，則(ا)必須唸開口音，若冠詞(ال)不在句首，則(ا)不發音。換句話說，月亮字母開頭的字，加上冠詞後，若要與前面的字連讀時，則前面一個字的尾音與冠詞(ال)中的(ل)連讀，而冠詞中的(ا)不發音，但在書寫上，冠詞(ال)還是要寫，不可以因不發音而不寫出來。如：

الْبَيْتِ (al baiti) →冠詞(ال) 中的(ا) 要唸，因為它在字首。
رَقَمُ الْبَيْتِ (ragamul baiti) →冠詞(ال) 中的(ا) 不要唸，因為它不是在字首，而是跟它前面的字(رَقَمُ) 的(مُ)連讀。

太陽字母開頭的字，加上冠詞後，冠詞(ال)中的(ل)不發音，若與前面的字連讀，冠詞(ال)中的(ل)也不發音，此時，整個冠詞(ال)都不發音，而把冠詞前面單字字尾的音與冠詞後面字母直接以疊音唸出，整個冠詞雖不發音，但還是要寫出來。如：

تَاجٍ (ta:jin) + ال (al) 唸成 → التَّاجِ (at ta:ji)
→冠詞(ال) 中的(ا) 要唸，因為它在字首。
مِنَ التَّاج (minat ta:ji) 唸成 → مِنَ التَّاجِ (minat ta:ji)
→冠詞(ال) 中的(ا) 不要唸，因為它不是在字首，而是跟它前面的字(مِنَ)的(نَ)連讀，冠詞後的字(التَّاج)中的(ت)與(نَ)連讀成疊音。

冠詞的讀法不難，但初學者要留意，尤其是太陽字母與冠詞的唸法，唸得不正確，聽者就難分辨有沒有冠詞。

第六章　阿拉伯文數字與標點符號 (الْعَدَدُ وَالْعَلامَاتُ)

我們常稱的阿拉伯數字(0123456789)，阿拉伯人自己並不常使用，他們說這些數字是英文數字。

至於阿拉伯人今天常用的數字，據說原來是印度的古數字，後來傳到波斯，再傳到阿拉伯國家。這些數字是：

10 9　8　7 6　5　4 3 2　1　0
١٠ ٩　٨　٧ ٦　٥　٤ ٣ ٢　١　٠

如：2008　　　　寫成：٢٠٠٨

2008/2/23　寫成：٢٠٠٨ /٢/٢٣

阿拉伯文數字的唸法

阿拉伯文的數字，有分陰陽性，用法也需要說明，先將它從 0 到 10 分別敘述如下：

陽性數字	陰性數字	
صِفْرٌ	صِفْرٌ	0 -
وَاحِدٌ	وَاحِدَةٌ	1 -
إِثْنَانِ	إِثْنَتَانِ	2 -
ثَلاثٌ	ثَلاثَةٌ	3 -
أَرْبَعٌ	أَرْبَعَةٌ	4 -
خَمْسٌ	خَمْسَةٌ	5 -
سِتٌّ	سِتَّةٌ	6 -
سَبْعٌ	سَبْعَةٌ	7 -

8 -	ثَمَانِيَةٌ	ثَمَانٍ
9 -	تِسْعَةٌ	تِسْعٌ
10 -	عَشْرَةٌ	عَشَرٌ

阿拉伯文標點符號 (الْعَلامَاتُ)

阿拉伯文的標點符號與世界上其它語文的標點符號用法相同。但阿拉伯文的問號為(؟)，逗點符號為(،)，其他的標點符號跟英文的一樣。

◀第二部份▶

阿拉伯文文法 (الْقَوَاعِدُ الْعَرَبِيَّةُ)

第一章　詞類 (أَقْسَامُ الْكَلِمَةِ)

我們看到一個阿拉伯文的字，它不是名詞，就是動詞或虛詞，除此之外，並沒有其它的分類，不像英文有八大詞類。因此，阿拉伯文的字分為三大類：

名詞 (الاسْمُ)，動詞 (الفِعْلُ)，虛詞(الحَرْفُ)。

1 - 名詞

名詞是指人或動物或植物或無生物或抽象意義的字。如：

人名　　：أَمِينٌ (阿敏 － 男人名)，أَمِينَةُ (阿米納 － 女人名)
動物　　：جَمَلٌ (駱駝)，دَجَاجَةٌ (雞)
植物　　：مَوْزٌ (香蕉)，تُفَّاحَةٌ (蘋果)
無生物　：مَاءٌ (水)，بَيْتٌ (家)
抽象意義：سُرُورٌ (高興)，رَأْيٌ (意見)

阿拉伯文的人稱代名詞、指示代名詞、關係代名詞、形容詞、時間副詞、地點副詞、疑問詞等等都屬於名詞。

2 - 動詞

動詞是指在特定時間內發生動作的字。
動詞又分過去式動詞 (الْفِعْلُ الْمَاضِي)
現在式動詞 (الْفِعْلُ الْمُضَارِعُ)

命令式動詞 (فِعْلُ الأَمْر)。
如：

過去式動詞：كَتَبَ （寫）
كَتَبَ الطَّالِبُ رِسَالَةً.　（學生寫了一封信）

現在式動詞：يَكْتُبُ （寫）
يَكْتُبُ الطَّالِبُ رِسَالَةً.　（學生在寫信）

命令式動詞：أُكْتُبْ （寫）
أُكْتُبْ رِسَالَةً إِلى زَمِيلِكَ .　（寫封信給你同學吧）

3 - 虛詞

虛詞是指一個需要跟其它的字一起用才能顯示完整意思的字。如：

هَلْ ：是……嗎? （疑問虛詞）

هَلْ أَنْتَ طَالِبٌ ؟　（你是一位學生嗎?）

نَعَمْ ：是的　（表示肯定的應答虛詞）

نَعَمْ ، أَنَا طَالِبٌ .　（是的，我是一位學生）

لا ：不，不是　（表示否定的應答虛詞）

لا ، لَسْتُ طَالِبًا.　（不是，我不是學生）

إِلَى ：to（介系詞）

يَذْهَبُ الطَّالِبُ إِلَى الْمَدْرَسَةِ .　（學生上學去）

وَ ：and（連接詞）

أَنَا وَأَنْتَ.　（我和你）

第二章　字的格位與音標變化（الإِعْرَابُ في العربية）

阿拉伯文跟很多語文不一樣的地方，就是阿拉伯文的每一個字，在句子中幾乎都佔有不同的文法格位，所佔文法格位的不同，會導致字尾不同的發音或變化，文法中的句法就是學這種格位變化、字尾發音與字尾變化。

阿拉伯文的字，分為動詞、名詞、虛詞。

1 - 名詞在句子中一定佔有格位，它可能佔主格格位，或佔受格或佔屬格格位。
2 - 虛詞在句子中，則絕對不佔文法格位。
3 - 過去式動詞與命令式動詞字尾的發音是固定的，所以也沒有格位變化。
4 - 現在式動詞，若前面有受格虛詞，則佔受格格位。
5 - 現在式動詞，若前面有祈使格虛詞，則佔祈使格格位。
6 - 現在式動詞，若前面沒有受格或祈使格虛詞，則維持主格格位。

阿拉伯文的一個字，在句子中可能佔的格位有四種，格位不同，字尾的音標也不同，將格位與音標介紹如下：

1 - 主格格位（الرَّفْعُ）：

名詞與動詞現在式才能佔主格格位。
名詞字尾音標為：(ـُ)或(ـٌ) 如：الْكِتَابُ ، كِتَابٌ
動詞字尾音標為：(ـُ) 如：يَدْرُسُ

2 - 受格格位（النَّصْبُ）：

名詞與動詞現在式才能佔受格格位。
名詞字尾音標為：(ـَ)或(ـً) 如：الْكِتَابَ ، كِتَابًا
動詞字尾音標為：(ـَ) 如：لَنْ يَدْرُسَ

3 - 屬格格位（الْجَرُّ）：

只有名詞才能佔屬格格位。

字尾音標為：(ِ)或(ٍ) 如：مِنَ الْكِتَابِ ، مِنْ كِتَابٍ

4 - 祈使格格位（الْجَزْمُ）：

只有現在式動詞才能佔祈使格格位。

動詞字尾音標為：(ْ) 如：لَمْ يَدْرُسْ

第三章　固定尾音與變化尾音 (اَلإعْرَابُ والْبِنَاءُ فِي الْعَرَبِيَّةِ)

阿拉伯文字的尾音，分為兩種；變化尾音字(الْمُعْرَبُ)與固定語音字(الْمَبْنِيُّ)。變化尾音字的字尾，會因該字在句子中所佔格位的不同而改變尾音，但固定尾音字的字尾的讀音，永遠是固定的，不會因這個字在句子中所佔不同格位而改變發音。

固定尾音

固定的尾音有下列四種：

1 - 固定於開口音(الْمَبْنِي عَلَى الْفَتْحِ)　如：الآنَ
2 - 固定於裂口音(الْمَبْنِي عَلَى الْكَسْرِ)　如：أمْسِ
3 - 固定於聚口音(الْمَبْنِي عَلَى الْضَمِّ)　如：حَيْثُ
4 - 固定於輕音(الْمَبْنِي عَلَى السُكُون)　如：هَلْ

固定尾音的字有三種：

1 - 一些動詞　(بَعْضُ الأفْعَالِ)
2 - 一些名詞　(بَعْضُ الأسْمَاءِ)
3 - 所有的虛詞　(جَمِيعُ الْحُرُوفِ)

一、動詞：

1 - 動詞過去式與命令式都是固定尾音。
2 - 現在式動詞字尾接加強語氣(نُونُ التَوْكِيدِ)以及表示人稱代名詞陰性(نُونُ النِّسْوَةِ)的(ن)是固定尾音。如：

دَرَسَ　→ 過去式動詞尾音固定
اُدْرُسْ　→ 命令式動詞尾音固定
يَدْرُسْنَ　→ 現在式動詞與表示陰性的(ن)連接，尾音固定
اُدْرُسَنَّ　→ 現在式動詞與表示加強語氣的(ن)連接，尾音固定

二、名詞：

阿拉伯文固定尾音的名詞，在句子中也可能佔主格、受格或屬格格位，但不管它佔哪一種格位，它的尾音都是固定發音不會因格位而改變。

將固定尾音名詞列舉如下：

1 - 人稱代名詞 (الضَّمِيرُ)。如：هُوَ ، هُمَا ، هُمْ ، هِيَ ، هُنَّ ، أَنْتَ ، أَنْتِ 等等

2 - 指示代名詞 (اسْمُ الإِشَارَةِ)。如：هَذَا ، هَوَلاءِ ، هَذِهِ ، أُولائِكَ ، ذَلِكَ ، تِلْكَ 等等

3 - 關係代名詞 (الاسْمُ الْمَوْصُول)。如：الَّذي ، الَّتِي ، الَّذِينَ ، اللآتي 等等

4 - 疑問名詞 (اسْمُ الاسْتِفْهَام)。如：مَنْ ، مَا ، مَاذا ، كَيْفَ ، مَتَى ، أَيْنَ 等等

5 - 條件名詞 (اسْمُ الشَّرْطِ)。如：مَنْ ، مَا ، مَهْمَا ، مَتَى ، أَيْنَ ، إذا ، حَيْثُمَا 等等

6 - 動作名詞 (اسْمُ الأَفْعَال)。如：صَهْ ، هَيَّا ، هَلُمَّ ، عَلَيْكَ ، عِنْدَكَ 等等

7 - 複合名詞 (الاسْمُ الْمُرَكَّبُ)。如：أَحَدَ عَشَرَ ، تِسْعَةَ عَشَرَ ، يَوْمَ يَوْمٍ 等等

8 - 被呼喚名詞 (الْمُنَادَى)。如：يَا أُسْتَاذُ 中的 أُسْتَاذُ

9 - 種類否定名詞 (لا النَّافِيَة لِلْجِنْس)。如：لا رَجُلَ في البيت 中的 رَجُلَ

10 - 其它名詞 (الأَسْمَاءُ الْمُتَفَرِّقَة)。如：

سِيبُويَهْ (人名)、 نِفْطَوَيْهِ (人名)、 مِنْ قَبْلُ (從前)、 مِنْ بَعْدُ (以後)、

الآنَ (現在)、 إذْ (然而)、 أَمْسِ (昨天)、 مِنْ أَوَّلُ (首先)、

حَيْثُ (那時、那裡)。

三、虛詞：

阿拉伯文所有的虛詞，都是固定尾音的字，虛詞在句子中不佔任何文法格位。

虛詞種類很多，舉例如下：

1 - 介系詞 (حَرْفُ الْجَرِّ)：مِنْ ، إِلَى ، في ، عَلَى ، بِ ، عَنْ ، لْ ، حَتَّى ، رُبَّ ، كَ

2 - 受格虛詞 (حَرْفُ النَّصْب)：أَنْ ، لَنْ ، لْ ، كَيْ ، لِكَيْ ، إذِنْ ، حَتَّى ، وَ ، أَوْ ، لَ ، ثُمَّ

3 - 動詞作用虛詞 (الْحَرْفُ الْمُشَبَّهُ بالْفِعْلِ)：إنَّ ، أَنَّ ، كَأَنَّ ، لكِنَّ ، لأَنَّ ، لَعَلَّ ، لَيْتَ

4 - 祈使虛詞 (حَرَفُ الـجَزْمِ)：لَمْ ، لَمَّا ، لا ، لِ

5 - 連接虛詞 (حَرْفُ الْعَطْفِ)：وَ ، فَ ، ثُمَّ ، حَتَّى ، أَوْ ، أَمْ ، بَلْ ، لا ، لكِنْ

6 - 疑問虛詞 (حَرَفُ الاسْتِفْهَام)：أَ ، هَلْ

7 - 回答虛詞 (حَرْفُ الْجَوَاب)：نَعَمْ ، لا ، بَلَى ، أَجَلْ ، كَلاَّ

8 - 否定虛詞 (حَرْفُ النَّفِي)：لا ، لَنْ ، لَمْ ، مَا ، لَمَّا

9 - 禁止虛詞 (حَرْفُ النَّهْي)：لا

10 - 強調虛詞 (حَرْفُ التَّوْكِيد)：إنَّ ، أَنَّ ، قَدْ ، لَقَدْ ، ن ، لَ

11 - 未來虛詞 (حَرَفُ التَّسْويس)：سَوْفَ ، سَ

變化尾音名詞 (الاسْمُ الْمُعْرَبُ)

變化尾音名詞，就是字尾讀音會隨著它在句子中所佔文法格位不同而改變發音或型態的名詞。將變化尾音名詞變化情況敘述如下：

大部分阿拉伯文的名詞，都屬於變化尾音名詞。如：

جَاءَ أَمِينٌ . （阿敏來了）
رَأَيْتُ أَمِينًا . （我看到阿敏了）
سَلَّمْتُ عَلَى أَمِينٍ . （我問候阿敏）

例句中的(أمين) 在第一句中是主詞，主格格位，字尾讀主格聚口音。
第二句中是受詞，受格格位，字尾讀受格開口音。
第三句中是介系詞後面名詞，屬格格位，字尾讀屬格裂口音。

不完全變化尾音名詞 (الْمَمْنُوعُ مِنَ الصَّرْفِ)

不完全變化尾音名詞或稱半變尾音名詞，就是一個名詞，在句子中若佔主格格位時字尾讀(ـُ)聚口音，若佔受格與屬格格位時讀(ـَ)裂口音。如：

جَاءَتْ سُعَادُ . （蘇阿德來了） سُعَادُ → 女人名
سُعَادُ → 主詞，主格格位

رَأَيْتُ سُعَادَ . （我看到蘇阿德了）
سُعَادَ → 受詞，受格格位

سَلَّمْتُ عَلَى سُعَادَ . （我問候了蘇阿德）
سُعَادَ → 介系詞後面名詞，屬格格位

第四章　動詞時態 (تَقْسِيمُ الْفِعْلِ باعْتِبَارِ زَمَنِهِ)

阿拉伯文的動詞，依動作發生的時間分為三種：

1 - 過去式動詞 (الْفِعْلُ الْمَاضِي)
2 - 現在式動詞 (الْفِعْلُ الْمُضَارِعُ)
3 - 命令式動詞 (فِعْلُ الأمْرِ)

阿拉伯文的動詞通常是由過去式衍變為現在式，因此常以過去式動詞為基準作變化，在查字典時，也先查動詞過去式形態，再查現在式或其它名詞。

1 - 過去式動詞，是表示動作已經發生過的動詞。如：

حَضَرَ الأسْتَاذُ .　　（老師來了）
ذَهَبَ الطَّالِبُ .　　（學生走了）
دَرَسَ حَسَنٌ الْعَرَبِيَّةَ .　　（哈珊學過了阿拉伯文）

2 - 現在式動詞，是表示動作正在發生或未來將發生的動詞。如：

يَحْضُرُ الأسْتَاذُ .　　（老師會來）
يَذْهَبُ الطَّالِبُ .　　（學生會去）
يَدْرُسُ حَسَنٌ الْعَرَبِيَّةَ .　　（哈珊在學阿拉伯文）

3 - 命令式動詞，是在要求第二人稱做某動作的動詞。如：

أحْضُرْ （你要來喔）
اِذْهَبْ （你走吧）
أدْرُسْ （你去學吧）

阿拉伯文的過去式與現在式動詞，都需要配合十四個人稱代名詞變化，學習者，必須熟記這些變化，才能使用自如。動詞與人稱代名詞的變化，請參閱本書第二十五章。

第五章　名詞的陽性與陰性(الاسْمُ الْمُذَكَّرُ وَالْمُؤَنَّثُ)

阿拉伯文的名詞，分為陽性名詞與陰性名詞。

陽性名詞，是指陽性人事物的名詞。

如：أَمِينٌ （阿敏）　　　→ 男人名

عَمَلٌ （工作）　　　→ 事

مَكْتَبٌ （辦公室）　　→ 物

جَمَلٌ （雄駝）　　　→ 動物

陰性名詞，是指陰性人事物的名詞。

如：جَمِيلَةُ （賈彌拉）　　　→ 女人名

مِهْنَةٌ （職業）　　　→ 事

مَكْتَبَةٌ （圖書館）　　→ 物

نَاقَةٌ （雌駝）　　　→ 動物

通常陽性名詞與陰性名詞可從字尾分辨得出來，因為陰性名詞，通常有它特別的符號或型態可辨認。

陰性名詞的符號：

1- 字尾為 (ة ـة) ：

如：جَمِيلَةُ （賈彌拉）　→ 女人名

سَمِيرَةُ （薩蜜拉）　→ 女人名

2- 字尾為 (ى) ：

如：جَوْعَى （飢餓的女人）

3 - 字尾為（اء）：

如：صَحْرَاءُ （沙漠）
此類名詞大都為不完全變化尾音名詞(مَمْنُوعٌ مِنَ الصَّرْفِ)

注意：

1 - 表示女性的字，或人名，不管字尾有無陰性符號，都是陰性名詞。

如：بِنْتٌ （女孩），سِهَامُ ، زَيْنَبُ ، سُعَادُ → 女人名

2 - 男人名字，就算字尾有陰性的符號（ة ـة），也是陽性名詞。

如：خَلِيفَةُ ، حَمْزَةُ ، طَلْحَةُ ، مُعَاوِيَةُ → 男人名

3- 國名、城市名、部落名，不管字尾有無陰性符號，都是陰性名詞。

如：الصِّينُ （中國），تَايْبَيْهُ （台北），قُرَيْشٌ （古萊氏族）

4 - 全世界國家名中有五個國家常用於陽性，其它國名都是陰性。

الْعِرَاقُ（伊拉克）， الأُرْدُنُّ（約旦）， لُبْنَانُ（黎巴嫩），
السُّودَانُ（蘇丹）， الْيَمَنُ（葉門）。

5 - 身體上成雙的器官肢體，屬陰性名詞。

عَيْنٌ（眼睛）， أُذُنٌ（耳朵）， كَتِفٌ（肩膀）， نَابٌ（犬齒），
يَدٌ（手）， كَفٌّ（掌）， رِجْلٌ（腳）， سَاقٌ（小腿），
قَدَمٌ（足）， عَقِبٌ（腳跟）， فَخِذٌ（大腿）， وَرِكٌ（股骨），
سِنٌّ（牙齒）， إِصْبَعٌ（手指）。

6 - 下列名詞阿拉伯文中常視為陰性名詞。

أَفْعَى（蛇）， أَرْنَبٌ（兔子）， ضَبُعٌ（土狼）， أَرْضٌ（土地），
بِئْرٌ（水井）， جَحِيمٌ（地獄）， جَهَنَّمُ（地獄）， حَرْبٌ（戰爭），

نارٌ（火）， دارٌ（房子）， شَمْسٌ（太陽）， رَحِمٌ（子宮），

رَحًى（石磨）， عَصًا（棍子）， فأسٌ（斧頭）， قَوْسٌ（弓），

كَأسٌ（杯子）， يَمِينٌ（誓言）， وَرِكٌ（股骨）， رِيحٌ（風），

عَرُوضٌ（押韻）， فُلْكٌ（船）， إسْتٌ（屁股）， نَعْلٌ（鞋），

كِرْشٌ（啤酒肚）， اَلْفِرْدَوْسُ（天堂）， مَنْجَنِيقٌ（彈弓）， مُوسَى（剃刀）。

7 - 下列名詞阿拉伯文中可視為陰性或陽性名詞。

دَلْوٌ（水桶）， سُوقٌ（市場）， سِكِّينٌ（刀子）， سَمَاءٌ（天空），

ضُحًى（早晨）， فَرَسٌ（雌馬）， لِسَانٌ（舌頭）， سِلْمٌ（和平），

خَمْرٌ（酒）， نَفْسٌ（心靈）， حالٌ（狀況）， ذَهَبٌ（黃金），

إبْطٌ（腋下）， طَرِيقٌ（道路）， سُلْطَانٌ（權力）， مِسْكٌ（麝香），

عُقَابٌ（鷹）。

8- 非理性（不是指人的特徵）名詞的複數，視為單數陰性。如：

كِتَابٌ （一本書） → 單數 → 陽性

هَذا كِتَابٌ （這是一本書）

كُتُبٌ （一些書本） → 複數 → 陰性

هَذِهِ كُتُبٌ （這是一些書）

صُورَةٌ （圖片） → 單數 → 陰性

هَذِهِ صُورَةٌ （這是一張圖片）

صُوَرٌ （一些圖片） → 複數 → 陰性

هَذِهِ صُوَرٌ （這是一些圖片）

9 - 學習阿拉伯語文的過程中，分辨名詞的性是重要的，因為阿拉伯文的動詞、指示代名詞、關係代名詞、形容詞、述語等都需要跟名詞的陰陽性配合。
如：

مُحَمَّدٌ ذَهَبَ. （穆罕默德走了）

→ محمد 陽性名詞，動詞 ذهب 亦為陽性形態。

فاطِمَةُ ذَهَبَتْ. （法蒂麥走了）

→ فاطمة 陰性名詞，動詞 ذهبتْ 須配合為陰性形態。

هَذا مُحَمَّدٌ （這位是穆罕默德）
→ محمد 陽性名詞，指示代名詞 هذا 亦為陽性形態。

هَذِهِ فَاطِمَة （這位是法蒂麥）
→ فاطمة 陰性名詞，指示代名詞 هذه 配合為陰性形態。

هَذا مُحَمَّدٌ الَّذي يَدْرُسُ مَعِي . （這是跟我一起唸書的穆罕默德）
→ محمد 陽性名詞，關係代名詞 الذي 亦為陽性形態。

هَذِهِ فَاطِمَةُ الَّتي تَدْرُسُ مَعِي . （這是跟我一起唸書的法蒂麥）
→ فاطمة 陰性名詞，關係代名詞 التي 配合為陰性形態。

هَذا طَالبٌ مُجْتَهِدٌ. （這是一位用功的男學生）
→ طالب 陽性名詞，形容詞 مجتهد 亦為陽性形態。

هَذِهِ طَالِبَةٌ مُجْتَهِدَةٌ. （這是一位用功的女學生）
→ طالبة 陰性名詞，形容詞 مجتهدة 應配合為陰性形態。

مُحَمَّدٌ مُجْتَهِدٌ. （穆罕默德是用功的）
→ محمد 陽性名詞，述語 مجتهد 亦為陽性形態。

فَاطِمَةُ مُجْتَهِدَةٌ. （法蒂麥是用功的）
→ فاطمة 陰性名詞，述語 مجتهدة 配合為陰性形態。

10 - 有陰陽性相對性的名詞或形容詞，通常在陽性字尾加上陰性符號(ة ، ـة)就可以變成陰性。但一般名詞生來陰陽性已經固定，不可以任意改變它的性。如：

مَلِكٌ （國王） → مَلِكَةٌ （皇后）
طِفْلٌ （男孩） → طِفْلَةٌ （女孩）
اِبْنٌ （兒子） → اِبْنَةٌ （女兒）
حَمٌ （岳父） → حَمَاةٌ （岳母）
جَدٌّ （祖父） → جَدَّةٌ （祖母）
سَيِّدٌ （先生） → سَيِّدَةٌ （女士）
خَالٌ （舅舅） → خَالَةٌ （阿姨）

زَوْجٌ （先生） → زَوْجَةٌ （太太）

عَمٌّ （叔伯） → عَمَّةٌ （姑姑）

一般名詞不可任意改陰陽性，不然意思會改變。如：

مَكْتَبٌ （辦公室） → مَكْتَبَةٌ （圖書館）

طَرِيقٌ （道路） → طَرِيقَةٌ （方法）

11 - 主動名詞、被動名詞、半主動名詞可以依需要，字尾加上(ة、ـة)從陽性改為陰性。如：

كَاتِبٌ + ة → كَاتِبَةٌ （書寫的人）

مَكْتُوبٌ + ة → مَكْتُوبَةٌ （被書寫的）

كَبِيرٌ + ة → كَبِيرَةٌ （大的）

12 - 表示身心狀況形容詞(فَعْلَانُ)的陰性型態是(فَعْلَى)。如：

تَعْبَانُ → تَعْبَى （疲倦的）

جَوْعَانُ → جَوْعَى （飢餓的）

13 - 表示身體缺陷或顏色的形容詞(أَفْعَلُ)的陰性型態是(فَعْلَاءُ)。如：

أَعْرَجُ → عَرْجَاءُ （跛腳的）

أَحْمَرُ → حَمْرَاءُ （紅色的）

14 - 比較級名詞(أَفْعَلُ)的陰性型態是(فُعْلَى)。如：

أَكْبَرُ → كُبْرَى （較大的）

أَصْغَرُ → صُغْرَى （較小的）

第六章　名詞的數 (الْمُفْرَدُ وَالْمُثَنَّى وَالْجَمْعُ)

阿拉伯文的名詞，可分為單數 (الْمُفْرَدُ) 、雙數 (الْمُثَنَّى)、複數 (الْجَمْعُ) 型態。

一、單數名詞

單數名詞，表示指單一人、事、物的名詞。

如： طَالِبٌ （一個男學生）　طَالِبَةٌ （一個女學生）
　　 كِتَابٌ （一本書）　سَيَّارَةٌ （一部汽車）

二、雙數名詞

雙數名詞，表示指兩個人、事、物的名詞。雙數名詞，是由單數名詞變化而來，也就是在單數名詞後面加上(ـَانِ) 。

如：

طَالِبٌ （一個男學生）→ طَالِبَانِ （兩個男學生）
طَالِبَةٌ （一個女學生）→ طَالِبَتَانِ （兩個女學生）
كِتَابٌ （一本書）→ كِتَابَانِ （兩本書）
سَيَّارَةٌ （一部汽車）→ سَيَّارَتَانِ （兩部汽車）

若雙數名詞在句子中佔受格或屬格格位時，(ـَانِ) 的 (ا) 要改為(يْ) 。

如：

طَالِبَانِ → طَالِبَيْنِ （兩個男學生）　طَالِبَتَانِ → طَالِبَتَيْنِ （兩個女學生）
كِتَابَانِ → كِتَابَيْنِ（兩本書）　سَيَّارَتَانِ → سَيَّارَتَيْنِ （兩部汽車）

هذانِ كِتَابَانِ مُفِيدَانِ （這是兩本很有用書的）→ كِتَابَانِ → 主格格位

اشْتَرَيْتُ كِتَابَيْنِ （我買了兩本書）→ كِتَابَيْنِ → 受格格位

أبْحَثُ عَنْ كِتَابَيْنِ （我在找兩本書）→ كِتَابَيْنِ → 屬格格位

雙數名詞為正次時（正次偏次在本書中第十一章介紹），(ـَانِ ، ـيْنِ) 的(نِ)要省略。如：

طالِبَانِ （兩個男學生）→ طالِبَا الْجَامِعَةِ （兩位男大學生）→ 主格格位
طالِبَيْنِ（兩個男學生）→ طالِبَيِ الْجَامِعَةِ（兩位男大學生）→受格、屬格格位

三、複數名詞

複數名詞，是指兩個以上的人、事、物名詞。複數名詞分三種：

陽性規則複數 (جَمْعُ المُذَكَّرِ السَّالِمِ)
陰性規則複數 (جَمْعُ المُؤَنَّثِ السَّالِمِ)
不規則複數 (جَمْعُ التَّكْسِيرِ)

1 - 陽性規則複數

陽性規則複數名詞，就是在單數名詞後面加上(ـُونَ)，字尾的字母也要配合(و)唸成聚口音。如：

مُعَلِّمٌ （一位男老師）→ 複數 → مُعَلِّمُونَ （男老師們）

陽性規則複數名詞在句子中佔受格或屬格格位時，(ـُونَ) 的 (و) 要改為(ـِي)，前面的字母也要配合(ـِ)唸成裂口音。如：

مُعَلِّمُونَ → مُعَلِّمِينَ （男老師們）
هَؤُلاءِ مُعَلِّمُونَ （這些人是男老師） مُعَلِّمُونَ → 主格格位
قابَلْتُ مُعَلِّمِينَ （我遇見了男老師們）مُعَلِّمِينَ → 受格格位
أبْحَثُ عَنْ مُعَلِّمِينَ （我在找男老師們） مُعَلِّمِينَ → 屬格格位

陽性規則複數名詞為正次時，(ـُونَ ، ـِينَ) 的(نَ)要省略。如：

مُعَلِّمُونَ（男老師們） → مُعَلِّمُو الْجَامِعَةِ（大學的男老師們）→ 主格格位
مُعَلِّمِينَ（男老師們） → مُعَلِّمِي الْجَامِعَةِ （大學的男老師們）→ 受格、屬格格位

2- 陰性規則複數

陰性規則複數名詞，就是在單數名詞後面加上(ـَاتٌ)，若單數型態字尾有(ة، ـة)時，要先去掉(ة، ـة)後，再加上(ـَاتٌ)。如：

مَطَارٌ （機場）→ مَطَارَاتٌ　　　مُعَلِّمَةٌ （女老師）→ مُعَلِّمَاتٌ

陰性規則複數名詞字尾發音，若為主格則維持主格音標(ـَاتٌ، ـَاتُ)，若為受格或屬格時，則唸屬格發音(ـَاتٍ، ـَاتِ)。如：

هَؤُلاءِ مُعَلِّمَاتٌ （這些是女老師）→ مُعَلِّمَاتٌ → 主格格位
قَابَلْتُ مُعَلِّمَاتٍ （我遇見女老師們）→ مُعَلِّمَاتٍ → 受格格位
أَبْحَثُ عَنْ مُعَلِّمَاتٍ （我在找女老師們）→ مُعَلِّمَاتٍ → 屬格格位

الْمَطَارَاتُ حَدِيثَةٌ （這些機場是現代化的）→ الْمَطَارَاتُ → 主格格位
رَأَيْتُ الْمَطَارَاتِ الْحَدِيثَةَ （我看到了現代化機場）→ الْمَطَارَاتِ → 受格格位
أُسَافِرُ مِنَ الْمَطَارَاتِ الْحَدِيثَةِ （我從現代化機場離開）→ الْمَطَارَاتِ → 屬格格位

3- 不規則複數

不規則複數名詞，顧名思義它由單數變為複數時，是沒有規則可循的。如：

كِتَابٌ （書）→ كُتُبٌ　　　طَبِيبٌ （醫生）→ أَطِبَّاءُ
قَلَمٌ （筆）→ أَقْلامٌ　　　دَفْتَرٌ （筆記本）→ دَفَاتِرُ

不規則複數名詞在阿拉伯文中佔極大比例，所以學習者必需學一個記一個，別無它途。

另外，阿拉伯文的名詞雖有陽性規則複數與陰性規則複數，但哪些名詞應以陽性規則複數型態變化，哪些名詞應以陰性規則複數型態變化，其間也沒有絕對規則可循，所以學習者應學一個字就記一個字。

第七章　健全名詞與不健全名詞（الاسْمُ الصَّحِيحُ وَالاسْمُ المُعْتَلُّ）

名詞根據它字尾字母的不同，可分為兩種：

健全名詞　　（或稱剛尾名詞）(الاسْمُ الصَّحِيحُ)
不健全名詞　（或稱柔尾名詞）(الاسْمُ المُعْتَلُّ)

健全名詞就是一個名詞的字尾沒有不健全字母(ي、و、ى、ا) 的名詞。如：

طَالِبٌ（學生）　　أُسْتَاذٌ（老師）　　كِتَابٌ（書）

不健全名詞就是一個名詞的字尾有不健全字母(ي、ى、ء、ا)的名詞。如：

عَصًا（棍子）فَتًى（青年）صَحْرَاءُ（沙漠）　الْقَاضِي（法官）

不健全名詞又分三種：

缺尾名詞 (اَلاِسْمُ الْمَنْقُوصُ)
節尾名詞 (اَلاِسْمُ الْمَقْصُورُ)
延尾名詞 (اَلاِسْمُ الْمَمْدُودُ)

1 - 缺尾名詞，就是字尾的(ي)被省略，而以裂口鼻音(تَنْوِينُ الْكَسْرَةِ)取代的名詞。如：

قَاضٍ　（法官）→ 原來是（قَاضِيٌ）　→字尾的(ي)被省略
رَاعٍ　（牧羊人）→ 原來是（رَاعِيٌ）　→字尾的(ي)被省略

但缺尾名詞的(ي)，在下列情況必須出現：

1) 加上冠詞時：如：

الْقَاضِيُ ← ال + قَاضٍ
الأَهَالِيُ ← ال + أَهَالٍ

2) 當正次時：如：

قَاضِيُ الْمَحْكَمَةِ ← الْمَحْكَمَة + قَاضٍ （法院的法官）
أَهَالِيكَ ← كَ + أَهَالٍ （你的家人）

3) 受格格位時：如：

رَأَيْتُ قَاضِيًا : قَاضٍ （我看到了一位法官）

缺尾名詞雙數變化：

缺尾名詞單數變為雙數時，字尾的(ي)必須出現。
如：

قَاضِيَيْنِ ، قَاضِيَانِ ← قَاضٍ

缺尾名詞的陽性規則複數變化：

缺尾名詞單數變為複數時，字尾直接變化。
如：

قَاضِينَ ، قَاضُونَ ← قَاضٍ
الْقَاضِينَ ، الْقَاضُونَ ← الْقَاضِي

2 - 節尾名詞，就是字尾是(ى ، ا)的名詞。如：

عَصًا （棍子） فَتًى （青年）

節尾名詞沒有加上冠詞時，要唸成開口鼻音(تَنْوِينُ الْفَتْحَةِ)，加上冠詞時念開口音。如：

عَصًا + ال → الْعَصَا （棍子）
فَتًى + ال → الْفَتَى （青年）

節尾名詞在句子中不論佔什麼格位都唸成開口音或開口鼻音，但它不是固定尾音名詞，它佔格位，但因為字尾有(ى ، ا)而無法顯示尾音。如：

جَاءَ فَتًى وَسِيمٌ . （一位帥哥來了）
فَتًى → 主詞主格格位，但(فَتًى)是節尾名詞，無法在字尾顯示主格音標

رَأَيْتُ فَتًى وَسِيمًا . （我看到了一位帥哥）
فَتًى → 受詞受格格位，但(فَتًى)是節尾名詞，無法在字尾顯示受格音標

سَلَّمْتُ عَلَى فَتًى وَسِيمٍ . （我問候了一位帥哥）
فَتًى → 介系詞後面的名詞佔屬格格位，但(فَتًى)是節尾名詞，無法在字尾顯示屬格音標

節尾名詞雙數變化：

1) 節尾名詞由單數變為雙數時，字尾若是(ى)，則把(ى)恢復到字根的(ي)後，再改變為雙數。
如：فَتًى → فَتَيَانِ ، فَتَيَيْنِ
مُسْتَشْفًى → مُسْتَشْفَيَانِ ، مُسْتَشْفَيَيْنِ

2) 字尾若是(ا)，則把(ا)恢復到字根的(و)後，再改變為雙數。
如：عَصًا → عَصَوَانِ ، عَصَوَيْنِ

節尾名詞陽性規則複數變化：
節尾名詞陽性規則複數變化時，把字尾的(ى)去掉後再作變化。如：

مُصْطَفًى → مُصْطَفَوْنَ ، مُصْطَفَيْنَ

3- 延尾名詞，最後一個字母是(ء)，倒數第二個字母是增加的(ا)，就是延尾名詞。這種名詞依據(همزة)來分，可分三種：

1) همزة 是由原字根變來的：如：

إنْشَاءٌ → 源自於：أنْشَأ

2) همزة 是由(و)或(ي)變來的：如：

دُعَاءٌ 源自於：دَعَا → يَدْعُو
بَنَّاءٌ 源自於：بَنَى → يَبْنِي

3) همزة 代表陰性名詞：如：

صَحْرَاءُ（沙漠） حَمْرَاءُ (紅色的) عَزْبَاءُ (單身女郎)

4) همزة 代表不規則複數形態：如：

صَدِيقٌ 複數為 → أصْدِقَاءُ

延尾名詞字尾的(ء)，若不是原字的字根變化而來的，則這個名詞是不完全變化尾音(ممنوع من الصرف)名詞。如：

صَحْرَاءُ（沙漠） حَمْرَاءُ (紅色的) عَزْبَاءُ (單身女郎)
أصْدِقَاءُ （朋友們）

延尾名詞雙數變化：

1) 延尾名詞變為雙數，若(همزة)是由原字根變化而來的，就在字尾直接變化。如：

إنْشَاءٌ → إنْشَاءَانِ ، إنْشَاءَيْنِ

2) 若(همزة)是由(ي)或(و)變化而來的，則可以在字尾直接變化，或把(همزة)改為(و)後，再變為雙數。如：

بِنَاءَيْنِ ، بِنَاءَانِ ← بِنَاءٌ
بِنَاوَيْنِ ، بِنَاوَانِ ← بِنَاءٌ

3) 若(همزة)表示陰性時，必須把(همزة)改為(و)，再做雙數變化。如：
صَحْرَاوَيْنِ ، صَحْرَاوَانِ ← صَحْرَاءُ
عَزْبَاوَيْنِ ، عَزْبَاوَانِ ← عَزْبَاءُ

延尾名詞陽性規則複數變化：

延尾名詞若要作陽性規則複數變化時，則在字尾直接變化，或把(همزة)改為(و)後再變化。如：

بَنَّائِينَ ، بَنَّاؤُونَ ← بَنَّاءٌ
بَنَّاوِينَ ، بَنَّاوُونَ ← بَنَّاءٌ

第八章　人稱代名詞（الضَّمِيرُ）

阿拉伯文的人稱代名詞與英文的人稱代名詞一樣，分為第一人稱主格、受格、屬格人稱代名詞，第二人稱主格、受格、屬格人稱代名詞，第三人稱主格、受格、屬格人稱代名詞。

但阿拉伯文的人稱還分陰性、陽性與單數、雙數、複數，阿拉伯文的人稱代名詞，還分為分離人稱代名詞、連寫人稱代名詞、隱藏人稱代名詞，所以比英文的人稱代名詞複雜些，將這些人稱代名詞介紹如下：

一、主格分離人稱代名詞　（ضَمَائِرُ الرَّفْعِ الْمُنْفَصِلَةُ）

主格分離人稱代名詞，顧名思義就是用於主格格位，而不與前面或後面的字連寫的人稱代名詞。

第一人稱	第二人稱		第三人稱		
陰陽性同形	陰性	陽性	陰性	陽性	
أنَا	أنْتِ	أنْتَ	هِيَ	هُوَ	單數
	أنْتُمَا	أنْتُمَا	هُمَا	هُمَا	雙數
نَحْنُ	أنْتُنَّ	أنْتُمْ	هُنَّ	هُمْ	複數

هُوَ　：他　→　هُوَ طَالِبٌ　（他是男學生）
هُمَا　：他倆　→　هُمَا طَالِبَانِ　（他倆是男學生）
هُمْ　：他們　→　هُمْ طُلَّابٌ　（他們是男學生）
هِيَ　：她　→　هِيَ طَالِبَةٌ　（她是女學生）
هُمَا　：她倆　→　هُمَا طَالِبَتَانِ　（她倆是女學生）
هُنَّ　：她們　→　هُنَّ طَالِبَاتٌ　(她們是女學生)
أنْتَ　：你　→　أنْتَ طَالِبٌ　（你是男學生）
أنْتُمَا　：你倆　→　أنْتُمَا طَالِبَانِ　（你倆是男學生）
أنْتُمْ　：你們　→　أنْتُمْ طُلَّابٌ　（你們是男學生）
أنْتِ　：妳　→　أنْتِ طَالِبَةٌ　（妳是女學生）
أنْتُمَا　：妳倆　→　أنْتُمَا طَالِبَتَانِ　（妳倆是女學生）

أنْتُنَّ　：妳們　→　أنْتُنَّ طَالِبَاتٌ　（妳們是女學生）
أنَا　：我　→　أنَا طَالِبٌ　（我是男學生）
أنَا طَالِبَةٌ　（我是女學生）
نَحْنُ　：我們　→　نَحْنُ طُلَّابٌ　（我們是男學生）
نَحْنُ طَالِبَاتٌ　（我們是女學生）

二、受格連寫人稱代名詞 (ضَمَائِرُ النَّصْبِ الْمُتَّصِلَةُ)

受格連寫人稱代名詞，就是在句子中佔受格格位，又與前面的字連寫的人稱代名詞，受格連寫人稱代名詞，通常是連接在動詞或有動詞作用的虛詞後面的人稱代名詞。將受格連寫人稱代名詞介紹如下：

受格人稱代名詞：

第一人稱	第二人稱		第三人稱		
	陰性	陽性	陰性	陽性	
ـي	كِ	كَ	ـهَا، هَا	ـهُ، هُ	單數
	كُمَا	كُمَا	ـهُمَا، هُمَا	ـهُمَا، هُمَا	雙數
ـنَا	كُنَّ	كُمْ	ـهُنَّ، هُنَّ	ـهُمْ، هُمْ	複數

如：

رَأيْتُـهُ .　（我看到他了）
ـهُ　→　第三人稱陽性單數受格連寫人稱代名詞
رَأيْتُـهُمَا .　（我看到他倆了）
ـهُمَا　→　第三人稱陽性雙數受格連寫人稱代名詞
رَأيْتُـهُمْ .　（我看到他們了）
ـهُمْ　→　第三人稱陽性複數受格連寫人稱代名詞
رَأيْتُـهَا .　（我看到她了）
ـهَا　→　第三人稱陰性單數受格連寫人稱代名詞
رَأيْتُـهُمَا .　（我看到她倆了）
ـهُمَا　→　第三人稱陰性雙數受格連寫人稱代名詞
رَأيْتُـهُنَّ .　（我看到她們了）
ـهُنَّ　→　第三人稱陰性複數受格連寫人稱代名詞

. رَأَيْتُكَ　　（我看到你了）

كَ　　→　第二人稱陽性單數受格連寫人稱代名詞

. رَأَيْتُكُمَا　　（我看到你倆了）

كُمَا　　→　第二人稱陽性雙數受格連寫人稱代名詞

. رَأَيْتُكُمْ　　（我看到你們了）

كُمْ　　→　第二人稱陽性複數受格連寫人稱代名詞

. رَأَيْتُكِ　　（我看到妳了）

كِ　　→　第二人稱陰性單數受格連寫人稱代名詞

. رَأَيْتُكُمَا　　（我看到妳倆了）

كُمَا　　→　第二人稱陰性雙數受格連寫人稱代名詞

. رَأَيْتُكُنَّ　　（我看到妳們了）

كُنَّ　　→　第二人稱陰性複數受格連寫人稱代名詞

. رَأَيْتَنِي　　（你看到我了）

نِ　　→　保護性的(ن)

ي　　→　第一人稱陰、陽性單數受格連寫人稱代名詞

. رَأَيْتَنَا　　（你看到我們了）

نَا　　→　第一人稱陰、陽性雙、複數受格連寫人稱代名詞

注意：

1-　第三人稱陰性與陽性連寫人稱代名詞，若前面字的字尾是不可以連寫的字母(ا ، د ، ذ ، ر ، ز ، و)，則要寫成字首體的人稱代名詞(هُ ، هُمَا ، هُمْ ، هَا ، هُنَّ)。如：

أَدْعُوهُ　　（我邀請他）

أَدْعُوهُمَا　　（我邀請他倆）

أَدْعُوهُمْ　　（我邀請他們）

أَدْعُوهَا　　（我邀請她）

أَدْعُوهُمَا　　（我邀請她倆）

أَدْعُوهُنَّ　　（我邀請她們）

2-　受格第一人稱單數連寫代名詞(ي)，與前面的字連寫時，要先加一個叫做保護性的(ن)。如：

. رَأَيْتَنِي　　（你看到我了）

ـنِـ → 保護性的(ن)
ـي → 第一人稱單數受格連寫人稱代名詞

三、屬格連寫人稱代名詞 (ضَمَائِرُ الْجَرِّ الْمُتَّصِلَةُ)

屬格連寫人稱代名詞，就是在句子中佔屬格格位，又與前面的字連寫的人稱代名詞，阿拉伯文的屬格與受格連寫人稱代名詞是同一個型態，通常屬格人稱代名詞，是接在名詞或虛詞後面。將屬格人稱代名詞介紹如下：

第一人稱	第二人稱		第三人稱		
	陰性	陽性	陰性	陽性	
ـِي	ـكِ	ـكَ	ـهَا	ـهُ	單數
	ـكُمَا	ـكُمَا	ـهُمَا	ـهُمَا	雙數
ـنَا	ـكُنَّ	ـكُمْ	ـهُنَّ	ـهُمْ	複數

如：

接在名詞後面：

كِتَابٌ + هُ → كِتَابُهُ ：他的書
كِتَابٌ + هُمَا → كِتَابُهُمَا ：他倆的書
كِتَابٌ + هُمْ → كِتَابُهُمْ ：他們的書
كِتَابٌ + هَا → كِتَابُهَا ：她的書
كِتَابٌ + هُمَا → كِتَابُهُمَا ：她倆的書
كِتَابٌ + هُنَّ → كِتَابُهُنَّ ：她們的書
كِتَابٌ + كَ → كِتَابُكَ ：你的書
كِتَابٌ + كُمَا → كِتَابُكُمَا ：你倆的書
كِتَابٌ + كُمْ → كِتَابُكُمْ ：你們的書
كِتَابٌ + كِ → كِتَابُكِ ：妳的書
كِتَابٌ + كُمَا → كِتَابُكُمَا ：妳倆的書
كِتَابٌ + كُنَّ → كِتَابُكُنَّ ：妳們的書
كِتَابٌ + ي → كِتَابِي ：我的書
كِتَابٌ + نَا → كِتَابُنَا ：我們的書

接在介系詞後面：

لَ + هُ → شُكْرًا لَهُ ：謝謝他
لَ + هُمَا → شُكْرًا لَهُمَا ：謝謝他倆
لَ + هُمْ → شُكْرًا لَهُمْ ：謝謝他們
لَ + هَا → شُكْرًا لَهَا ：謝謝她
لَ + هُمَا → شُكْرًا لَهُمَا ：謝謝她倆
لَ + هُنَّ → شُكْرًا لَهُنَّ ：謝謝她們
لَ + كَ → شُكْرًا لَكَ ：謝謝你
لَ + كُمَا → شُكْرًا لَكُمَا ：謝謝你倆
لَ + كُمْ → شُكْرًا لَكُمْ ：謝謝你們
لَ + كِ → شُكْرًا لَكِ ：謝謝妳
لَ + كُمَا → شُكْرًا لَكُمَا ：謝謝妳倆
لَ + كُنَّ → شُكْرًا لَكُنَّ ：謝謝妳們
لَ + ي → هٰذَا لِي ：這是我的
لَ + نَا → هٰذَا لَنَا ：這是我們的

注意：

1 - 任何一個字，前面若加上第一人稱屬格連寫人稱代名詞(ي)，字尾要配合(ي)，改念為裂口音。如：

كِتَابٌ + ي → كِتَابِي
لَ + ي → لِي

2 - 第一人稱屬格連寫人稱代名詞(ـي)前面的字母若是(ا)或是(ي)，則(ـي)要唸成(ـيَ)。如：

عَصًا + ـي → عَصَايَ （我的棍子）
كُرْسِيٌّ + ـي → كُرْسِيَّ （我的椅子）

3 - 屬格連寫人稱代名詞前面的字母若是(ى)，則(ى)要寫成(ا)。如：

مُسْتَشْفَى + ـي → مُسْتَشْفَايَ （我的醫院）
مُسْتَشْفَى + هُمْ → مُسْتَشْفَاهُمْ （他們的醫院）

4 - (لَدَى ، إلَى ، عَلَى)後面若加上連寫人稱代名詞，則這些字尾的(ى)，要改為(ي)並念成輕音再跟連寫人稱代名詞連寫。如：

عَلَى + ـي → عَلَيَّ
إلَى + ـي → إلَيَّ
لَدَى + ي → لَدَيَّ
عَلَى + هُ → عَلَيْهِ
إلَى + هُ → إلَيْهِ
لَدَى + هُ → لَدَيْهِ
عَلَى + كَ → عَلَيْكَ
إلَى + كَ → إلَيْكَ
لَدَى + كَ → لَدَيْكَ

5 - 第三人稱代名詞(هُنَّ ، هُمْ ، هُمَا ، ـهُ) 中的(هـ)，前面的字尾，若是唸裂口音(ـِ)或輕音(ـيْـ)時，(هـ)要唸成裂口音(ـِ)成為(هِنَّ ، هِمْ ، هِمَا ، ـهِ)。如：

裂口音
الْقَلَمُ عَلَى كِتَابِهِ ：筆在他的書上
الْقَلَمُ عَلَى كِتَابِهِمَا ：筆在他倆的書上
الْقَلَمُ عَلَى كِتَابِهِمْ ：筆在他們的書上
الْقَلَمُ عَلَى كِتَابِهِمَا ：筆在她倆的書上
الْقَلَمُ عَلَى كِتَابِهِنَّ ：筆在她們的書上

輕音
أذهَبُ إلَيْهِ ：我去他那裡
أذهَبُ إلَيْهِمَا ：我去他倆那裡
أذهَبُ إلَيْهِمْ ：我去他們那裡
أذهَبُ إلَيْهِمَا ：我去她倆那裡
أذهَبُ إلَيْهِنَّ ：我去她們那裡

6 - 阿拉伯文表示事務、動物、無生物的人稱代名詞，跟表示人的人稱代名詞相同。如：

表示事務 ：هَذِهِ اللُّغَةُ لا أفْهَمُهَا . （這是種我不懂語文）
表示動物 ：هَذَا الْحِصَانُ جِسْمُهُ قَوِيٌّ . （這隻馬牠的身體很壯）
表示無生物 ：هَذَا الْكِتَابُ لَهُ فَائِدَةٌ كَبِيرَةٌ . （這本書它益處良多）

四、受格分離人稱代名詞　（ضَمَائِرُ النَّصْبِ الْمُنْفَصِلَةُ ）

受格分離人稱代名詞，是佔受格格位，又不連寫的人稱代名詞，這種人稱代名詞用的時機不多。它的型態就是受格連寫人稱代名詞前面加上(إِيَّا)。

第一人稱	第二人稱		第三人稱		
	陰性	陽性	陰性	陽性	
إِيَّايَ	إِيَّاكِ	إِيَّاكَ	إِيَّاهَا	إِيَّاهُ	單數
	إِيَّاكُمَا	إِيَّاكُمَا	إِيَّاهُمَا	إِيَّاهُمَا	雙數
إِيَّانَا	إِيَّاكُنَّ	إِيَّاكُمْ	إِيَّاهُنَّ	إِيَّاهُمْ	複數

如：

إِيَّاهُ أُحِبُّ	（我愛他）
إِيَّاهُمَا أُحِبُّ	（我愛他倆）
إِيَّاهُمْ أُحِبُّ	（我愛他們）
إِيَّاهَا أُحِبُّ	（我愛她）
إِيَّاهُمَا أُحِبُّ	（我愛她倆）
إِيَّاهُنَّ أُحِبُّ	（我愛她們）
إِيَّاكَ أُحِبُّ	（我愛你）
إِيَّاكُمَا أُحِبُّ	（我愛你倆）
إِيَّاكُمْ أُحِبُّ	（我愛你們）
إِيَّاكِ أُحِبُّ	（我愛妳）
إِيَّاكُمَا أُحِبُّ	（我愛妳倆）
إِيَّاكُنَّ أُحِبُّ	（我愛妳們）
إِيَّايَ تُحِبُّ	（你愛我）
إِيَّانَا تُحِبُّ	（你愛我們）

注意

1- 句子中若無法以受格連寫人稱代名詞形態出現時，才用受格分離人稱代名詞的句型。

2- 若句子中能以受格連寫人稱代名詞表達時，受格連寫人稱代名詞比受格分離人稱代名詞優先使用。如：

أُحِبُّكِ　(我愛妳)　　不說：　أُحِبُّ إِيَّاكِ

至於主格連寫人稱代名詞、隱藏人稱代名詞，則只出現在動詞與人稱代名詞的變化中。

第九章　指示代名詞 (اسْمُ الإشَارَةِ)

阿拉伯文的指示代名詞，有兩種；指近距離的指示代名詞與指遠距離的指示代名詞，這兩種指示代名詞都有陰陽性之分。

1 - 指近距離的指示代名詞（請由右至左看）

複數	雙數	單數	
（這些人）هَؤُلاءِ	（這兩個，主格）هَذَانِ （這兩個，受屬格）هَذَيْنِ	（這個）هَذَا	陽性
	（這兩個，主格）هَاتَانِ （這兩個，受屬格）هَاتَيْنِ	（這個）هَذِهِ	陰性

2 - 指遠距離的指示代名詞（請由右至左看）

複數	雙數	單數	
（那些人）أولائِكَ	（那兩個，主格）ذَانِكَ （那兩個，受屬格）ذَيْنِكَ	（那個）ذَلِكَ	陽性
	（那兩個，主格）تَانِكَ （那兩個，受屬格）تَيْنِكَ	（那個）تِلْكَ	陰性

如：

هَذا كِتَابٌ	（這是一本書）
هَذا الْكِتَابُ جَدِيدٌ	（這本書是新的）
هَذان كِتَابَان	（這是兩本書）
هَذان الْكِتَابَان جَدِيدَان	（這兩本書是新的）
هَذِهِ صُورَةٌ	（這是一幅圖畫）
هَذِهِ الصُّورَةُ جَدِيدَةٌ	（這幅圖畫是新的）
هَاتَان صُورَتَان	（這是兩幅圖畫）
هَاتَان الصُّورَتَان جَدِيدَتَان	（這兩幅圖畫是新的）
هَذِهِ كُتُبٌ	（這是一些書）
هَذِهِ الْكُتُبُ جَدِيدَةٌ	（這些書是新的）
ذلِكَ كِتَابٌ	（那是一本書）
ذلِكَ الْكِتَابُ جَدِيدٌ	（那本書是新的）
تِلْكَ صُورَةٌ	（那是一幅圖畫）
تِلْكَ الصُّورَةُ جَدِيدَةٌ	（那幅圖畫是新的）
تِلْكَ صُوَرٌ	（那是一些圖畫）
تِلْكَ الصُّوَرُ جَدِيدَةٌ	（那些圖畫是新的）
هَؤُلاءِ طُلاَّبٌ	（這些人是男學生）
هَؤُلاءِ الطُّلاَّبُ جُدُدٌ	（這些男學生是新來的）
هَؤُلاءِ طَالِبَاتٌ	（這些人是女學生）
هَؤُلاءِ الطَّالِبَاتُ جَدِيدَاتٌ	（這些女學生是新來的）

注意：

1 - 指示代名詞後面的名詞，若沒加上冠詞，則是一個由主語與述語構成的完整名詞句。如：

هَذا كِتَابٌ （這是一本書）

هذا → 主語

كِتَابٌ → 述語

2 - 指示代名詞後面的名詞，若加上冠詞，則指示代名詞後面的名詞，是指示代名詞的同位語，這個句子還需要述語，才算完整句。如：

هذا الْكِتَابُ ... （這本書……）

هَذا الْكِتَابُ جَدِيدٌ　　（這本書是新的）

هذا → 主語

الْكِتَابُ → 同位語

جَدِيدٌ → 述語

3 - 指示代名詞後面的名詞要當述語，被指示的名詞又是一個加上冠詞的名詞時，通常在指示代名詞與述語間會加上一個適當的人稱代名詞(هُوَ)或(هِيَ)以免混淆不清。如：

هذا هُوَ الْكِتَابُ .　　（這就是那本書）

هذهِ هِيَ الصُّورَةُ .　　（這就是那張照片）

4 - 指示代名詞後面的名詞要當述語，被指示的名詞不是一個加上冠詞的名詞時，指示代名詞與述語間不需加上人稱代名詞(هُوَ)或(هِيَ)。如：

هذا كِتَابُكُمْ .　　（這是你們的書）

هذهِ صُورَتُكَ .　　（這是你的照片）

5 - 要指示沒有加上冠詞的名詞，指示代名詞必須置於這個名詞後面，此時，這個指示代名詞在文法上是形容詞。如：

كِتَابُ الأُسْتَاذِ هذا مُفِيدٌ .　　（老師的這本書是有用的）

不可以說成：هَذا كِتَابُ الأُسْتَاذِ مُفِيدٌ

كِتَابُكُمْ هذا مُفِيدٌ .　　（你們的這本書是有用的）

不可以說成：هَذا كِتَابُكُمْ مُفِيدٌ

第十章　確定名詞與非確定名詞 (الْمَعْرِفَة وَالنَّكِرَة)

阿拉伯文的名詞分為：
非確定名詞(或稱泛指名詞)(النَّكِرَة)
確定名詞（或稱確指名詞）(الْمَعْرِفَة)。

1- 非確定名詞是指不確定的人、事、物。如：

طَالِبٌ（一位學生）→ 人　　طَالِبٌ مُجْتَهِدٌ　（一位用功的學生）
كِتَابٌ（一本書）→ 物　　كِتَابٌ مُفِيدٌ　（一本有用的書）

2- 確定名詞是指確定的人事物。如：

مُحَمَّدٌ　（穆罕默德）→ 人　　مُحَمَّدٌ الْمُجْتَهِدُ（用功的穆罕默德）
كِتَابُكَ　（你的書）→ 物　　كِتَابُكَ الْمُفِيدُ（你那本有用的書）

阿拉伯文名詞中，下列名詞屬於確定名詞：

1- 人稱代名詞 (الضَّمِيرُ) 。如：

هُوَ	（他）	هُمَا	（他倆）	هُمْ	(他們)
هِيَ	（她）	هُمَا	（她倆）	هُنَّ	(她們)
أَنْتَ	（你）	أَنْتُمَا	（你倆）	أَنْتُمْ	(你們)
أَنْتِ	（妳）	أَنْتُمَا	（妳倆）	أَنْتُنَّ	(妳們)
أَنَا	(我)	نَحْنُ	(我們)		

2- 專有名詞 (اِسْمُ الْعَلَمِ)。如：

人名 → مُحَمَّدٌ（穆罕默德）
地名 → بَغْدَادُ（巴格達）
國名 → لُبْنَانُ（黎巴嫩）

3 - 指示代名詞(اِسمُ الإشَـارَةِ) 如：

هَذا （這個）→陽性　هَذانِ （這兩個）　هَؤُلاءِ （這些人）
هَذِهِ （這個）→陰性　هَاتَـانِ （這兩個）
ذلِكَ （那個）→陽性　ذانِكَ （那兩個）　أولائِكَ （那些人）
تِلْكَ （那個）→陰性　تَـانِكَ （那兩個）

4 - 關係代名詞 (الاِسْمُ الْمَوْصُولُ)如：

الَّذي (who, which, that) →陽性　اللَّذانِ （雙數）　الَّذِيـنَ （複數）

الَّتِـي (who, which, that) →陰性　اللَّـتَـانِ （雙數）　الـلاَّتِـي （複數）

5 - 加上冠詞的名詞。如：

طَـالِبٌ → 非確定名詞
طَـالِبٌ + ال → الطَّـالِبُ → 確定名詞

6 - 偏次為確定的名詞。如：

كِتَـابُ مُـعَلِّمٍ（老師的書）
كتابُ →為非確定名詞，因為它的偏次名詞 معلم 為非確定名詞。
كِتَـابُ الْـمُـعَلِّمِ（老師的書）
كتابُ →為確定名詞，因為它的偏次名詞 المعلم 為確定名詞。
كِتَـابُهُ （他的書）
كِتَـابُ →為確定名詞，因為它的偏次名詞為(ه)，人稱代名詞為確定名詞。

7 - 被呼喚名詞。如：

يَـا رَجُـلُ （這位男士呀）
يَـا تِلْـمِيذُ （這位學生呀）

第十一章　名詞的正偏組合 (الإضَافَةُ)

正偏組合就是兩個名詞組成的詞組，位於前面的名詞稱正次，後面的名詞稱偏次。正次名詞的格位要依它在句子中所佔地位而定，偏次名詞則一定是佔屬格格位。如：

أمَامَ الْبَيْتِ　（在家的前面）→ 正偏組合
أمَامَ　→ 正次名詞
الْبَيْتِ　→ 偏次名詞，屬格格位，音標為：ـِ

بَيْتُ الأسْتَاذِ　（老師的家）→ 正偏組合
بَيْتُ　→ 正次名詞
الأسْتَاذِ　→ 偏次名詞，屬格格位，字尾音標為：ـِ

正次通常是一個非確定名詞，偏次則可能是非確定名詞或確定名詞。如：

كِتَابُ طالِبٍ　（一位學生的書）
كِتَابُ　→ 正次 →非確定名詞
طالِبٍ　→ 偏次 →非確定名詞

كِتَابُ الطَّالِبِ　（這位學生的書）
كِتَابُ　→ 正次 →非確定名詞
الطَّالِبِ　→ 偏次 →加上冠詞的確定名詞

كِتَابُ طالِبِكَ　（你學生的書）
كِتَابُ　→ 正次 →非確定名詞
طَالِبِ　→ 偏次 →字尾加上人稱代名詞的確定名詞

كِتَابُكَ　（你的書）
كِتَابُ　→ 正次 →非確定名詞
كَ　→ 偏次 →人稱代名詞確屬於確定名詞

كِتَابُ أمِينٍ （阿敏的書）
كِتَابُ → 正次 →非確定名詞
أمِينٍ → 偏次 →專有名詞屬於確定名詞

注意：

1 - 正偏組合可以連環組成，也就是正次名詞可以當它前行名詞的偏次，但被當偏次名詞的正次名詞，必須是非確定名詞。如：

كِتَابُ طَالِبِ الْجَامِعَةِ （大學學生的書）
كِتَابُ → 正次 →非確定名詞
طَالِبِ → كِتَابُ 的偏次，但又是 الْجَامِعَةِ 的正次 →非確定名詞
الْجَامِعَةِ → 偏次

2 - 正次名詞字尾必須為單音，不可以是鼻音。如：

كِتَابُ طَالِبٍ （一位學生的書）
كِتَابُ → 正次 →字尾單音
كِتَابُ طَالِبِ الْجَامِعَةِ （大學學生的書）
كِتَابُ → 正次 →字尾單音
طَالِبِ → كِتَابُ 的偏次，但又是 الْجَامِعَةِ 的正次 →字尾單音

3 - 正次格位依照它在句子中所佔的地位決定，偏次則永遠是屬格格位。如：

كِتَابُ الطَالِبِ مُفِيدٌ. （學生的書是有用的）
كِتَابُ → 正次 →主語，主格格位
الطَالِبِ → 偏次 →屬格格位

وَجَدْتُ كِتَابَ الطَالِبِ. （我找到學生的書了）
كِتَابَ → 正次 →受詞，受格格位
الطَالِبِ → 偏次 →屬格格位

أبْحَثُ عَنْ كِتَابِ الطَالِبِ. （我在找學生的書）
كِتَابِ → 正次 →介系詞後面屬格格位
الطَالِبِ → 偏次 →屬格格位

4- 正次若為雙數形態或陽性規則複數名詞，則應該把字尾的(ن)省略。如：

كِتَابَانِ （兩本書）
كِتَابَا الطالِبِ （學生的兩本書）
كِتَابَا → 正次 →雙數省略(ن)，主格時
كِتَابَي الطَّالِبِ
كِتَابَيْ → 正次 →雙數省略(ن)，受格或屬格時

مُدَرِّسُونَ （男老師們）
مُدَرِّسُو الْمَدْرَسَةِ （學校的老師們）
مُدَرِّسُو → 正次 →陽性規則複數省略(ن)，主格時
مُدَرِّسِي الْمَدْرَسَةِ
مُدَرِّسِي → 正次 →陽性規則複數省略(ن)，受格或屬格時

5 - 正偏組合兩個名詞不得分開，若要形容正次的形容詞，也要放在偏次名詞之後。如：

بَيْتُ الأسْتَاذِ الْكَبِيرُ （老師的大房子）

6 - 形容偏次的形容詞應放在偏次名詞後面，此時，形容詞可能混淆，到底是形容正次或偏次，但可以以音標或性來區分，若還無法區分，就要靠句子的前後意思來判斷了。如：

بَيْتُ الابْنِ الْكَبِيرُ （兒子的大房子） → 靠音標區分
بَيْتُ الابْنِ الْكَبِيرِ （大兒子的房子） → 靠音標區分
غُرْفَةُ الابْنِ الْكَبِيرَةُ （兒子的大房間） → 靠性區分
بِنْتُ الْخَالَةِ الْكَبِيرةُ （阿姨的大女兒） → 靠音標區分
بِنْتُ الْخَالَةِ الْكَبِيرةِ （大阿姨的女兒） → 靠音標區分
عِنْدَ بِنْتِ الْخَالَةِ الْكَبِيرةِ （在大阿姨的女兒哪邊或在阿姨的大女兒那邊）
→ 字面無法區分意思，須靠句子前後意思區分

7 - 名詞與屬格人稱代名詞連寫，則名詞為正次，人稱代名詞為偏次。如：

كِتَابِي （我的書）
كِتَاب → 正次
ي → 偏次

كِتَابُكُمْ （你們的書）
كِتَابُ → 正次
كُمْ → 偏次

第十二章　五個特殊名詞（الأسْمَاءُ الْخَمْسَةُ）

阿拉伯文裡，有五個名詞，若它與第一人稱的(ي)以外的名詞，成正偏組合的正次時，它的格位是以(و)字母表示主格格位，以 (ا)表示受格格位，以(ي) 表示屬格格位，這種變化與其它的名詞都不一樣，所以被稱為五個特殊名詞。這五個特殊名詞是：

أبٌ（爸爸），أخٌ（兄弟），حَمٌ（配偶之父），فُو（嘴巴），ذوُ（擁有）

1- 主格格位時，如：

جَاءَ أبُوكَ .　　（你爸爸來了）

أبُو →主詞主格格位

جَاءَ أخُوكَ .　　（你哥哥來了）

أخُو →主詞主格格位

جَاءَ حَمُوكَ .　　（你岳父來了）

حَمُو →主詞主格格位

فُو الْبِنْتِ جَمِيلٌ .　　（這位女孩的嘴很美）

فُو →主語主格格位

هٰذَا الأُسْتَاذُ ذوُ مَالٍ .　　（這位老師很有錢）

ذُو →述語主格格位

2- 受格格位時，如：

رَأَيْتُ أبَاكَ .　　（我看到了你爸爸）

أبَا →受詞受格格位

رَأيْتُ أخَاكَ .　　（我看到了你哥哥）
أخَا →受詞受格格位

رَأيْتُ حَمَاكَ .　　（我看到了你岳父）
حَمَا →受詞受格格位

اِغْسِلْ فَاكَ بَعْدَ الطَّعَامِ .（你飯後要漱口）
فَا →受詞受格格位

أصْبَحَ الأسْتَاذُ ذا مَالٍ .（這位老師變得很有錢）
ذَا → أصبح 的述語受詞受格格位

3 - 屬格格位時，如：

سَلَّمْتُ عَلَى أبِيكَ .　　（我問候你爸爸了）
أبِي → 介系詞後面的名詞屬格格位

سَلَّمْتُ عَلَى أخِيكَ .　　（我問候你哥哥了）
أخِي →介系詞後面的名詞屬格格位

سَلَّمْتُ عَلَى حَمِيكَ .　　（我問候你岳父了）
حَمِي →介系詞後面的名詞屬格格位

لا تَضَعْ يَدَكَ فِي فِيكَ .（不要把手放在嘴裡）
فِي →介系詞後面的名詞屬格格位

سَلَّمْتُ عَلَى ذِي مَالٍ .　　（我問候有錢的人了）
ذِي →介系詞後面的名詞屬格格位

五個特殊名詞，若與第一人稱代名詞成正偏組合的正次時，就直接加上(ي)，如：

أبِي　（我爸爸）
أخِي　（我兄弟）
حَمِي　（我岳父）
فِي　（我嘴巴）

第十三章　虛詞 (الْحَرْفُ)

阿拉伯文所有的虛詞，它的尾音都是固定發音的字，虛詞在句子中不佔任何文法格位。虛詞種類很多，常用的可分下列幾大類：

1 - 介系詞(حَرْفُ الْجَرِّ) : مِنْ ، إلَى ، فِي ، عَلَى ، بِ ،عَنْ ، لِ ، حَتَّى ، رُبَّ ، كَ
2 - 連接虛詞(حَرْفُ الْعَطْفِ) : وَ ، فَ ، ثُمَّ ، حَتَّى ، أوْ ، أمْ ، بَلْ ، لا ، لَكِنْ
3- 受格虛詞(حَرْفُ النَّصْبِ) : أنْ ، لَنْ ، لِ ، كَيْ ، لِكَيْ ، إذنْ ، حَتَّى ، وَ ، فَ ، أوْ ، لَ ، ثُمَّ
4 - 祈使虛詞(حَرْفُ الْجَزْمِ) : لَمْ ، لَمَّا ، لا ، لِ
5 - 疑問虛詞(حَرْفُ الاسْتِفْهَامِ) : أ ، هَلْ
6 - 回答虛詞(حَرْفُ الْجَوَابِ) : نَعَمْ ، لا ، بَلَى ، أجَلْ ، كَلاَّ
7 - 動詞作用虛詞(الْحَرْفُ الْمُشَبَّهُ بِالْفِعْلِ) : إنَّ ، أنَّ ، كَأنَّ ، لَكِنَّ ، لأنَّ ، لَعَلَّ ، لَيْتَ
8 - 未來虛詞(حَرْفُ التَّسْوِيسِ) : سَوْفَ ، سَ
9 - 呼喚虛詞(حَرْفُ النِّدَاءِ) : يَا ، أ ، أيْ ، آ ، هَيَا ، وَا ، أيَا
10 - 除外虛詞(حَرْفُ الاسْتِثْنَاءِ) : إلاَّ ، عَدَا ، حَاشَا ، خَلاَ

第一節　介系詞(حَرْفُ الْجَرِّ)

阿拉伯文的介系詞無法單獨表示意思，必須與其後置名詞共同組成一個介系詞片語，才能表達完整的意思。位於介系詞後面的名詞為屬格格位。
常用阿拉伯文的介系詞有：

مِنْ ، إلى ، عَنْ ، عَلَى ، فِي ، رُبَّ ، كَ ، بِ ، ل ، حَتَّى ،مُذْ ، مُنْذُ .

1 - مِنْ :

1) 表示「從……時間、地點」。如：

جِئْتُ مِنْ تَايْوَانَ .　（我來自台灣）
الإجَازَةُ تَبْدَأ مِنَ الأحَدِ .　（假期從星期日開始）

2) 表示「種類」。如：

عِنْدِي مِعْطَفٌ مِنَ الصُّوفِ . （我有一件毛料的外套）
مَنْ مِنْ أَصْدِقَائِكَ حَضَرَ ؟ （你的什麼朋友來了？）

3) 表示「部份」。如：

مِنْهُمْ مَنْ يَدْرُسُ الْعَرَبِيَّةَ . （他們當中有的學阿拉伯文）
أَنْفِقْ مِمَّا عِنْدَكَ . （花你自己所有的）

4) 表示「原因」。如：

هَرَبَ الْوَلَدُ مِنَ الْخَوْفِ . （小孩因害怕而逃走）
مَاتَ الْمِسْكِينُ مِنَ الْجُوعِ . （乞丐因饑餓而死）

5) 表示「加強語氣」。如：
مَا جَاءَ مِنْ أَحَدٍ . （沒有一個人來）
أَ مِنْ أَحَدٍ فِي الْبَيْتِ ؟ （有人在家嗎？）

2 - إِلَى ：

1) 表示「到……時間、地點」。如：

أَذْهَبُ إِلَى الْمَدْرَسَةِ الْآنَ . （我現在要去學校）
دَرَسْتُ أَمْسِ إِلَى السَّاعَةِ السَّابِعَةِ . （我昨天讀書讀到七點）

2) 表示「歸屬」。如：

تَايْوَانُ انْضَمَّتْ إِلَى مُنَظَّمَةِ التِّجَارَةِ الْعَالَمِيَّةِ （台灣加入了 W.T.O.）

3) 表示「對……誰來說」。如：

هَذَا التُّفَّاحُ أَحَبُّ إِلَيَّ . （這種蘋果是我最喜歡的）

3 - عَنْ :

1) 表示「遠離」。如：

رَحَلْتُ عَنْ بَلَدِي .　（我離開了我的故鄉）

2) 表示「在……時間之後」。如：

سَأَرْجِعُ عَنْ قَلِيلٍ .（我一會兒就回來）

3) 表示「原因」。如：

إنَّ عَلِيًّا يَقُولُ ذلِكَ عَنْ حَسَدٍ .（阿里確實是因忌妒才那樣說的）

4) 表示「代表、代替」。如：

أحْضُرُ الاجْتِمَاعَ عَنْ مُدِيرِي .（我代表我的主任出席會義）

5) 表示「有關」。如：

سَأَلْتُ صَدِيقِي عَنْ حَالَةِ عَائِلَتِهِ .（我問我的朋友有關他家庭狀況）

6) 表示「藉……方法、途徑」。如：

صَدِيقِي حَقَّقَ أُمْنِيَاتِهِ عَنِ اجْتِهَادِهِ .　（我的朋友靠努力實現了他的願望）

وَصَلْتُ عَمَّانَ عَنْ طَرِيق بَانْكُوكَ .（我經過曼谷到安曼）

注意：

عَنْ前面若有介系詞 مِنْ ，則 عَنْ可轉為名詞「جَانِبٍ」旁邊的意思。如：

أُرِيدُ أنْ أجْلِسَ مِنْ عَنْ جَانِبِكَ = أُرِيدُ أنْ أجْلِسَ بِجَانِبِكَ .（我要坐在你旁邊）

4 - عَلَى :

1) 表示「在……之上」。如：

أجْلِسُ عَلَى الْكُرْسِيِّ .（我坐在椅子上）

2) 表示「在……時候」。如：

سَرَقَ اللِّصُّ مَالِي عَلَى حِينِ غَفْلَةٍ .（小偷在我不注意的時候偷了錢）

3) 表示「原因」。如：

أشْكُرُكَ عَلَى تَعَاوُنِكَ .（我謝謝你的合作）

4) 表示「依照」。如：

يَجِبُ أنْ تَعْمَلَ عَلَى نِظَامِ الشَّرِكَةِ .（你應該依照公司規定去做）

5) 表示「但是」。如：

الدَّوَاءُ مُفِيدٌ عَلَى أنَّهُ مُرٌّ .（藥是有效但很苦）

6) 表示「條件」。如：

يُمْكِنُنِي أنْ أسَافِرَ مَعَكَ وَلَكِنْ عَلَى أنْ تَدْفَعَ ثَمَنَ التَّذْكِرَةِ .

（我可以跟你一塊去不過你要付機票）

7) 表示「對……來說」。如：

هَذَا الْمِعْطَفُ كَبِيرٌ عَلَيْكَ .（這件外套對你來說太大了）

注意：

عَلَى 前面若有介系詞 مِنْ ，則 عَلَى 可轉為地點副詞فَوْقَ的意思。如：

نَزَلْتُ مِنْ فَوْقِ الْقَلْعَةِ = نَزَلْتُ مِنْ عَلَى الْقَلْعَةِ .（我剛從堡壘下來）

عَلَى與人稱代名詞連寫時，字尾的 ى 必須改為 ي。如：

عَلَى + كَ → عَلَيْكَ

5 - فِي ：

1) 表示「在……時間、地點」。如：

أَقُومُ في السَّاعَةِ السَّابِعَةِ صَبَاحًا .（我早上七點就起床了）

2) 表示「在……地點」。如：

أَسْكُنُ في جَنُوبِ تَايْوَانَ .（我住在台灣南部）

3) 表示「在……裡面」。如：

الْكِتَابُ في الدُّرْجِ .（書在抽屜裡）

4) 表示「原因」。如：

رَسَبَ الطَّالِبُ في كَسَلِهِ .（學生因懶而被當）

5) 表示「擁有」。如：

يَسْعَى صَدِيقِي إِلَى الأَمَامِ في ثِقَةٍ .（我的朋友充滿信心向前邁進）

6 - رُبَّ ：

表示「可能、也許」。如：

رُبَّ صَدِيقٍ أَنْفَعُ مِنْ شَقِيقٍ .（一個普通朋友也許勝過親兄弟）

注意：

1) - رُبَّ 不可連接人稱代名詞與限定名詞。

不能說：رُبَّكَ（也許你）

2)- رُبَّ 之後的屬格名詞，在句中它是主語地位。如：

رُبَّ صَدِيقٍ أَنْفَعُ مِنْ شَقِيقٍ. 句中صَدِيقٍ是本句的主語佔主格地位。

3)- 若 رُبَّ後面加上مَا，則 رُبَّ之後的名詞為主格格位，也可以接動詞。如：

رُبَّمَا صَدِيقُكَ يُصْبِحُ عَدُوًّا لَكَ.（也許你的朋友會變成你的敵人）
رُبَّمَا لا يَأْتِي صَدِيقِي الْيَوْمَ.（我的朋友今天也許不來）

4) - 在وَ 之後 رُبَّ 可以省略，但وَ 之後的名詞是因 رُبَّ 才唸屬格音，而這個 وَ 被稱為(وَاوُ رُبَّ)如：

وَصَدِيقٍ كَالأَخِ فِي وَقْتِ الْحَاجَةِ.（也許朋友在需要的時候就如同兄弟）

7 - كَ ：

1) 表示「像……一樣」。如：

عَلِيٌّ كَالأَسَدِ.（阿里像獅子一樣勇敢）
يَجِبُ أَنْ تَعْمَلَ كَهَذَا.（你應該像這樣做）

2) 表示「加強語氣」，並常與 مِثْل 連用。如：

مَا أُعْجِبْتُ بِأَحَدٍ كَمِثْلِ إِعْجَابِي بِعَلِيٍّ.（我從來沒佩服過像我佩服阿里這樣的人）

3) 表示「原因」，並常與مَا 連用。如：

أَشْكُرُ أُسْتَاذِي كَمَا عَلَّمَنِي.（我感謝我的老師因為他教導了我）

8 - بِ :

1) 表示「連結」。如：

أَمْسَكَتِ الأُمُّ بِيَدِ الطِّفْلِ . （媽媽緊緊牽著小孩的手）

2) 表示「以、用」。如：

الصِّينِيُّونَ يَأكُلُونَ بِالْعُودَيْنِ . （中國人用筷子吃飯）

3) 表示「在……時間、地點」。如：

أَقَامَ صَدِيقِي بِتَايْبَيْهَ خَمْسَ سَنَوَاتٍ . （我朋友在台北住五年了）
أَدْرُسُ بِاللَّيْلِ . （我在晚上唸書）

4) 表示「原因」。如：

لَمْ يَحْضُرْ عَلِيٌّ بِسَبَبِ كَثْرَةِ الشُّغْلِ . （阿里因為太忙所以沒有來）

5) 表示「相對」。如：

السِّنُّ بِالسِّنِّ وَالْعَيْنُ بِالْعَيْنِ . （以牙還牙以眼還眼）

6) 表示「伴、帶」。如：

يُحْضِرُ عَلِيٌّ بِصَدِيقِهِ . （阿里帶著他的朋友來）

7) 表示「誓詞」。如：

بِاللَّهِ لا تَتْرُكْنِي وَحِيدًا . （對真主發誓你不可以丟下我一個人孤零零的）

8) 用於加強語氣。它有下列幾種用法：

A- 否定語氣 كَانَ 的述語。如：

مَا كَانَ الطَّالِبُ بِمُجْتَهِدٍ . （學生當時並不用功）

B - لَيْسَ 與 مَا 之後。如：

لَسْتُ بِطَالِبٍ . （我並不是一位學生）
مَا أَنَا بِطَالِبٍ . （我並不是一位學生）

C - أَفْعِلْ 型態之後表示驚嘆語氣。如：

أَجْمِلْ بِهَذَا الْمَنْظَرِ! （這個風景多美呀 ！）

D - 在 نَفْسٌ 與 عَيْنٌ 與 ذات 之後表示意義強調之前。如：

جَاءَ الأُسْتَاذُ بِنَفْسِهِ لِزِيَارَتِنَا . （老師親自來訪問我們）
رَأَيْتُ الأُسْتَاذَ بِعَيْنِي . （我親眼看見老師的）
هَذَا بِالذَّاتِ مَا أُرِيدُ . （這個就是我所要的）

E - 在表示「突然」的 إذا 之後。如：

خَرَجْتُ فَإِذَا بِسَيَّارَةٍ تَنْتَظِرُنِي . （我一走出突然發現一部車在等我）

9 - ل ：

1) 表示「擁有」。如：

هَذَا الْكِتَابُ لِلأُسْتَاذِ . （這本書是老師的）

2) 表示「原因」。如：

جِئْتُ لِزِيَارَتِكَ . （我是來拜訪你的）

3) 表示「到……時間、地步」。如：

دَرَسْتُ لِطُلُوعِ الشَّمْسِ . （我讀到太陽出來）
هَذَا الْبَيْتُ جَمِيلٌ لِلْغَايَةِ . （這個房子極為漂亮）

4) 表示「驚嘆」。此時應唸成 (لَ) 如：

يَا لَلْخَسَارَةِ ! (好可惜喔！)

注意：لِ 後面若是加上第二與第三人稱的人稱代名詞，要唸成(لَ) ，如：

لِ + كَ → لَكَ

لِ + هُمْ → لَهُمْ

10 - وَ 與 تَ ：

只用於誓詞之後。如：

وَاللهِ إِنَّهُ لَمَنْظَرٌ جَمِيلٌ . （對真主發誓它的確是個漂亮的景色）

تَاللهِ إِنَّهُ لَمَنْظَرٌ جَمِيلٌ . （對真主發誓它的確是個漂亮的景色）

11 - حَتَّى :

表示「到達、直到」。如：

دَرَسْتُ حَتَّى السَّاعَةِ الثَّانِيَةَ عَشْرَةَ مَسَاءً. （我讀書到讀晚上12點）

12 - مُنْذُ 與 مُذْ ：

表示「自從……時間以來」。如：

مَا رَأَيْتُهُ مُنْذُ (مُذْ) يَوْمِ الأَحَدِ . （從星期天開始我就沒看過他）

第二節 時間地點副詞 (ظَرْفُ الزَّمَانِ وَظَرْفُ الْمَكَانِ)

阿拉伯文的時間與地點副詞，事實上是屬於名詞，但本節所介紹的時間與地點副詞，它的作用與介系詞相近，所以放在同一章介紹。時間與地點副詞，在句子中佔受格格位，下列介紹的時間與地點副詞，它後面的名詞是偏次名詞，所以也跟介系詞後面的名詞一樣，佔屬格格位。

1 - أَمَامَ ، قُدَّامَ　：在……地點前面。如：

أَسْكُنُ أَمَامَ الْحَدِيقَةِ .　（我住在公園前面）
أَسْكُنُ قُدَّامَ الْحَدِيقَةِ .　（我住在公園前面）

2 - وَرَاءَ ، خَلْفَ　：在……地點後面。如：

أَسْكُنُ وَرَاءَ الْحَدِيقَةِ .　（我住在公園後面）
أَسْكُنُ خَلْفَ الْحَدِيقَةِ .　（我住在公園後面）

3 - شَرْقَ　：在……地點東邊。如：

أَسْكُنُ شَرْقَ الْحَدِيقَةِ .　（我住在公園東邊）

4 - غَرْبَ　：在……地點西邊。如：

أَسْكُنُ غَرْبَ الْحَدِيقَةِ .　（我住在公園西邊）

5 - جَنُوبَ　：在……地點南邊。如：

أَسْكُنُ جَنُوبَ الْحَدِيقَةِ .　（我住在公園南邊）

6 - شَمَالَ：在……地點北邊。如：

أَسْكُنُ شَمَالَ الْحَدِيقَةِ .　（我住在公園北邊）

7 - وَسَطَ ، وَسْطَ　：在……地點中間。如：

أَجْلِسُ وَسَطَ الأَصْدِقَاءِ .　（我坐在朋友中間）

8 - بَيْنَ　：在……地點中間。如：

أَجْلِسُ بَيْنَ حَسَنٍ وَخَالِدٍ .　（我坐在哈珊與哈利德中間）

注意：بين 後面若加人稱代名詞，則要重複(بين)。如：
أَجْلِسُ بَيْنَكَ وَبَيْنَ خَالِدٍ .　（我坐在你跟哈利德中間）

9 - فَوْقَ ：在……地點上面。如：

الطَّائِرَةُ تَطِيرُ فَوْقَ الْبَحْرِ . （飛機飛在海上）

10 - تَحْتَ ：在……地點下面。如：

أجْلِسُ تَحْتَ الشَّجَرَةِ . （我坐在樹下）

11 - حَوْلَ ：環繞。如：

نَجْلِسُ حَوْلَ الشَّجَرَةِ . （我們環繞樹坐下）

12 - عِنْدَ ：在……地點或時間。如：

أجْلِسُ عِنْدَ الْبَابِ . （我坐門那裡）
أرْجِعُ عِنْدَ الْمَسَاءِ . （我傍晚回來）

注意：عِنْدَ 常用於表示(有)的意思。如：
عِنْدِي صَدِيقٌ عَرَبِيٌّ . （我有一位阿拉伯朋友）

13 - قَبْلَ ：在……時間之前。如：

أرْجِعُ قَبْلَ الظُّهْرِ . （我中午前回來）

14 - بَعْدَ ：在……時間之後。如：

أرْجِعُ بَعْدَ الظُّهْرِ . （我下午回來）

15 - نَحْوَ ：往……方向。如：

أمْشِي نَحْوَ الشَّرْق . （我往東邊走）

第十四章　名詞句與動詞句 (الْجُمْلَةُ الاسْمِيَّةُ والْفِعْلِيَّةُ)

阿拉伯文的句子分為：
名詞句 (الْجُمْلَةُ الاسْمِيَّةُ) ，名詞句就是以名詞開始的句子。
動詞句 (الْجُمْلَةُ الفِعْلِيَّةُ) ，動詞句就是以動詞開始的句子。

名詞句是由主語與述語構成。
如：

الطَّالِبُ مُجْتَهِدٌ .　　（學生是用功的）
الطالبُ → 主語
مُجْتَهِدٌ → 述語

الطَّالِبُ يَجْتَهِدُ .　　（學生很用功）
الطالبُ → 主語
يَجْتَهِدُ → 述語

الطَّالِبُ في الْمَدْرَسَةِ .　　（學生在學校）
الطالبُ → 主語
فِي الْمَدْرَسَةِ → 述語

動詞句是由動詞+主詞，或動詞+主詞+受詞組成。
如：

حَضَرَ الطَّالِبُ .　　（學生到了）
حَضَرَ → 動詞
الطالِبُ → 主詞

يَدْرُسُ الطَّالِبُ الْعَرَبِيَّةَ .　　（學生在學阿拉伯文）
يَدْرُسُ → 動詞
الطَّالِبُ → 主詞
الْعَرَبِيَّةَ → 受詞

第一節　主語與述語（الْمُبْتَدَأ وَالْخَبَرُ）

名詞句是由主語與述語構成，主語與述語在文法上都佔主格格位。如：

أمِينٌ طَالِبٌ （阿敏是一位學生）
أمِينٌ → 主語 → 主格格位
طَالِبٌ → 述語 → 主格格位

主語

名詞都可以當主語，但主語通常是一個確定名詞。如：

أمِينٌ طَالِبٌ （阿敏是一位學生）
أمِينٌ 主語 → 專有名詞 → 確定名詞

تَايْوَانُ جَمِيلَةٌ（台灣是漂亮的）
تَايْوَانُ 主語 → 專有名詞 → 確定名詞

هُوَ طَالِبٌ （他是一位學生）
هُوَ 主語 → 人稱代名詞 → 確定名詞

هَذَا كِتَابٌ （這是一本書）
هَذَا 主語 → 指示代名詞 → 確定名詞

الْكِتَابُ مُفِيدٌ （這本書是有用的）
الْكِتَابُ 主語 → 加上冠詞的名詞 → 確定名詞

كِتَابُ الطَّالِبِ مُفِيدٌ （學生的書是有用的）
كِتَابُ 主語 → 確定名詞的正次名詞 → 確定名詞

كِتَابُكَ مُفِيدٌ （你的書是有用的）
كِتَابُ 主語 → 人稱代名詞的正次名詞 → 確定名詞

述語

述語是用以描述主語的字、子句或句子。

1 - 述語可能是一個專有名詞。如：

هُوَ أمِينٌ （他是阿敏）
أمِينٌ → 述語 → 專有名詞

2 - 普通名詞。如：

هَذا كِتَابٌ （這是一本書）
كِتَابٌ → 述語 → 普通名詞

3 - 形容詞。如：

تَايْوَانُ جَمِيلَةٌ（台灣是漂亮的）
جَمِيلَةٌ 述語 → 形容詞

4 - 子句。如：

كِتَابِي في الْبَيْتِ （我的書在家裡）
في الْبَيْتِ 述語 → 介系詞子句

5 - 句子。如：

أمِينٌ كِتَابُهُ جَدِيدٌ（阿敏他的書是新的）
كِتَابُهُ جَدِيدٌ 述語 → 名詞句子

أمِينٌ يُسَافِرُ الْيَوْمَ. （阿敏今天出發）
يُسَافِرُ 述語 → 動詞句子

注意：

1 - 若以形容詞當述語，則述語的性、數必須與主語性、數一致。如：

الطَّالِبُ مُجْتَهِدٌ （這一位男學生是用功的）
الطَّالِبُ → 主語 → 陽性單數
مُجْتَهِدٌ → 述語 → 陽性單數

الطالِبَانِ مُجْتَهِدَانِ （這兩位男學生是用功的）
الطالِبَانِ → 主語 → 陽性雙數
مُجْتَهِدَانِ → 述語 → 陽性雙數

الطُّلاَّبُ مُجْتَهِدُونَ （這些男學生是用功的）
الطلابُ → 主語 → 陽性複數
مجتهدُونَ → 述語 → 陽性複數

الطَّالِبَةُ مُجْتَهِدَةٌ （這一位女學生是用功的）
الطَّالِبَةُ → 主語 → 陰性單數
مُجْتَهِدَةٌ → 述語 → 陰性單數

الطَّالِبَتَانِ مُجْتَهِدَتَانِ （這兩位女學生是用功的）
الطَّالِبَتَانِ → 主語 → 陰性雙數
مُجْتَهِدَتَانِ → 述語 → 陰性雙數

الطَّالِبَاتُ مُجْتَهِدَاتٌ （這些女學生是用功的）
الطَّالِبَاتُ → 主語 → 陰性複數
مُجْتَهِدَاتٌ → 述語 → 陰性複數

الْكُتُبُ مُفِيدَةٌ （這些書是有用的）
الْكُتُبُ → 主語 → 非理性名詞複數視為單數陰性
مُفِيدَةٌ → 述語 → 陰性單數

2 - 若以專有名詞或普通名詞當述語，述語只要語意合邏輯即可，性、數不必與主語性、數一致。如：

اِسْمُهَا أمِينَةُ （她的名字叫阿米納）

اِسْمٌ → 主語 → 陽性單數
أمِينَةُ → 述語 → 專有名詞 → 陰性單數

الْمَدْرَسَةُ مَكَانٌ لِلدِّرَاسَةِ （學校是學習的地方）
الْمَدْرَسَةُ → 主語 → 陰性單數
مَكَانٌ → 述語 → 普通名詞 → 陽性單數

第二節　倒裝名詞句（الْجُمْلَةُ الاسْمِيَّةُ الْمَقْلُوبَةُ، تَقْدِيمُ الْخَبَرِ عَلَى الْمُبْتَدَأ）

阿拉伯文的名詞句，是由主語與述語構成，順序上，通常主語在先，述語在後，而且主語應是確定名詞。如：

أمِينٌ طَالِبٌ （阿敏是一位學生）
أمِينٌ → 主語，確定名詞
طَالِبٌ → 述語

但若主語是一個非確定名詞，述語又是介系詞或時間、地點副詞子句時，則述語要提前，主語要調後，這種名詞句，就叫做倒裝名詞句。如：

فِي الْمَدْرَسَةِ طُلاَّبٌ （學校裡有一些學生）
في المدرسةِ → 提前述語 → 介系詞子句
طُلاَّبٌ → 調後主語 → 非確定名詞

أمَامَ الْبَيْتِ سَيَّارَةٌ （家前面有一部汽車）
أمَامَ الْبَيْتِ → 提前述語 → 地點副詞子句
سيّارةٌ → 調後主語 → 非確定名詞

在意義上，一般名詞句在表示「是」的意思，倒裝名詞句表示「有」的意思。如：

الطُّلاَّبُ فِي الْمَدْرَسَةِ （學生們是在學校裡）
فِي الْمَدْرَسَةِ طُلاَّبٌ （學校裡有一些學生）

السَّيَّارَةُ أمَامَ الْمَدْرَسَةِ （汽車是在學校前面）
أمَامَ الْبَيْتِ سَيَّارَةٌ （家前面有一部汽車）

第十五章　كَانَ 及其姐妹字 (كَانَ وَأَخَوَاتُهَا)

كَانَ 及其姐妹字，或稱同類字，是阿拉伯文特殊用法的一些動詞，這些動詞不能像其它動詞自己能表達完整的意思，這些動詞必須要有述語，才能表達完整的句意。這些動詞通常用於名詞句，主語維持主格格位，述語則由原有的主格格位，變為受格格位。如：

الطَّالِبُ مُجْتَهِدٌ .　（這位學生是用功的）
الطَّالِبُ → 主語，主格格位
مُجْتَهِدٌ → 述語，主格格位

كَانَ الطَّالِبُ مُجْتَهِدًا .　（以前這位學生是用功的）
الطَّالِبُ → 主語，主格格位
مُجْتَهِدًا → (كَانَ)的述語（或稱كان的名詞），受格格位

كَانَ 的姐妹字共有十三個，這些字被稱為姐妹字，是因為它的意思儘管不同，但用法完全一樣，使名詞句的述語由主格變為受格。將這些字及其意義介紹如下：

1 - كَانَ ：以前、當時、原來。如：

كَانَ الطَّالِبُ مُجْتَهِدًا .　（以前這位學生是用功的）
الطَّالِبُ → 主語，主格格位
مُجْتَهِدًا → (كَانَ) 的述語，受格格位

2 - صَارَ ：變成。如：

صَارَ الطَّالِبُ مُجْتَهِدًا .　（這位學生變成很用功）
الطَّالِبُ → 主語，主格格位
مُجْتَهِدًا → (صَارَ) 的述語，受格格位

3 - أَصْبَحَ：變成。如：

أَصْبَحَ الطَّالِبُ مُجْتَهِدًا .　　（這位學生變成很用功）

الطَّالِبُ　　→ 主語，主格格位

مُجْتَهِدًا　　→ (أَصْبَحَ) 的述語，受格格位

4 - لَيْسَ：不是。如：

لَيْسَ الطَّالِبُ مُجْتَهِدًا .　　（這位學生並不用功）

الطَّالِبُ　　→ 主語，主格格位

مُجْتَهِدًا　　→ (لَيْسَ) 的述語，受格格位

5 - ظَلَّ：變成、仍然、還是。如：

ظَلَّ الطَّالِبُ مُجْتَهِدًا .　　（這位學生仍然很用功）

الطَّالِبُ　　→ 主語，主格格位

مُجْتَهِدًا　　→ (ظَلَّ) 的述語，受格格位

6 - مَا زَالَ：仍然。如：

مَا زَالَ الطَّالِبُ مُجْتَهِدًا .　　（這位學生仍然很用功）

الطَّالِبُ　　→ 主語，主格格位

مُجْتَهِدًا　　→ (مَا زَالَ) 的述語，受格格位

7 - مَا دَامَ：只要。如：

مَا دَامَ الطَّالِبُ مُجْتَهِدًا فَسَيَنْجَحُ .　　（學生只要用功就會成功）

الطَّالِبُ　　→ 主語，主格格位

مُجْتَهِدًا　　→ (مَا دَامَ) 的述語，受格格位

8 - أَضْحَى：變成。如：

أَضْحَى الطَّالِبُ مُجْتَهِدًا .　　（這位學生變成很用功）

الطَّالِبُ　　→ 主語，主格格位

مُجْتَهِدًا　　→ (أَضْحَى) 的述語，受格格位

9 - أمْسَى：變成。如：

أمْسَى الطَّالِبُ مُجْتَهِدًا .（這位學生變成很用功）

الطَّالِبُ → 主語，主格格位

مُجْتَهِدًا → (أمْسَى) 的述語，受格格位

10 - بَاتَ：變成。如：

بَاتَ الطَّالِبُ مُجْتَهِدًا .（這位學生變成很用功）

الطَّالِبُ → 主語，主格格位

مُجْتَهِدًا → (بَاتَ) 的述語，受格格位

11 - مَا بَرِحَ：仍然。如：

مَا بَرِحَ الطَّالِبُ مُجْتَهِدًا .（這位學生仍然很用功）

الطَّالِبُ → 主語，主格格位

مُجْتَهِدًا → (مَا بَرِحَ) 的述語，受格格位

12- مَا أنْفَكَّ：仍然。如：

مَا أنْفَكَّ الطَّالِبُ مُجْتَهِدًا .（這位學生仍然很用功）

الطَّالِبُ → 主語，主格格位

مُجْتَهِدًا → (مَا أنْفَكَّ) 的述語，受格格位

13 - مَا فَتِئَ：仍然。如：

مَا فَتِئَ الطَّالِبُ مُجْتَهِدًا .（這位學生仍然很用功）

الطَّالِبُ → 主語，主格格位

مُجْتَهِدًا → (مَا فَتِئَ) 的述語，受格格位

注意：

1 - 第 1 到第 8 個姐妹字較常用，9-14 不常用，初學者參考即可。

2 - كَانَ 的姐妹字是動詞，所以它應該配合主語的性改變。如：

كَانَ الطَّالِبُ مُجْتَهِدًا .（這位男學是用功的）
الطَّالِبُ → 主語，陽性
كَانَ → 陽性

كَانَتِ الطَّالِبَةُ مُجْتَهِدَةً .（這位女學是用功的）
الطَّالِبَةُ → 主語，陰性
كَانَتِ → 陰性

3 - كَانَ 的姐妹字後面也可以直接接現在式動詞，但接現在式動詞後有些字會改變上述的意義。如：

1) كَانَ 後面加上現在式動詞表示過去進行式。如：

الطَّالِبُ يَدْرُسُ الْعَرَبِيَّةَ .（這位學生在學阿拉伯文）
كَانَ الطَّالِبُ يَدْرُسُ الْعَرَبِيَّةَ .（這位學生當時正在學阿拉伯文）

2) كَانَ 後面加上過去式動詞表示過去完成式，此時，過去式動詞前面會加一個表示肯定的(قَدْ)虛詞。如：

الطَّالِبُ دَرَسَ الْعَرَبِيَّةَ .（這位學生學過了阿拉伯文）
كَانَ الطَّالِبُ قَدْ دَرَسَ الْعَرَبِيَّةَ .（這位學生當時已經學過阿拉伯文了）

3) أَصْبَحَ، صَارَ 後面加上現在式動詞表示（開始、著手）的意思。如：

الطَّالِبُ يَدْرُسُ الْعَرَبِيَّةَ .（這位學生在學阿拉伯文）
صَارَ الطَّالِبُ يَدْرُسُ الْعَرَبِيَّةَ .（這位學生開始學阿拉伯文）
أَصْبَحَ الطَّالِبُ يَدْرُسُ الْعَرَبِيَّةَ .（這位學生開始學阿拉伯文）

4) مَا زَالَ ، مَا بَرِحَ ، مَا أَنْفَكَّ ، مَا فَتِئَ 等字後面也可以加上現在式動詞。如：

الطَّالِبُ يَدْرُسُ الْعَرَبِيَّةَ .（這位學生在學阿拉伯文）
مَا زَالَ الطَّالِبُ يَدْرُسُ الْعَرَبِيَّةَ .（這位學生仍然在學阿拉伯文）
مَا بَرِحَ الطَّالِبُ يَدْرُسُ الْعَرَبِيَّةَ .（這位學生仍然在學阿拉伯文）

مَا أنْفَكَّ الطَّالِبُ يَدْرُسُ الْعَرَبِيَّةَ . （這位學生仍然在學阿拉伯文）

مَا دَامَ الطَّالِبُ يَدْرُسُ الْعَرَبِيَّةَ فَسَيَسْتَفِيدُ.
（這位學生只要學阿拉伯文就能獲益）

لَيْسَ الطَّالِبُ يَدْرُسُ الْعَرَبِيَّةَ . （這位學生不在學阿拉伯文）

4 - لَيْسَ 的述語可加上一個增加的介系詞 (بِ)。

لَيْسَ الطَّالِبُ مُجْتَهِدًا . （這位學生並不用功）

لَيْسَ الطَّالِبُ بِمُجْتَهِدٍ . （這位學生並不用功）

5 - لَيْسَ 的述語前面若加上表示除外意思的符號(إلاَّ) ，則它的格位不受لَيْسَ 影響。如：

لَيْسَ الإنْسَانُ إلاَّ حَيَوَانٌ نَاطِقٌ . （人類只是一種會說話的動物）

第十六章　إِنَّ 及其姐妹字 (إِنَّ وأخَوَاتُهَا)

إِنَّ 及其姐妹字就如 كَانَ 及其姐妹字一樣，常被使用於名詞句裡，當它進入名詞句時，主語應由主格格位變為受格格位，述語則維持主格格位不變，也就是與 كَانَ 及其姐妹字的作用相反。如：

الطَّالِبُ مُجْتَهِدٌ .　（這位學生是用功的）

الطَّالِبُ　→　主語，主格格位

مُجْتَهِدٌ　→　述語，主格格位

إِنَّ الطَّالِبَ مُجْتَهِدٌ .　（的確這位學生是用功的）

الطَّالِبَ　→　(إِنَّ)的主語（或稱 إِنَّ 的名詞），受格格位

مُجْتَهِدٌ　→　述語，主格格位

إِنَّ 及其姐妹字共有六個，這些字的意思不盡相同，但作用一樣，故稱為姐妹字。

1 - إِنَّ ：　表示「強調，的確、確實」的意思。如：

إِنَّ الطَّالِبَ مُجْتَهِدٌ .　（的確這位學生是用功的）

2 - أَنَّ ：表示「強調，的確、確實」的意思，但它不被使用於句首，它的前面必須要有一個與它帶領的子句相關連的起首句。如：

أَعْرِفُ أَنَّ الطَّالِبَ مُجْتَهِدٌ .　（我知道這位學生的確是用功的）

لا شَكَّ أَنَّ الطَّالِبَ مُجْتَهِدٌ .　（豪無疑問這位學生的確是用功的）

3 - كَأَنَّ ：表示「類似，彷彿、好像」的意思。如：

كَأَنَّ الطَّالِبَ مُجْتَهِدٌ .　（這位學生好像很用功）

4 - لَكِنَّ ：表示「但是」的意思。如：

الْمَدْرَسَةُ قَدِيمَةٌ لَكِنَّ الطُّلاَّبَ مُجْتَهِدُونَ . （學校很舊但學生很用功）

5 - لَعَلَّ ：表示「希望，希望、也許」的意思。如：

لَعَلَّ الطَّالِبَ مُجْتَهِدٌ . （也許這位學生很用功）

6 - لَيْتَ ：表示「願望，但願」的意思。如：

لَيْتَ السُّرُورَ دَائِمٌ . （但願永遠快樂）

注意：

1 - 起首句用(إِنَّ)，如：

إِنَّ الطَّالِبَ مُجْتَهِدٌ . （的確這位學生是用功的）

2 - قَالَ （說）及其衍生字後面用(إِنَّ)，如：

قَالَ الأُسْتَاذُ إِنَّ الطَّالِبَ مُجْتَهِدٌ . （老師說，的確這位學生是用功的）
يَقُولُ الأُسْتَاذُ إِنَّ الطَّالِبَ مُجْتَهِدٌ . （老師說，的確這位學生是用功的）
سَمِعْتُ الأُسْتَاذَ قَائِلاً إِنَّ الطَّالِبَ مُجْتَهِدٌ . （我聽到老師說，的確這位學生是用功的）

3 - 連接詞(فَ)後面的句子用(إِنَّ) 。如：

هَذَا أُسْتَاذٌ جَيِّدٌ فَإِنَّ الطُّلاَّبَ يَحْتَرِمُونَهُ كَثِيرًا. (這是一位好老師因此學生很尊敬他)

第十七章　動詞句（الْجُمْلَةُ الْفِعْلِيَّةُ）

阿拉伯文的動詞句，就是以動詞開始的句子，動詞句可由下列幾種狀況構成：

1 - 不及物動詞主動語態+主詞。如：

حَضَرَ الأُسْتَاذُ .　（老師來了）

2 - 及一物動詞主動語態+主詞+受詞。如：

يَدْرُسُ الطَّالِبُ الْعَرَبِيَّةَ .　（學生在學阿拉伯文）

3 - 及二物動詞主動語態+主詞+第一受詞+第二受詞。如：

يُعَلِّمُ الأُسْتَاذُ الطَّالِبَ الْعَرَبِيَّةَ .　（老師在教學生阿拉伯文）

4 - 及三物動詞主動語態+主詞+第一受詞+第二受詞+第三受詞。如：

أَخْبَرْتُ حَسَنًا أَخَاهُ قَادِمًا .　（我告訴哈珊他兄弟到了）

5 - 及物動詞被動語態+代主詞。如：

كُسِرَ الْكَأْسُ .　（杯子被打破了）

6 - 及物動詞被動語態+代主詞+受詞。如：

مُنِحَ الطَّالِبُ جَائِزَةً .　（學生受獎）

以動詞開始的句子，就是動詞句，不管這個動詞是過去式、現在式或命令式。如：

ذَهَبَ الطَّالِبُ .　（男學生走了）→ ذَهَبَ　為過去式動詞

يَذهَبُ الطّالِبُ .　（男學生會去）→ يَذهَبُ　為現在式動詞
اِذهَبْ .　（你去吧）→ اِذهَبْ　為命令式動詞

1 - 動詞句是由動詞+主詞構成，若動詞為及物動詞，則由動詞+主詞+受詞構成，主詞在句子中佔主格格位，受詞則佔受格格位。如：

ذهَبَ الطّالِبُ .　（男學生走了）
ذهَبَ → 不及物動詞
الطّالِبُ → 主詞 → 主格格位

يَدْرُسُ الطّالِبُ الْعرَبيَّةَ .（學生在學阿拉伯文）
يَدْرُسُ → 及物動詞
الطّالِبُ → 主詞 → 主格格位
الْعرَبيَّةَ → 受詞 → 受格格位

2 - 動詞的性必須與主詞一致，若主詞為陽性名詞，動詞應該為陽性形態，若主詞為陰性名詞，則動詞應改為陰性形態。過去式動詞陰性形態，就是在陽性動詞字尾加上(تْ)，現在式動詞陰性形態，就是陽性動詞字首的(يَـ)改為(تَ)。如：

ذهَبَ الطّالِبُ إلى الْمَدْرَسَةِ .　（男學生上學去了）
الطالبُ → 陽性主詞
ذهَبَ → 陽性過去式動詞

ذهَبَتْ أمينَةُ إلى الْمَدْرَسَةِ .　（阿密娜上學去了）
أمينَةُ → 陰性主詞
ذهَبَتْ → 陰性過去式動詞

يَذهَبُ الطّالِبُ إلى الْمَدْرَسَةِ .　（男學生會去上學）
الطالبُ → 陽性主詞
يَذهَبُ → 陽性現在式動詞

تَذهَبُ أمينَةُ إلى الْمَدْرَسَةِ .　（阿密娜會去上學）
أمينَةُ → 陰性主詞
تَذهَبُ → 陰性現在式動詞

3 - 動詞句的動詞只跟主詞的性配合，數不可以一致。如：

過去式動詞：

ذهَبَ الطَّالِبُ إلى الْمَدْرَسَةِ .　（一位男學生上學去了）
ذهَبَ الطَّالِبَانِ إلى الْمَدْرَسَةِ .　（兩位男學生上學去了）
ذهَبَ الطُّلاَّبُ إلى الْمَدْرَسَةِ .　（男學生們上學去了）
ذهَبَ → 過去式動詞的性與主詞配合即可，不管主詞是單數、雙數或複數

ذهَبَتْ أمِينَةُ إلى الْمَدْرَسَةِ .　（阿密娜上學去了）
ذهَبَتْ أمِينَةُ وَهِنْدُ إلى الْمَدْرَسَةِ .　（阿密娜和辛德都上學去了）
ذهَبَتْ أمِينَةُ وَهِنْدُ وَسُعَادُ إلى الْمَدْرَسَةِ .　（阿密娜、辛德和蘇阿德都上學去了）
ذهَبَتْ → 過去式動詞性與主詞配合，不管主詞是一個人、兩個人或多人

現在式動詞：

يَذهَبُ الطَّالِبُ إلى الْمَدْرَسَةِ .　（一位男學生會去上學）
يَذهَبُ الطَّالِبَانِ إلى الْمَدْرَسَةِ .　（兩位男學生會去上學）
يَذهَبُ الطُّلاَّبُ إلى الْمَدْرَسَةِ .　（男學生們會去上學）
يَذهَبُ → 現在式動詞的性與主詞配合即可，不管主詞是單數、雙數或複數

تَذهَبُ الطَّالِبَةُ إلى الْمَدْرَسَةِ .　（一位女學生會去上學）
تَذهَبُ الطَّالِبَتَانِ إلى الْمَدْرَسَةِ .　（兩位女學生會去上學）
تَذهَبُ الطَّالِبَاتُ إلى الْمَدْرَسَةِ .　（女學生們會去上學）
تَذهَبُ → 現在式動詞的性與主詞配合即可，不管主詞是單數、雙數或複數

4 - 動詞若為及物動詞，則需要受詞，若為不及物動詞則不需要受詞，但哪些動詞是及物動詞，哪些動詞是不及物動詞，並沒有規則可循，要依動詞的意思個別決定。

第十八章　主動語態與被動語態與命令式

(الْفِعْلُ الْمَعْلُومُ وَالْمَجْهُولُ وَفِعْلُ الأَمْرِ)

動詞句子中，若動詞的主詞有出現，則是主動語態 (الْمَعْلُومُ)，主詞沒出現，就是被動語態(الْمَجْهُولُ)。如：

فَتَحَ الطَّالِبُ شُبَّاكًا .　（學生打開了窗戶）

فَتَحَ　→ 主動語態 → 句中有主詞(الطَّالِبُ)

فُتِحَ الشُّبَّاكُ .　（窗戶被打開了）

فُتِحَ　→ 被動語態 → 句中沒有主詞

الشُّبَّاكُ　→ 代主詞 (نَائِبُ الْفَاعِلِ)

動詞過去式與現在式有主動語態與被動語態，命令式動詞則沒有被動語態。

一、過去式動詞由主動語態變為被動語態的方法：

1 - 第 I 式動詞(فَعَلَ)，把第一個字母改為聚口音(ُ)，把倒數第二個字母該為裂口音(ِ)即可。（動詞的式別請參閱本書附錄動詞變化表）如：

فَعَلَ　→　فُعِلَ

2 - 第 II 式以後的動詞(فَعَّلَ → اِسْتَفْعَلَ)以及四字根動詞(فَعْلَلَ)，把第一個字母與非輕音字母改為聚口音(ُ)，把倒數第二個字母改為裂口音(ِ)即可。如：

فَعَّلَ　→　فُعِّلَ

اِسْتَفْعَلَ　→　أُسْتُفْعِلَ

فَعْلَلَ　→　فُعْلِلَ

3 - 第Ⅲ式動詞(فاعل)與第Ⅵ式動詞(تفاعل)變為被動式時，為了配合發音，應把(ا)改為(و)。如：

فَاعَلَ → فُوعِلَ
تَفَاعَلَ → تُفُوعِلَ

4 - 字中為(ا)不健全動詞，為了配合發音，則把(ا)改為(ي)，並把第一個字母唸成裂口音(ـِ)。如：（健全動詞與不健全動詞請參考第三十章）

قَالَ （說）→ قِيلَ （被說，據說）
بَاعَ （賣）→ بِيعَ （被賣）
خَافَ （怕）→ خِيفَ（被嚇到）

5 - 字中有(ا)的第Ⅳ Ⅷ Ⅹ 式動詞，為了配合發音，則把(ا)改為(ي)，前面非輕音字母念成聚口音(ـُ)。如：

أقَامَ （舉行）→ أُقِيمَ （被舉行）
اِبْتَاعَ （賣出）→ اُبْتِيعَ （買）
اِسْتَفَادَ （受益）→ اُسْتُفِيدَ （獲益）

二、現在式動詞由主動式變為被動式的方法：

1 - 健全動詞把現在式動詞第一個字母改為聚口音(ـُ)，把倒數第二個字母改為開口音(ـَ)即可。如：

يَفْعَلُ → يُفْعَلُ
يَفْعُلُ → يُفْعَلُ
يَفْعِلُ → يُفْعَلُ
يُفَعِّلُ → يُفَعَّلُ
يَسْتَفْعِلُ → يُسْتَفْعَلُ
يُفَعْلِلُ → يُفَعْلَلُ

2 - 倒數第二個字母若是(ي、و)，為了配合發音，則把(ي、و)改為(ا)，第一個字母維持聚口音。(ـُ)如：

يَقُولُ (說) → يُقَالُ
يَبِيعُ (賣) → يُبَاعُ
يَخَافُ (怕) → يُخَافُ
يُقِيمُ (舉行) → يُقَامُ
يَسْتَفِيدُ (受益) → يُسْتَفَادُ

動詞主動語態變為被動語態表

三字根動詞

式別	過去式		現在式		命令式
	主動	被動	主動	被動	
I	فَعَلَ	فُعِلَ	يَفْعَلُ يَفْعِلُ	يُفْعَلُ يُفْعَلُ	اِفْعَلْ اِفْعِلْ
I	فَعِلَ	فُعِلَ	يَفْعُلُ يَفْعَلُ يَفْعِلُ	يُفْعَلُ يُفْعَلُ يُفْعَلُ	اُفْعُلْ اِفْعَلْ اِفْعِلْ
I	فَعُلَ	فُعِلَ	يَفْعُلُ	يُفْعَلُ	اُفْعُلْ
II	فَعَّلَ	فُعِّلَ	يُفَعِّلُ	يُفَعَّلُ	فَعِّلْ
III	فَاعَلَ	فُوعِلَ	يُفَاعِلُ	يُفَاعَلُ	فَاعِلْ
IV	أَفْعَلَ	أُفْعِلَ	يُفْعِلُ	يُفْعَلُ	أَفْعِلْ
V	تَفَعَّلَ	تُفُعِّلَ	يَتَفَعَّلُ	يُتَفَعَّلُ	تَفَعَّلْ

VI	تَفَاعَلَ	تُفُوعِلَ	يَتَفَاعَلُ	يُتَفَاعَلُ	تَفَاعَلْ
VII	اِنْفَعَلَ	اُنْفُعِلَ	يَنْفَعِلُ	يُنْفَعَلُ	اِنْفَعِلْ
VIII	اِفْتَعَلَ	اُفْتُعِلَ	يَفْتَعِلُ	يُفْتَعَلُ	اِفْتَعِلْ
IX	اِفْعَلَّ	×	يَفْعَلُّ	×	اِفْعَلَّ
X	اِسْتَفْعَلَ	اُسْتُفْعِلَ	يَسْتَفْعِلُ	يُسْتَفْعَلُ	اِسْتَفْعِلْ

註：請參考附錄四動詞變化表

四字跟動詞

式別	過去式		現在式		命令式
	主動	被動	主動	被動	
I	فَعْلَلَ	فُعْلِلَ	يُفَعْلِلُ	يُفَعْلَلُ	فَعْلِلْ
II	تَفَعْلَلَ	تُفُعْلِلَ	يَتَفَعْلَلُ	يُتَفَعْلَلُ	تَفَعْلَلْ
III	اِفْعَنْلَلَ	اُفْعُنْلِلَ	يَفْعَنْلِلُ	يُفْعَنْلَلُ	اِفْعَنْلِلْ
IV	اِفْعَلَلَّ	اُفْعُلِلَّ	يَفْعَلِلُّ	يُفْعَلَلُّ	اِفْعَلِلَّ

註：請參考附錄四動詞變化表

第十九章　命令式動詞的形成 (صِيَغُ فِعْلِ الأمْرِ)

命令式動詞的變化是源自現在式動詞，所以要學習命令式動詞的變化，必須先了解過去式動詞變為現在式動詞的方法。

1 - 第 I 式動詞，若現在式倒數第二個字母為聚口音(ـُ)，則命令式中維持聚口音，第一個字母也唸聚口音。如：

كَتَبَ → يَكْتُبُ → اُكْتُبْ (寫)

命令式與人稱代名詞變化：

أَنْتَ - اُكْتُبْ　　　أَنْتِ - اُكْتُبِي
أَنْتُمَا- اُكْتُبَا　　　أَنْتُمَا – اُكْتُبَا
أَنْتُمْ - اُكْتُبُوا　　　أَنْتُنَّ - اُكْتُبْنَ

2 - 第 I 式動詞，若現在式倒數第二個字母為開口音(ـَ)，則命令式中維持開口音，第一個字母唸裂口音。如：

فَتَحَ → يَفْتَحُ → اِفْتَحْ (開)

命令式與人稱代名詞變化：

أَنْتَ - اِفْتَحْ　　　أَنْتِ - اِفْتَحِي
أَنْتُمَا- اِفْتَحَا　　　أَنْتُمَا – اِفْتَحَا
أَنْتُمْ - اِفْتَحُوا　　　أَنْتُنَّ - اِفْتَحْنَ

3 - 第 I 式動詞，若現在是倒數第二個字母為裂口音(ـِ)，則命令式中維持裂口音，第一個字母唸裂口音。如：

جَلَسَ → يَجْلِسُ → اِجْلِسْ (坐)

命令式與人稱代名詞變化：

أنْتَ - اِجْلِسْ	أنْتِ - اِجْلِسِي
أنْتُمَا- اِجْلِسَا	أنْتُمَا – اِجْلِسَا
أنْتُمْ - اِجْلِسُوا	أنْتُنَّ - اِجْلِسْنَ

4 - 若字首是(هَمْزَةٌ)的動詞，則把(هَمْزَةٌ)去掉，保持現在式倒數第二個字母的音標。如：

أكَلَ → يَأكُلُ → كُلْ （吃）

أنْتَ - كُلْ	أنْتِ - كُلِي
أنْتُمَا- كُلا	أنْتُمَا – كُلا
أنْتُمْ - كُلُوا	أنْتُنَّ - كُلْنَ

5 - 若字中為不健全動詞，則把不健全字母去掉，保持現在式倒數第二個字母的音標。如：

قَالَ （說） → يَقُولُ → قُلْ
بَاعَ （賣） → يَبِيعُ → بِعْ
خَافَ （怕） → يَخَافُ → خَفْ

أنْتَ - قُلْ	أنْتِ - قُولِي
أنْتُمَا - قُولا	أنْتُمَا – قُولا
أنْتُمْ - قُولُوا	أنْتُنَّ - قُلْنَ

أنْتَ - بِعْ	أنْتِ - بِيعِي
أنْتُمَا - بِيعَا	أنْتُمَا – بِيعَا
أنْتُمْ - بِيعُوا	أنْتُنَّ - بِعْنَ

أنْتَ - خَفْ	أنْتِ - خَافِي
أنْتُمَا - خَافَا	أنْتُمَا – خَافَا
أنْتُمْ - خَافُوا	أنْتُنَّ - خَفْنَ

6 - 若字首是(و)的動詞，則把(و)去掉，保持現在式倒數第二個字母的音標。如：

وَضَعَ → يَضَعُ → ضَعْ （放）
وَقَفَ → يَقِفُ → قِفْ （停止）

أنْتِ - ضَعِي	أنْتَ - ضَعْ
أنْتُمَا – ضَعَا	أنْتُمَا - ضَعَا
أنْتُنَّ - ضَعْنَ	أنْتُمْ - ضَعُوا

7 - 若是疊音動詞，則保持現在式倒數第二個字母的音標，字尾為開口音(َ)，或把疊音拆開，然後依照健全字母方式變化。如：

رَدَّ → يَرُدُّ → رُدَّ (اُرْدُدْ) （回答）
عَضَّ → يَعَضُّ → عَضَّ (اِعْضَضْ) （咬）
فَرَّ → يَفِرُّ → فِرَّ (اِفْرِرْ) （逃走）

أنْتِ - اُرْدُدِي	أنْتَ - اُرْدُدْ	أنْتِ - رُدِّي	أنْتَ - رُدَّ
أنْتُمَا – اُرْدُدَا	أنْتُمَا – اُرْدُدَا	أنْتُمَا – رُدَّا	أنْتُمَا - رُدَّا
أنْتُنَّ - اُرْدُدْنَ	أنْتُمْ – اُرْدُدُوا	أنْتُنَّ - اُرْدُدْنَ	أنْتُمْ - رُدُّوا

أنْتِ - اِعْضَضِي	أنْتَ - اِعْضَضْ	أنْتِ - عَضِّي	أنْتَ - عَضَّ
أنْتُمَا – اِعْضَضَا	أنْتُمَا – اِعْضَضَا	أنْتُمَا – عَضَّا	أنْتُمَا - عَضَّا
أنْتُنَّ - اِعْضَضْنَ	أنْتُمْ – اِعْضَضُوا	أنْتُنَّ - اِعْضَضْنَ	أنْتُمْ - عَضُّوا

أنْتِ - اِفْرِرِي	أنْتَ - اِفْرِرْ	أنْتِ - فِرِّي	أنْتَ - فِرَّ
أنْتُمَا – اِفْرِرَا	أنْتُمَا – اِفْرِرَا	أنْتُمَا – فِرَّا	أنْتُمَا - فِرَّا
أنْتُنَّ - اِفْرِرْنَ	أنْتُمْ – اِفْرِرُوا	أنْتُنَّ - اِفْرِرْنَ	أنْتُمْ - فِرُّوا

8 - 若字尾是不健全動詞，則把字尾的不健全字母去掉，比照健全動詞變化並保持現在式倒數第二個字母的音標。如：

غَزَا → يَغْزُو → اُغْزُ （侵略）
رَمَى → يَرْمِي → اِرْمِ （丟）
بَقِيَ → يَبْقَى → اِبْقَ （停留）

أنْتَ - اُغْزُ　　أنْتِ - اُغْزِي
أنْتُمَا - اُغْزُوَا　　أنْتُمَا – اُغْزُوَا
أنْتُمْ - اُغْزُوا　　أنْتُنَّ - اُغْزُونَ

أنْتَ - اِرْمِ　　أنْتِ - اِرْمِي
أنْتُمَا - اِرْمِيَا　　أنْتُمَا – اِرْمِيَا
أنْتُمْ - اِرْمُوا　　أنْتُنَّ - اِرْمِينَ

أنْتَ - اِبْقَ　　أنْتِ - اِبْقَيْ
أنْتُمَا - اِبْقَيَا　　أنْتُمَا – اِبْقَيَا
أنْتُمْ - اِبْقَوْا　　أنْتُنَّ - اِبْقَيْنَ

9 - 若字首字尾都為不健全動詞，則去不健全字母，保留現在式動詞字中音標。

如：وَفَى → يَفِي → فِ （忠貞）

أنْتَ - فِ　　أنْتِ - فِي
أنْتُمَا - فِيَا　　أنْتُمَا – فِيَا
أنْتُمْ - فُوا　　أنْتُنَّ - فِينَ

10 - 若字中字尾都為不健全動詞，則去字尾不健全字母，比照健全動詞變化，並保持現在式倒數第二個字母的音標。如：

如：كَوَى → يَكْوِي → اِكْوِ （燙衣服）
حَيِيَ → يَحْيَا → اِحْيَ （問候）

أنْتَ - اِكْوِ　　أنْتِ - اِكْوِي
أنْتُمَا - اِكْوِيَا　　أنْتُمَا – اِكْوِيَا
أنْتُمْ - اِكْوُوا　　أنْتُنَّ - اِكْوِينَ

أنْتَ - اِحْيَ　　أنْتِ - اِحْيَيْ
أنْتُمَا - اِحْيَيَا　　أنْتُمَا – اِحْيَيَا
أنْتُمْ - اِحْيَوْا　　أنْتُنَّ - اِحْيَيْنَ

11 - 第 II 式以後的動詞，命令式的形成有規則可循，請參考下列的表格。

第 II 式到第 X 式動詞變化

命令式	現在式	過去式	動名詞	現在式	過去式	式別
	被動	被動		主動	主動	
فَعِّلْ	يُفَعَّلُ	فُعِّلَ	تَفْعِيلٌ تَفْعِلَةٌ	يُفَعِّلُ	فَعَّلَ	II
فَاعِلْ	يُفاعَلُ	فُوعِلَ	مُفاعَلَةٌ فِعَالٌ	يُفاعِلُ	فَاعَلَ	III
أَفْعِلْ	يُفْعَلُ	أُفْعِلَ	إِفْعَالٌ	يُفْعِلُ	أَفْعَلَ	IV
تَفَعَّلْ	يُتَفَعَّلُ	تُفُعِّلَ	تَفَعُّلٌ	يَتَفَعَّلُ	تَفَعَّلَ	V
تَفَاعَلْ	يُتَفَاعَلُ	تُفُوعِلَ	تَفَاعُلٌ	يَتَفَاعَلُ	تَفَاعَلَ	VI
اِنْفَعِلْ	يُنْفَعَلُ	اُنْفُعِلَ	اِنْفِعَالٌ	يَنْفَعِلُ	اِنْفَعَلَ	VII
اِفْتَعِلْ	يُفْتَعَلُ	اُفْتُعِلَ	اِفْتِعَالٌ	يَفْتَعِلُ	اِفْتَعَلَ	VIII
اِفْعَلَّ اِفْعَلِلْ	...	...	اِفْعِلالٌ	يَفْعَلُّ	اِفْعَلَّ	IX
اِسْتَفْعِلْ	يُسْتَفْعَلُ	اُسْتُفْعِلَ	اِسْتِفْعَالٌ	يَسْتَفْعِلُ	اسْتَفْعَلَ	X

四字根動詞變化

命令式	現在式	過去式	動名詞	現在式	過去式	式別
	被動	被動		主動	主動	
فَعْلِلْ	يُفَعْلَلُ	فُعْلِلَ	فَعْلَلَةٌ فِعْلالٌ	يُفَعْلِلُ	فَعْلَلَ	I
تَفَعْلَلْ	يُتَفَعْلَلُ	تُفُعْلِلَ	تَفَعْلُلٌ	يَتَفَعْلَلُ	تَفَعْلَلَ	II
اِفْعَنْلِلْ	يُفْعَنْلَلُ	اُفْعُنْلِلَ	اِفْعِنْلالٌ	يَفْعَنْلِلُ	اِفْعَنْلَلَ	III
اِفْعَلِلَّ اِفْعَلْلِلْ	يُفْعَلَلُّ	اُفْعُلِلَّ	اِفْعِلَّالٌ اِفْعِلْلالٌ	يَفْعَلِلُّ	اِفْعَلَلَّ	IV

註：動詞與人稱代名詞的變化，請參考本書附錄四。

第二十章　主詞與代主詞 (الْفَاعِلُ وَنَائِبُ الْفَاعِلِ)

第一節　主詞(الْفَاعِلُ)

　　阿拉伯文的動詞句通常是由動詞+主詞構成，主詞是一個名詞，在句子中佔主格格位。

　　常見的主詞有下列幾種：

1- 單獨名詞。如：

　　حَضَرَ الأُسْتَاذُ .　　（老師來了）

　　الأُسْتَاذُ　→　名詞當主詞。

2- 正次名詞。如：

　　حَضَرَ مُدِيرُ الْمَدْرَسَةِ .　　（校長來了）

　　مُدِيرُ　→　名詞正次當主詞。

3- 指示代名詞當主詞。如：

　　يُسَاعِدُنِي كَثِيرًا هَذَا الأُسْتَاذُ .　　（這位老師幫我很多忙）

　　هَذَا　→　指示代名詞當主詞。

4- 關係代名詞當主詞。如：

　　حَضَرَ الَّذِي يُسَاعِدُنِي .　　（幫我的人來了）

　　الَّذِي　→　關係代名詞當主詞。

5- أَنْ + 動詞的動名詞形態當主詞。如：

　　يَجِبُ أَنْ أَذْهَبَ .　　（我該走了）

　　أَنْ أَذْهَبَ　→　動名詞形態當主詞。

6 - 名詞句子當主詞。如：

بَلَغَنِي أنَّكَ مَرِيضٌ .　（聽說你生病了）

أنَّكَ مَرِيضٌ →名詞句當主詞。

7 - 主格連寫人稱代名詞當主詞。如：

دَرَسْتُ الْعَرَبِيَّةَ .　（我學過阿拉伯文）

تُ → 主格連寫人稱代名詞當主詞。

8 - 隱藏代名詞當主詞。如：

نَسْكُنُ في تَايْوَانَ .　（我們住在台灣）

隱藏人稱代名詞(نَحْنُ)→當主詞。

動詞與主詞的性必須一致，數不可一致。如：

حَضَرَ الأسْتَاذُ .　（一位老師來了）

حَضَرَ الأسْتَاذَانِ .　（兩位老師來了）

حَضَرَ الأسَاتِذَةُ .　（老師們來了）

حَضَرَتْ فَاطِمَةُ .　（法蒂麥來了）

حَضَرَتْ فَاطِمَةُ وَسَوْسَنُ .　（法蒂麥與蘇姍來了）

حَضَرَتْ فَاطِمَةُ وَسَوْسَنُ وَلَيْلَى .　（法蒂麥與蘇姍跟賴拉都來了）

第二節　代主詞 (نَائِبُ الْفَاعِلِ)

及物動詞從主動語態變為被動語態時，主動語態句子中的受詞，在被動語態的時候，就變為代主詞。如：

كَسَرَ الْوَلَدُ كَاسًا .　（小孩把杯子打破了）

كَسَرَ → 動詞主動語態

الْوَلَدُ → 主詞
كَاسًا → 受詞

كُسِرَ الْكَاسُ .　（杯子被打破了）
كُسِرَ → 動詞被動語態
الْكَاسُ → 代主詞

動詞也要跟著代主詞的性改變，數則不可一致。如：

كُسِرَ الْكَاسُ .　（一個杯子被打破了）
كُسِرَ الْكَاسَانِ .　（兩個杯子被打破了）
كُسِرَتِ الْكُؤُوسُ .　（杯子都被打破了）

第二十一章　受詞 (الْمَفْعُولُ بِهِ)

阿拉伯文的動詞分為及物動詞與不及物動詞。

不及物動詞句是：動詞+主詞。

及物動詞句是：動詞+主詞+受詞。

如何區分及物動詞與不及物動詞需看動詞的意義，在字面上並無法分辨。

حَضَرَ الأُسْتَاذُ.　　（老師來了）

حَضَرَ ← 不及物動詞，不需要受詞

أَحْضَرَ الأُسْتَاذُ كِتَابًا.　（老師帶來了一本書）

أَحْضَرَ ← 及物動詞，需要受詞

كِتَابًا ← 是 أَحْضَرَ 的受詞。

接受及物動詞動作的名詞或代名詞或句子，稱為受詞，受詞在句子中佔受格格位。

1- 一般名詞當受詞，如：

أَحْضَرَ الأُسْتَاذُ كِتَابًا.　（老師帶來了一本書）

كِتَابًا ← 一般名詞當受詞，受格格位

2- 人稱代名詞當受詞，如：

أَحْضَرَهُ الأُسْتَاذُ.　（老師把他帶來了）

هُ ← 人稱代名詞當受詞，受格格位，人稱代名詞為固定尾音。

3- 指示代名詞當受詞，如：

أَحْضَرَ الأُسْتَاذُ هَذَا الْكِتَابَ.　（老師把這本書帶來了）

هَذَا ← 指示代名詞當受詞，受格格位，指示代名詞為固定尾音。

4 - 關係代名詞當受詞，如：

أَحْضَرَ الْأُسْتَاذُ مَا أُرِيدُ.　（老師把我要的帶來了）

مَا ← 關係代名詞當受詞，受格格位，關係代名詞為固定尾音。

5 - 句子當受詞，如：

قَالَ الْأُسْتَاذُ أَحْضَرْتُ كِتَابًا.　（老師說我把書帶來了）

أَحْضَرْتُ كِتَابًا ← 動詞句當受詞，受格格位。

有些動詞接受一個受詞，有些動詞接受兩個受詞，有些接受三個受詞。接受一個受詞的動詞就是及一物動詞，如上所述。

1 - 不及物動詞若要接受詞，需借助介系詞成為片語，哪個動詞要接哪個介系詞成為片語，學習者需學一個記一個，沒有規則可循，介系詞後面的名詞，不是受格格位，而是屬格格位。如：

ذَهَبَ الْأُسْتَاذُ.　（老師走了）

ذَهَبَ الْأُسْتَاذُ إِلَى الْمَدْرَسَةِ.　（老師去學校了）

ذَهَبَ 加 إِلَى 成為片語，表示去到哪裡。

2 - 及一物動詞若要變成及二物，也需借助介系詞引導。如：

أَشْكُرُكَ.　（我謝謝你）

أَشْكُرُ ← 及一物動詞

كَ ← 受詞

أَشْكُرُكَ عَلَى مُسَاعَدَتِكَ.　（我謝謝你的協助）

أَشْكُرُ 加 عَلَى 成為片語，表示謝人什麼。

3 - 表示給予、認為、相信、知道、發現、使得、變為、當作等意思的字，可以接受兩個受詞，稱第一受詞、第二受詞。如：

أَعْطَى الْأُسْتَاذُ الطَّالِبَ كِتَابًا.　（老師給學生一本書）

الطَّالِبَ ← 第一受詞，受格格位。

كِتَابًا ← 第二受詞，受格格位。

يَرَى الأُسْتَاذُ الطَّالِبَ مُجْتَهِدًا. （老師認為學生是用功的）
الطَّالِبَ → 第一受詞，受格格位。
مجتهدًا → 第二受詞，受格格位。

يَعْلَمُ الأُسْتَاذُ الطَّالِبَ مُجْتَهِدًا. （老師知道學生是用功的）
الطالبَ → 第一受詞，受格格位。
مجتهدًا → 第二受詞，受格格位。

وَجَدَ الأُسْتَاذُ الطَّالِبَ مُجْتَهِدًا. （老師發現學生是用功的）
الطَّالِبَ → 第一受詞，受格格位。
مجتهدًا → 第二受詞，受格格位。

جَعَلَ الأُسْتَاذُ الطَّالِبَ مُجْتَهِدًا. （老師使學生變成用功）
الطَّالِبَ → 第一受詞，受格格位。
مجتهدًا → 第二受詞，受格格位。

4 - 下列七個動詞可以接三個受詞：

1) أَرَى （告訴），如：

أَرَى الأُسْتَاذُ الطَّالِبَ الْقِرَاءَةَ مُفِيدَةً （老師告訴學生閱讀是有益的）
الطَّالِبَ → 第一受詞，受格格位。
القراءةَ → 第二受詞，受格格位。
مُفِيدَةً → 第三受詞，受格格位。

2) أَعْلَمَ（告訴），如：

أَعْلَمَ الأُسْتَاذُ الطَّالِبَ الْقِرَاءَةَ مُفِيدَةً（老師告訴學生閱讀是有益的）
الطَّالِبَ → 第一受詞，受格格位。
القراءةَ → 第二受詞，受格格位。
مُفِيدَةً → 第三受詞，受格格位。

3) أَنْبَأَ（告訴），如：

أَنْبَأَ الأُسْتَاذُ الطَّالِبَ الْقِرَاءَةَ مُفِيدَة （老師告訴學生閱讀是有益的）
الطَّالِبَ → 第一受詞，受格格位。
القراءةَ → 第二受詞，受格格位。
مُفِيدَةً → 第三受詞，受格格位。

4) نَبَّأَ（告訴），如：

نَبَّأَ الأُسْتَاذُ الطَّالِبَ الْقِرَاءَةَ مُفِيدَةً （老師告訴學生閱讀是有益的）

الطَّالِبَ → 第一受詞，受格格位。

القراءةَ → 第二受詞，受格格位。

مُفِيدَةً → 第三受詞，受格格位。

5) أَخْبَرَ（告訴），如：

أَخْبَرَ الأُسْتَاذُ الطَّالِبَ الْقِرَاءَةَ مُفِيدَةً （老師告訴學生閱讀是有益的）

الطَّالِبَ → 第一受詞，受格格位。

القراءةَ → 第二受詞，受格格位。

مُفِيدَةً → 第三受詞，受格格位。

6) خَبَّرَ（告訴），如：

خَبَّرَ الأُسْتَاذُ الطَّالِبَ الْقِرَاءَةَ مُفِيدَةَ （老師告訴學生閱讀是有益的）

الطَّالِبَ → 第一受詞，受格格位。

القراءةَ → 第二受詞，受格格位。

مُفِيدَةً → 第三受詞，受格格位。

7) حَدَّثَ（告訴），如：

حَدَّثَ الأُسْتَاذُ الطَّالِبَ الْقِرَاءَةَ مُفِيدَةً （老師告訴學生閱讀是有益的）

الطَّالِبَ → 第一受詞，受格格位。

القراءةَ → 第二受詞，受格格位。

مُفِيدَةً → 第三受詞，受格格位。

第二十二章　不完全變化尾音名詞 (الْمَمْنُوعُ مِنَ الصَّرْفِ)

不完全變化尾音名詞，就是一個名詞在句子中若佔主格格位時字尾讀(ـُ)聚口音，若佔受格與屬格格位時讀(ـَ)開口音。

不完全變化尾音名詞不接受鼻音(ـٍ、ـً、ـٌ)與裂口音(ـِ)。如：

جاءَتْ سُعَادُ .　（蘇阿德來了）　سُعَادُ → 女人名

سُعَادُ → 主詞，主格格位（不接受鼻音ـٌ）

رَأَيْتُ سُعَادَ .　（我看到蘇阿德了）

سُعَادَ → 受詞，受格格位（不接受鼻音ـً）

سَلَّمْتُ عَلَى سُعَادَ .　（我問候了蘇阿德）

سُعَادَ → 介系詞後面名詞，屬格格位（不接受鼻音ـٍ）

不完全變化尾音名詞，若轉變為確定名詞，則變為變化尾音名詞。如：

الطُّلاَّبُ في مَطَاعِمَ .　（學生們在一家餐廳）

مَطَاعِمَ →非確定名詞，不完全變化尾音

الطُّلاَّبُ في الْمَطَاعِمِ .　（學生們在餐廳）

الْمَطَاعِمِ →加上了冠詞為確定名詞，變化尾音

الطُّلاَّبُ في مَطَاعِمِ الْمَدْرَسَةِ .　（學生們在學校餐廳）

مَطَاعِمِ →確定名詞的正次為確定名詞，變化尾音

1 - 不完全變化尾音的名詞有下列幾種：

1)　女人名。如：

فَاطِمَةُ ، لَيْلَى ، نَجْلاءُ ، سُعَادُ → 女人名

2) 陰性字尾男人名。如：

مُوسَى ، مُعَاوِيَةُ → 男人名

3) 沒加冠詞的外來字。如：

تَايْوَانُ （台灣），إِبْرَاهِيمُ（亞伯拉罕）

4) 動詞型態的名詞。如：

إِرْبِلُ ، أَحْمَدُ → 男人名

5) 字尾為(ان) 但 (ان) 又不是字根的名詞。如：

عُثْمَانُ （鄂圖曼），رَمَضَانُ （齋月），سُلَيْمَانُ （蘇萊曼）→ 男人名

6) 複合名詞。如：

بَيْتَ لَحْمُ （伯利恆），حَضَرَمَوْتُ （哈達拉茂特）→ 地名

7) فُعَلُ 型態的名詞。如：

عُمَرُ （奧馬），مُضَرُ （慕達爾）→ 男人名

注意：
عَمْرٌو، عَمْرًا ، عَمْرٍو 為變化尾音名詞。

8) (مَفَاعِلُ ، مَفَاعِيلُ)複數型態名詞。如：

مَطْعَمٌ （餐廳）複數型態 → مَطَاعِمُ
مَدْرَسَةٌ （學校）複數型態 → مَدَارِسُ
مِفْتَاحٌ （鑰匙）複數型態 → مَفَاتِيحُ

注意：
字尾有(ة)的型態為變化尾音名詞。如：

أسَاتِذَةٌ （教授們），جَبَابِرَةٌ （巨人們）

9) 字尾為(اء)，(ء)又非字根的名詞。如：

صَحْرَاءُ （沙漠），أطِبَّاءُ （醫生們）

注意：
1）(اء) 字尾的(ء)若是由字根衍生出來的名詞，則是變化尾音名詞。
如：

سَمَاءٌ （天空）→ 字根為：سمو
دَوَاءٌ （藥材）→ 字根為：دَوَى
أجْزَاءٌ （部分）→ 字根為：جزء

2) (أشْيَاءُ)是(شَيْءٌ)的複數形態，雖字根有(ء)但它是不完全變化尾音名詞。

2 - 不完全變化尾音的形容詞：

1) 陽性為(فَعْلانُ)陰性為(فَعْلَى)型態形容詞。如：

عَطْشَانُ （口渴的）陰性為 → عَطْشَى
جَوْعَانُ （飢餓的）陰性為 → جَوْعَى

注意：
عُرْيَانٌ （赤裸的）不是不完全變化尾音字因為它的陰性為 → عُرْيَانَةٌ
نَدْمَانٌ （後悔的）不是不完全變化尾音字因為它的陰性為 → نَدْمَانَةٌ

2) 陽性為(أفْعَلُ)陰性為(فَعْلاءُ)或(فُعْلَى)型態形容詞。如：

أحْمَرُ （紅色的）陰性為 → حَمْرَاءُ
أكْبَرُ （較大的）陰性為 → كُبْرَى

3) 表示陰性的(ا ء)或(ا ، ى)為字尾的形容詞。如：

حَمْرَاءُ （紅色的），عَذْرَاءُ （處女的）
كُبْرَى （最大的），عُلْيَا （最高的）

4) 比較級(أَفْعَلُ)型態、表示顏色、表示身體缺陷的形容詞。如：

أَجْمَلُ （比較美的），أَحْمَرُ （紅色的），أَصْلَعُ （禿頭的）

第二十三章　肯定句與否定句 (الْجُمْلَةُ الْمُثْبَتَةُ وَالْمَنْفِيَّةُ)

肯定句就是沒有否定虛詞的句子，否定句就是有否定虛詞的句子。如：

يَذْهَبُ الطَّالِبُ إلى الْمَدْرَسَةِ كُلَّ يَوْمٍ .　（學生每天去上學）→ 肯定句
لا يَذْهَبُ الطَّالِبُ إلى الْمَدْرَسَةِ كُلَّ يَوْمٍ .（學生沒有每天上學）→ 否定句

阿拉伯文常用的否定虛詞，有下列幾個：

1 - مَا ：用於過去式動詞，表示過去的否定。如：

ذَهَبَ الطَّالِبُ إلى الْمَدْرَسَةِ .　（學生上學去了）→ 肯定句
مَا ذَهَبَ الطَّالِبُ إلى الْمَدْرَسَةَ .　（學生沒去上學）→ 否定句

2 - لا ：用於現在式動詞，表示現在與未來的否定。如：

يَذْهَبُ الطَّالِبُ إلى الْمَدْرَسَةِ كُلَّ يَوْمٍ .　（學生每天去上學）→ 肯定句
لا يَذْهَبُ الطَّالِبُ إلى الْمَدْرَسَةِ كُلَّ يَوْمٍ .（學生沒有每天上學）→ 否定句

لا 也可以接名詞，表示否定。如：

لا أَحَدَ في الْمَدْرَسَةِ .　（沒有一個人在學校）→ 否定句

لا 也可以用於禁止語態，此時在 لا 之後的動詞，應為祈使格。如：

لا تَذْهَبْ إلى الْمَدْرَسَةِ الْيَوْمَ ، يَا أَمِينُ .（阿敏，你今天不要去學校）→否定句

3 - لَمْ ：用於現在式動詞，表示過去的否定，動詞為祈使格音標。如：

لَمْ يَذْهَبْ أَمِينٌ إلى الْمَدْرَسَةِ .　（阿敏沒去上學）→ 否定句

4 - لَنْ ：用於現在式動詞，表示未來的否定，動詞為受格音標。如：

سَيَذهَبُ أمينٌ إلى الْمَدْرَسَةِ .　（阿敏將要去上學）　→ 肯定句
لَنْ يَذهَبَ أمينٌ إلى الْمَدْرَسَةِ .　（阿敏絕不去上學）　→ 否定句

5 - لَيْسَ ：可用於名詞句或動詞句的否定。

لَيْسَ أمينٌ طَالِبًا .　（阿敏不是一位學生）　→否定名詞句
لَيْسَتْ أمينَةُ طَالِبَةً .　（阿米娜不是一位學生）　→ 否定名詞句

لَسْتُ أدْرِي .　（我不知道）　→否定動詞句
لَيْسَتْ تَدْرِي .　（她不知道）　→否定動詞句

لَيْسَ 的變化跟過去式動詞一樣，跟著人稱的性、數改變，ليس 的主語為主格格位，述語為受格格位。如：

هُوَ لَيْسَ طالِبًا .　（他不是一位學生）
هُمَا لَيْسَا طالِبَيْنِ .　（他倆不是學生）
هُمْ لَيْسُوا طُلأبًا .　（他們不是學生）
هِيَ لَيْسَتْ طالِبَةً .　（她不是一位學生）
هُمَا لَيْسَتَا طالِبَتَيْنِ .　（她倆不是學生）
هُنَّ لَسْنَ طالِبَاتٍ .　（她們不是一位學生）
أنْتَ لَسْتَ طالِبًا .　（你不是一位學生）
أنْتُمَا لَسْتُمَا طالِبَيْنِ .　（你倆不是學生）
أنْتُمْ لَسْتُمْ طُلأبًا .　（你們不是學生）
أنْتِ لَسْتِ طالِبَةً .　（妳不是一位學生）
أنْتُمَا لَسْتُمَا طالِبَتَيْنِ .　（妳倆不是學生）
أنْتُنَّ لَسْتُنَّ طالِبَاتٍ .　（妳們不是一位學生）
أنَا لَسْتُ طالِبًا .　（我不是一位學生）
نَحْنُ لَسْنَا طُلأبًا .　（我們不是學生）

第二十四章　疑問句 (الْجُمْلَةُ الاسْتِفْهَامِيَّةُ)

表達疑問意思的句子，就是疑問句。通常阿拉伯文的疑問句，是以疑問名詞或虛詞開始，句子最後有一個問號 (؟) 。如：

مَا هَذا ؟　（這是什麼？）
　مَا　→　疑問名詞

هَلْ أنْتَ تَايْوَانِيٌّ ؟　（你是台灣人嗎？）
　هَلْ　→　疑問虛詞

第一節　疑問名詞(اِسْمُ الاسْتِفْهَامِ)

阿拉伯文的疑問詞有兩類；疑問名詞與疑問虛詞。常用的疑問名詞有下列幾個：

1 - ما　：(什麼)，用來問事物。如：

ما هَذا ؟　（這是什麼？）
ما فَعَلْتَ الْيَوْمَ ؟　（你今天做了什麼？）

2 - مَاذا　：(什麼)，用來問事物。如：

مَاذا في يَدِكَ ؟　（你手上的東西是什麼？）
ماذا فَعَلْتَ الْيَوْمَ ؟　（你今天做了什麼？）

注意：مَا 用於詢問非確定的事物，مَاذا 用於詢問確定的事物。如：

ما هَذا ؟　（這個是什麼？）　不能說：ماذا هذا ؟
مَا جِنْسِيَّتُكَ ؟　（你是什麼國籍？）　不能說：ماذا جِنْسِيَّتُكَ ؟
ما فَعَلْتَ الْيَوْمَ ؟ 或 ماذا فَعَلْتَ الْيَوْمَ ؟　（你今天做了什麼？）

3 - مَنْ ：（誰），用來問人。如：

مَنْ هَذَا ؟ （這位是誰？）

مَنْ أَنْتَ ؟ （你是誰？）

مَنْ يَعْرِفُ ؟ （誰知道？）

4 - لِمَنْ ：（誰的），用來問誰的人或事物。如：

لِمَنْ هَذَا الْكِتَابُ ؟ （這本書是誰的？）

لِمَنْ هَذَا الْوَلَدُ ؟ （這位男孩是誰的？）

5 - لِمَاذا ：（為什麼），用來問原因。如：

لِمَاذا تَدْرُسُ الْعَرَبِيَّة ؟ （你為什麼學阿拉伯文？）

لِمَاذا لا تَدْرُسُ الْعَرَبِيَّة ؟ （你為什麼不學阿拉伯文？）

6 - كَمْ ：（多少、幾），用來問數目，通常後面加單數受格非確定名詞，若後面為確定名詞，則維持主格格位。如：

كَمْ سَاعَةً تَدْرُسُ في الْيَوْمِ ؟ （你一天唸幾小時的書？）

كَمْ كِتَابًا عِنْدَكَ ؟ （你有幾本書？）

كَمِ السَّاعَةُ الآنَ ؟ （現在是幾點？）

كَمْ عُمْرُكَ ؟ （你幾歲？）

7 - أيْنَ ：（哪裡），用來問地方。如：

أيْنَ بَيْتُكَ ؟ （你家在哪裡？）

أيْنَ تَدْرُسُ الآنَ ؟ （你現在在哪裡唸書？）

8 - كَيْفَ ：（如何，怎麼），用來問狀況。如：

كَيْفَ حَالُكَ ؟ （你的狀況如何，你好嗎？）

كَيْفَ جِئْتَ ؟ （你是怎麼來的？）

9 - مَتَى ：（何時，什麼時候），用來問時間。如：

مَتَى جِئْتَ ؟　　　　　（你是什麼時候來的？）

مَتَى الاجْتِمَاعُ ؟　　　（什麼時候開會？）

10 - أيٌّ ：（哪一個），用來問選擇。如：

أيُّ كِتَابٍ أجْمَلُ ؟　　　（哪一本書比較漂亮？）

أيَّ كِتَابٍ تُفَضِّلُ ؟　　　（你比較喜歡哪一本書？）

في أيِّ مَسْكَنٍ تَسْكُنُ ؟　（你住在哪一棟宿舍？）

注意：

除了 أيٌّ 之外，所有的疑問詞都是固定尾音。أيٌّ 尾音則依照它在句子中的格位改變發音。
如：

أيُّ كِتَابٍ أجْمَلُ ؟　　　（哪一本書比較好？）

أيُّ　 → 主語主格格位

أيَّ كِتَابٍ تُرِيدُ ؟　　　（你要哪一本書？）

أيَّ　 → 受詞受格格位

عَنْ أيِّ كِتَابٍ تَبْحَثُ ؟　（你在找哪一本書？）

أيِّ　 → 位於介系詞後面屬格格位

第二節　疑問名詞的文法地位

疑問名詞在句子中都佔有文法地位，了解疑問名詞在句子中文法地位的要領如下：

1 - 疑問名詞，若用以詢問時間與地點者，則在句中佔受格格位，因為時間與地點副詞，在文法中佔受格格位。如：

مَتَى جِئْتَ ؟　（你是什麼時候來的？）

مَتَى → 受格格位

أَيْنَ تَدْرُسُ الآنَ ؟　（你現在在哪裡唸書？）
أَيْنَ → 受格格位

2 - 除了詢問時間與地點的疑問詞外，其它的疑問名詞在句中的文法地位，要依它在句中的意義決定，若不能體會出它在句中的地位，則可先回答疑問句，再從回答句中了解疑問詞在疑問句中所佔的地位。如：

مَنْ أنْتَ ؟（你是誰？）
若不知道疑問詞(مَنْ)在句中的文法地位，就先把疑問句作答。
مَنْ أنْتَ ؟　（你是誰？）
أنَا خَالِدٌ .　（我是哈立德）
أنَا → 主語，主格格位
خَالِدٌ → 述語，主格格位
回答句中(خَالِدٌ)是述語主格格位，則疑問句中的(مَنْ)也是述語主格格位，不過(مَنْ)在疑問句中被置於句首，所以說是提前述語主格格位。

مَنْ يَدُقُّ الْبَابَ ؟　（誰在敲門？）
خَالِدٌ يَدُقُّ الْبَابَ.　（是哈立德在敲門）
回答句中(خَالِدٌ)是主語主格格位，則疑問句中的(مَنْ)也是主語主格格位。

مَنْ سَاعَدْتَ ؟　（你幫了誰的忙？）
سَاعَدْتُ خَالِدًا .　（我幫了哈立德）
回答句中(خَالِدًا)是受詞受格格位，則疑問句中的(مَنْ)也是受詞受格格位。不過(مَنْ)在疑問句中被置於句首，所以說是提前受詞受格格位。

請看下列疑問名詞的文法地位

مَا هَذَا ؟　（這是什麼？）　هَذَا كِتَابٌ .　（這是一本書）
مَا → 提前述語主格格位

مَا فَعَلْتَ أمْسِ ؟ （昨天你做什麼？） كَتَبْتُ الْوَاجِبَاتِ. （我做作業）
مَا → 提前受詞受格格位

كَيْفَ حَالُكَ ؟ （你好嗎？） حَالِي جَيِّدٌ . （我很好）
كيف → 提前述語主格格位
كَيْفَ كُنْتَ أمْسِ ؟ （你昨天怎樣？） كُنْتُ نَائِمًا أمس. （我昨天在睡覺）
كيف → (كُنْتَ)的提前述語受格格位

كَيْفَ جِئْتَ ؟ （你是怎麼來的？） جِئْتُ مَاشِيًا. （我走路來的）
كيف → 狀況副詞受格格位

كَمْ أنْتُمْ ؟ （你們幾個人？） نَحْنُ عَشَرَةٌ . （我們 10 個人）
كَمْ → 提前述語主格格位

كَمْ كِتَابًا فِي الْفَصْلِ؟（教室裡有幾本書？） في الْفَصْلِ عِشْرُونَ كِتَابًا（教室裏有 20 本書）
كَمْ → 主語主格格位

كَمْ مَرَّةً ذهَبْتَ ؟（你去過幾次？） ذهَبْتُ عِشْرِينَ مَرَّةً . （我去過 20 次）
كَمْ → 同源受詞受格格位

أيَّ شَيْءٍ تُرِيدُ ؟（你要什麼？） أرِيدُ شَايًا . （我要茶）
أيَّ → 提前受詞受格格位

أيُّ شَخْصٍ هُوَ الْمُدِيرُ ؟（哪一位是主任？） خَالِدٌ هُوَ الْمُدِيرُ. （哈立德是主任）
أيُّ → 主語主格格位

أيَّ نَوْمٍ نِمْتَ ؟（你睡得好不好？） نِمْتُ نَوْمًا جَيِّدًا . （我睡得很好）
أيَّ → 同源受詞受格格位

أيَّ شَيْءٍ أصْبَحْتَ ؟（你變為什麼了？） أصْبَحْتُ أسْتَاذًا . （我變成老師了）
أيَّ → (أصبح)的提前述語受格格位

3 - 若疑問詞前面有介系詞，則疑問名詞都是屬格格位。如：

بِكَمِ اشْتَرَيْتَ هذا الْكِتَابَ ؟（這本書你多少錢買的？）

كَمْ → 介系詞後面的名詞屬格格位

بِمَا تَأكُلُ ؟（你用什麼吃？）
مَا → 介系詞後面的名詞屬格格位

بأيِّ طَرِيقَةٍ ؟（用啥方法？）
أيِّ → 介系詞後面的名詞屬格格位

إلَى أيْنَ تَذهَبُ ؟（你要去哪裡？）
أيْنَ → 介系詞後面的名詞屬格格位

مِنْ مَنْ تَعَلَّمْتَ الْعَرَبِيَّةَ ؟（你跟誰學的阿文？）
مَنْ → 介系詞後面的名詞屬格格位

第三節　疑問虛詞 (حَرْفُ الاسْتِفْهَامِ)

阿拉伯文的疑問虛詞有兩個：

1 - هَلْ ：(是……嗎？)，這個疑問虛詞只能使用在疑問肯定句。如：

هَلْ أنْتَ طَالِبٌ ؟　（你是一位學生嗎？）
هَلْ تَذهَبُ إلى الْمَدْرَسَةِ ؟　（你要去學校嗎？）

注意：此種問句的回答句，若表示肯定時用 نَعَمْ ，否定時用لا 。如：

نَعَمْ ، أنَا طَالِبٌ .　（是的，我是一位學生）
لا ، أنَا لَسْتُ طَالِبًا ، أنَا أسْتَاذٌ.　（不，我不是一位學生，我是老師）

2 - أ ：(是……嗎?不是……嗎?)，這個疑問虛詞可用在疑問肯定句或否定句。如：

أ تَذهَبُ إلى الْمَدْرَسَةِ الآنَ ؟ → 肯定疑問句（你現在要去學校嗎？）

注意：此種問句的回答句，若表示肯定時用 نَعَمْ，否定時用لا，跟هَلْ的回答句一樣。

如：

نَعَمْ ، أذهَبُ إلى الْمَدْرَسَةِ الآنَ . （是的，我現在要去學校）

لا ، لا أذهَبُ إلى الْمَدْرَسَةِ الآنَ . （不，我現在不去學校）

ألا تَذهَبُ إلى الْمَدْرَسَةِ الآنَ ؟ → 否定疑問句（你現在不去學校嗎？）

注意：此種問句的回答句，若表示肯定時用 بَلَى ，否定時用 نَعَمْ。如：

بَلَى ، أذهَبُ إلى الْمَدْرَسَةِ الآنَ . （不，我現在要去學校）

نَعَمْ ، لا أذهَبُ إلى الْمَدْرَسَةِ الآنَ . （是的，我現在不去學校）

阿拉伯文的虛詞在句子中都不佔文法格位，(أ ، هَلْ) 是疑問虛詞，所以也不佔文法地位。

第二十五章　動詞與人稱代名詞變化

(إسْنَادُ الأفْعَالِ مَعَ الضَّمَائِرِ)

阿拉伯文的字，大都是由字根衍變而來，所以要查閱字典時，先要知道所要查閱單字的字根（有如中文以字的部首查生字）。通常過去式動詞常被視為字根，由過去式動詞再衍變為現在式動詞、命令式動詞、動名詞、主動名詞、被動名詞等等。所以如何從過去式衍變為現在式、動名詞等需要熟悉變化規則，否則無法查閱字典。

阿拉伯文文法學者，通常把阿拉伯文的字根以(فعل)三個字母代表，(ف)代表第一個字母，(ع)代表中間字母，(ل)代表字尾字母，並衍生出各種不同型態的字。

阿拉伯文的過去式與現在式動詞，都需要配合十四個人稱代名詞變化，學習阿拉伯文的人，必須熟記這些變化。通常阿拉伯文動詞與人稱代名詞的變化，是由第三人稱、第二人稱、第一人稱、單數、雙數、複數的順序記憶。

1 -　動詞過去式與人稱代名詞變化規則：

هُوَ – فَعَلَ	هِيَ – فَعَلَتْ	أنْتَ - فَعَلْتَ	أنْتِ – فَعَلْتِ	أنَا – فَعَلْتُ
هُمَا - فَعَلا	هُمَا – فَعَلَتَا	أنْتُمَا – فَعَلْتُمَا	أنْتُمَا – فَعَلْتُمَا	
هُمْ – فَعَلُوا	هُنَّ – فَعَلْنَ	أنْتُمْ – فَعَلْتُمْ	أنْتُنَّ – فَعَلْتُنَّ	نَحْنُ – فَعَلْنَا

（以 دَرَسَ 為例）

هُوَ – دَرَسَ	هِيَ – دَرَسَتْ	أنْتَ - دَرَسْتَ	أنْتِ – دَرَسْتِ	أنَا – دَرَسْتُ
هُمَا - دَرَسَا	هُمَا – دَرَسَتَا	أنْتُمَا – دَرَسْتُمَا	أنْتُمَا – دَرَسْتُمَا	
هُمْ – دَرَسُوا	هُنَّ – دَرَسْنَ	أنْتُمْ – دَرَسْتُمْ	أنْتُنَّ – دَرَسْتُنَّ	نَحْنُ – دَرَسْنَا

2 -　動詞現在式與人稱代名詞變化規則：

هُوَ – يَفْعَلُ	هِيَ – تَفْعَلُ	أنْتَ – تَفْعَلُ	أنْتِ – تَفْعَلِينَ	أنَا – أفْعَلُ
هُمَا– يَفْعَلانِ	هُمَا – تَفْعَلانِ	أنْتُمَا – تَفْعَلانِ	أنْتُمَا – تَفْعَلانِ	
هُمْ – يَفْعَلُونَ	هُنَّ – يَفْعَلْنَ	أنْتُمْ – تَفْعَلُونَ	أنْتُنَّ – تَفْعَلْنَ	نَحْنُ – نَفْعَلُ

（以 دَرَسَ 為例）

هُوَ – يَدْرُسُ　　هِيَ – تَدْرُسُ　　أنْتَ - تَدْرُسُ　　أنْتِ – تَدْرُسِينَ　　أنَا – أدْرُسُ
هُما - يَدْرُسَانِ　　هُمَا – تَدْرُسَانِ　　أنْتُمَا – تَدْرُسَانِ　　أنْتُمَا – تَدْرُسَانِ
هُمْ – يَدْرُسُونَ　　هُنَّ – يَدْرُسْنَ　　أنْتُمْ – تَدْرُسُونَ　　أنْتُنَّ – تَدْرُسْنَ　　نَحْنُ – نَدْرُسُ

3 - 動詞命令式與人稱代名詞變化規則：

أنْتَ - اِفْعَلْ　　أنْتِ - اِفْعَلِي
أنْتُمَا- اِفْعَلا　　أنْتُمَا - اِفْعَلا
أنْتُمْ - اِفْعَلُوا　　أنْتُنَّ - اِفْعَلْنَ

（以 فَتَحَ – يَفْتَحُ 為例）

أنْتَ - اِفْتَحْ　　أنْتِ - اِفْتَحِي
أنْتُمَا- اِفْتَحَا　　أنْتُمَا - اِفْتَحَا
أنْتُمْ - اِفْتَحُوا　　أنْتُنَّ - اِفْتَحْنَ

أنْتَ - اِفْعِلْ　　أنْتِ - اِفْعِلِي
أنْتُمَا- اِفْعِلا　　أنْتُمَا - اِفْعِلا
أنْتُمْ - اِفْعِلُوا　　أنْتُنَّ - اِفْعِلْنَ

（以 جَلَسَ – يَجْلِسُ 為例）

أنْتَ - اِجْلِسْ　　أنْتِ - اِجْلِسِي
أنْتُمَا- اِجْلِسَا　　أنْتُمَا – اِجْلِسَا
أنْتُمْ - اِجْلِسُوا　　أنْتُنَّ - اِجْلِسْنَ

أنْتَ - اُفْعُلْ　　أنْتِ - اُفْعُلِي
أنْتُمَا- اُفْعُلا　　أنْتُمَا - اُفْعُلا
أنْتُمْ - اُفْعُلُوا　　أنْتُنَّ - اُفْعُلْنَ

（以 دَرَسَ - يَدْرُسُ 為例）

أنْتَ - اُدْرُسْ　　أنْتِ - اُدْرُسِي
أنْتُمَا – اُدْرُسَا　　أنْتُمَا – اُدْرُسَا
أنْتُمْ - اُدْرُسُوا　　أنْتُنَّ - اُدْرُسْنَ

以上所列的變化，僅限於健全動詞，不健全動詞的變化，較為複雜，變化狀況請參考本書附錄四。

阿拉伯文的動詞，以字根的組合來分，可分為四種：
純三字根動詞 (اَلْفِعْلُ الثُّلاثِيُّ الْمُجَرَّدُ)
增三字根動詞 (اَلْفِعْلُ الثُّلاثِيُّ الْمَزِيدُ)
純四字根動詞 (اَلْفِعْلُ الرُّبَاعِيُّ الْمُجَرَّدُ)
增四字根動詞 (اَلْفِعْلُ الرُّبَاعِيُّ الْمَزِيدُ)

1- 純三字根動詞就是由三個字根組成的動詞。如：

فَعَلَ → دَرَسَ
فَعِلَ → فَرِحَ
فَعُلَ → كَرُمَ

2- 增三字根動詞就是在純三字根動詞前面或中間或字尾增加字母的動詞。如：

فَعَلَ → فَعَّلَ → 中間增加了一個字母 (ع)
فَعَلَ → فَاعَلَ → 中間增加了一個字母 (ا)
فَعَلَ → أَفْعَلَ → 前面增加了一個字母(أ)
فَعَلَ → تَفَعَّلَ → 前面增加了一個字母(ت)，中間增加了一個字母(ع)
فَعَلَ → تَفَاعَلَ → 前面增加了一個字母(ت)，中間增加了一個字母(ا)
فَعَلَ → اِنْفَعَلَ → 前面增加了兩個字母(ا ن)
فَعَلَ → اِفْتَعَلَ → 前面增加了一個字母(ا)，中間增加了一個字母 (ت)
فَعَلَ → اِفْعَلَّ → 前面增加了一個字母(ا)，字尾增加了一個字母(ل)
فَعَلَ → اِسْتَفْعَلَ → 前面增加了三個字母(ا س ت)

3- 純四字根動詞就是由四個字根組成的動詞。

فَعْلَلَ → دَحْرَجَ

4- 增四字根動詞就是在純四字根動詞前面或中間或字尾增加字母的動詞

فَعْلَلَ → تَفَعْلَلَ → 前面增加了一個字母 (ت)
فَعْلَلَ → اِفْعَنْلَلَ → 前面增加了一個字母 (ا) 中間增加了(ن)
فَعْلَلَ → اِفْعَلَلَّ → 前面增加了一個字母 (ا) 字尾增加了(ل)

第二十六章　純三字根動詞 (الْفِعْلُ الثُّلاثِيُّ الْمُجَرَّدُ)

阿拉伯文純三字根動詞，西方學者稱它為第 I 式動詞，這類動詞由過去式衍變為現在式、動名詞並沒有規則可循，學習者必需學一個動詞，記一個變化。將第 I 式動詞變化狀況，說明如下：

1 - 過去式動詞若中間字母為開口音，衍變為現在式時，倒數第二個字母，可能為開口音或裂口音或聚口音，沒有規則可循，必需學一個記一個。

		يَفْعَلُ	فَتَحَ	→ يَفْتَحُ	（打開）
I：فَعَلَ	→	يَفْعِلُ	如：جَلَسَ	→ يَجْلِسُ	（坐）
		يَفْعُلُ	دَرَسَ	→ يَدْرُسُ	（學習）

2 - 過去式動詞若中間字母為裂口音，衍變為現在式時，倒數第二個字母，可能為開口音或裂口音，也沒有規則可循，必需學一個記一個。

I：فَعِلَ	→	يَفْعَلُ	如：لَعِبَ	→ يَلْعَبُ	（玩）
		يَفْعِلُ	حَسِبَ	→ يَحْسِبُ	（計算）

3 - 過去式動詞若中間字母為聚口音，衍變為現在式時，倒數第二個字母，常為聚口音。

I：فَعُلَ	→	يَفْعُلُ	如：كَرُمَ	→ يَكْرُمُ	（慷慨）

4 - 第 I 式動詞的主動名詞型態為：فَاعِلٌ
第 I 式動詞的被動名詞型態為：مَفْعُولٌ　如：

فَتَحَ	→ 主動名詞 →	فَاتِحٌ	（開者）
	→ 被動名詞 →	مَفْتُوحٌ	（被打開的）

حَسِبَ → 主動名詞 → حَاسِبٌ （計算者）
→ 被動名詞 → مَحْسُوبٌ （被計算的）

5 - 第 I 式動詞過去式被動語態型態為：فُعِلَ ，把第一個字母改為聚口音，倒數第二個字母改為裂口音。

فَتَحَ （打開） → 主動語態
فُتِحَ （被打開） → 被動語態

第 I 式動詞現在式被動語態型態為：يُفْعَلُ 第一個字母改為聚口音，倒數第二個字母改為開口音。

يَفْتَحُ（打開） → 主動語態
يُفْتَحُ （被打開） → 被動語態

6 - 第 I 式動詞命令式型態：
假若第 I 式動詞現在式倒數第二個字母為聚口音，則命令式動詞第一個字母也唸聚口音。如：

يَدْرُسُ → 命令式為：اُدْرُسْ

假若第 I 式動詞現在式倒數第二個字母為開口音或裂口音，則命令式動詞第一個字母應為裂口音。如：

يَلْعَبُ → 命令式為：اِلْعَبْ
يَجْلِسُ → 命令式為：اِجْلِسْ

第二十七章　增三字根動詞（الْفِعْلُ الثُّلاثِيُّ الْمَزِيدُ）

增三字根動詞，就是在純三字根動詞前面或中間或字尾再加上字母的動詞。增三字根動詞從過去式衍變為現在式、動名詞、主動名詞、被動名詞都有規則，學習者必須記住這些動詞變化規則才能熟練應用。將這些動詞按順序介紹如下：

式別	過去式	現在式	動名詞	主動名詞	被動名詞
II：	فَعَّلَ	يُفَعِّلُ	تَفْعِيلٌ تَفْعِلَةٌ	مُفَعِّلٌ	مُفَعَّلٌ
	如：جَمَّعَ	يُجَمِّعُ	تَجْمِيعٌ	مُجَمِّعٌ	مُجَمَّعٌ
	أدَّى	يُؤَدِّي	تَأدِيَةٌ	مُؤَدٍّ	مُؤَدًّى
III：	فَاعَلَ	يُفَاعِلُ	مُفَاعَلَةٌ فِعَالٌ	مُفَاعِلٌ	مُفَاعَلٌ
	如：سَاعَدَ	يُسَاعِدُ	مُسَاعَدَةٌ	مُسَاعِدٌ	مُسَاعَدٌ
	عَالَجَ	يُعَالِجُ	عِلاجٌ ، مُعالَجَةٌ	مُعَالِجٌ	مُعَالَجٌ
IV：	أفْعَلَ	يُفْعِلُ	إفْعَالٌ	مُفْعِلٌ	مُفْعَلٌ
	如：أحْضَرَ	يُحْضِرُ	إحْضَارٌ	مُحْضِرٌ	مُحْضَرٌ
V：	تَفَعَّلَ	يَتَفَعَّلُ	تَفَعُّلٌ	مُتَفَعِّلٌ	مُتَفَعَّلٌ
	如：تَجَمَّعَ	يَتَجَمَّعُ	تَجَمُّعٌ	مُتَجَمِّعٌ	مُتَجَمَّعٌ
VI：	تَفَاعَلَ	يَتَفَاعَلُ	تَفَاعُلٌ	مُتَفَاعِلٌ	مُتَفَاعَلٌ
	如：تَعَاوَنَ	يَتَعَاوَنُ	تَعَاوُنٌ	مُتَعَاوِنٌ	مُتَعَاوَنٌ
VII：	اِنْفَعَلَ	يَنْفَعِلُ	اِنْفِعَالٌ	مُنْفَعِلٌ	مُنْفَعَلٌ
	如：اِنْتَقَلَ	يَنْتَقِلُ	اِنْتِقَالٌ	مُنْتَقِلٌ	مُنْتَقَلٌ

Ⅷ：	فْتَعَلَ 如：اِجْتَمَعَ	يَفْتَعِلُ يَجْتَمِعُ	اِفْتِعَالٌ اِجْتِمَاعٌ	مُفْتَعِلٌ مُجْتَمِعٌ	مُفْتَعَلٌ مُجْتَمَعٌ
Ⅸ：	اِفْعَلَّ 如：اِحْمَرَّ	يَفْعَلُّ يَحْمَرُّ	اِفْعِلَالٌ اِحْمِرَارٌ	مُفْعَلٌّ مُحْمَرٌّ	
Ⅹ：	اِسْتَفْعَلَ 如：اِسْتَقْبَلَ	يَسْتَفْعِلُ يَسْتَقْبِلُ	اِسْتِفْعَالٌ اِسْتِقْبَالٌ	مُسْتَفْعِلٌ مُسْتَقْبِلٌ	مُسْتَفْعَلٌ مُسْتَقْبَلٌ

注意：

1 - 字根的第一個字母若是(و ، ت ، أ)，衍生為第Ⅷ式動詞(اِفْتَعَلَ)時，則將字根第一個字母轉為(ت)，並跟第Ⅷ式動詞的(ت)唸成疊音。如：

أَخَذَ → اِئْتَخَذَ → اِتَّخَذَ

وَحَدَ → اِوْتَحَدَ → اِتَّحَدَ

تَبِعَ → اِتْتَبَعَ → اِتَّبَعَ

2 - 字根的第一個字母若是(ذ)，衍生為第Ⅷ式動詞(اِفْتَعَلَ)時，則將字根第一個字母轉為(د)，並跟第Ⅷ式動詞的(ت)唸成疊音。如：

ذَخَرَ → اِذْتَخَرَ → اِدَّخَرَ

3 - 字根的第一個字母若是(د)，衍生為第Ⅷ式動詞(اِفْتَعَلَ)時，則跟第Ⅷ式動詞的(ت)唸成疊音。如：

دَرَكَ → اِدْتَرَكَ → اِدَّرَكَ

4 - 字根的第一個字母若是(ز)，衍生為第Ⅷ式動詞(اِفْتَعَلَ)時，則第Ⅷ式動詞的(ت)改為(د)。如：

زَحَمَ → اِزْتَحَمَ → اِزْدَحَمَ

5 - 字根的第一個字母若是(ض ، ص)，衍生為第Ⅷ式動詞(اِفْتَعَلَ)時，則第Ⅷ式動詞的(ت)改為(ط)。如：

ضَرَّ → اِضْتَرَّ → اِضْطَرَّ

صَدَمَ → اِصْتَدَمَ → اِصْطَدَمَ

6 - 字根的第一個字母若是(ط)，衍生為第Ⅷ式動詞(اِفْتَعَلَ)時，則第Ⅷ式動詞的(ت)改為(ط)的疊音。如：

طَلَعَ → اِطْتَلَعَ → اِطَّلَعَ

7 - 字根的第一個字母若是(ظ)，衍生為第Ⅷ式動詞(اِفْتَعَلَ)時，則第Ⅷ式動詞的(ت)跟(ظ)唸成疊音。如：

ظَلَمَ → اِظْتَلَمَ → اِظَّلَمَ

第二十八章　增三字根動詞的意義

(مَعَانِي الْفِعْلِ الثُّلاثِيِّ الْمَزِيدِ)

　　增三字動詞是由純三字根增加字母衍變來的，增加了字母也增加或改變動詞的意義。將把第 II 式動詞到第 X 式的意思介紹如下，不過真正增字動詞的意思，還是要學習或查閱字典才能了解動詞的真正的意思，下列所述僅供參考。

II : فَعَّلَ

1- 使動詞由不及物變為及物，及一物變及二物。如：

عَلِمَ （知道）　　→　عَلَّمَ （教）

حَدَثَ （發生）　　→　حَدَّثَ （告訴）

2- 表示強烈、轉變的意思。如：

كَسَرَ （破碎）　　→　كَسَّرَ （打碎）

حَجَرٌ （石頭）　　→　حَجَّرَ （石頭化）

3 - 縮寫一句話。如：

هَلَّلَ ← 說：لا إلهَ إلا الله

سَبَّحَ ← 說：سُبْحَانَ الله

III : فَاعَلَ

表示相互的意思。如：

كَتَبَ （書寫）　　→　كَاتَبَ （通信）

عَانَ （協助）　　→　عَاوَنَ （合作）

IV : أَفْعَلَ

1- 使動詞由不及物變為及物，及一物變及二物。如：

جَلَسَ （坐）　　→ أَجْلَسَ （使坐）
عَلِمَ （知道）　　→ أَعْلَمَ （告訴）

2- 表示轉變的意思。如：

وَرَقٌ （葉子）　　→ أَوْرَقَ （長葉子）
ثَمَرٌ （果實）　　→ أَثْمَرَ （結果實）

V : تَفَعَّلَ

表示第 II 式動詞的反身意義(主詞與受詞交換)，由及物變不及物。如：

قَدَّمَ （前進、提供）　　→ تَقَدَّمَ （進步、被提供）
طَوَّرَ （發展）　　→ تَطَوَّرَ （被發展）

VI : تَفَاعَلَ

1- 表示第 III 式動詞的反身意義，由及物變不及物。如：

بَاعَدَ （分離）　　→ تَبَاعَدَ （冷落）
خَاصَمَ （控訴）　　→ تَخَاصَمَ （爭執）

2- 表示假裝的意思。如：

جَهِلَ （無知）　　→ تَجَاهَلَ （裝傻）
غَفَلَ （疏忽）　　→ تَغَافَلَ （裝糊塗）

3- 表示逐漸的意思。如：

سَقَطَ （掉落）　　→ تَسَاقَطَ （紛紛掉落）

Ⅶ：اِنْفَعَلَ

表示「被……」的意思。如：

قَطَعَ（切斷）　→　اِنْقَطَعَ（被打斷）
كَسَرَ（打破）　→　اِنْكَسَرَ（被打碎）

Ⅷ：اِفْتَعَلَ

第Ⅰ、Ⅱ、Ⅳ式動詞的反身意義。如：

جَمَعَ（聚集）　→　اِجْتَمَعَ（開會）
قَرَّبَ（使近）　→　اِقْتَرَبَ（靠近）
أنْصَفَ（使公正）　→　اِنْتَصَفَ（正直）

Ⅸ：اِفْعَلَّ

表示呈某種顏色或呈某種肢體缺陷的意思。如：

أحْمَرُ（紅色的）　→　اِحْمَرَّ（變紅）
أعْرَجُ（瘸的）　→　اِعْرَجَّ（變瘸）

Ⅹ：اِسْتَفْعَلَ

1-　表示要求的意思。如：

عَانَ（幫助）　→　اِسْتَعَانَ（求助）
خَرَجَ（出）　→　اِسْتَخْرَجَ（開採）

2-　第Ⅱ、Ⅳ式動詞的反身意義。如：

قَوَّمَ（矯正）　→　اِسْتَقَامَ（正直）
أحْكَمَ（使牢固）　→　اِسْتَحْكَمَ（穩固）

第二十九章　四字根動詞 (الْفِعْلُ الرُّبَاعِيُّ)

　　四字根動詞，就是有四個字根的動詞，四字根動詞從過去式衍變為現在式、動名詞、主動名詞、被動名詞都有規則，學習者必須記住這些動詞的變化規則才能熟練應用。將這些動詞按順序介紹如下：

式別	過去式	現在式	動名詞	主動名詞	被動名詞
I	فَعْلَلَ	يُفَعْلِلُ	فَعْلَلَةٌ	مُفَعْلِلٌ	مُفَعْلَلٌ
	如：دَحْرَجَ	يُدَحْرِجُ	دَحْرَجَةٌ	مُدَحْرِجٌ	مُدَحْرَجٌ
II	تَفَعْلَلَ	يَتَفَعْلَلُ	تَفَعْلُلٌ	مُتَفَعْلِلٌ	مُتَفَعْلَلٌ
	如：تَدَحْرَجَ	يَتَدَحْرَجُ	تَدَحْرُجٌ	مُتَدَحْرِجٌ	مُتَدَحْرَجٌ
III	افْعَنْلَلَ	يَفْعَنْلِلُ	افْعِنْلالٌ	مُفْعَنْلِلٌ	مُفْعَنْلَلٌ
	如：احْرَنْجَمَ	يَحْرَنْجِمُ	احْرِنْجَامٌ	مُحْرَنْجِمٌ	مُحْرَنْجَمٌ
IV	افْعَلَلَّ	يَفْعَلِلُّ	افْعِلْلالٌ	مُفْعَلِلٌّ	مُفْعَلَلٌّ
	如：اطْمَأَنَّ	يطْمَئِنُّ	اطْمِئْنَانٌ	مُطْمَئِنٌّ	مُطْمَأَنٌّ

第三十章　健全動詞與不健全動詞

(الْفِعْلُ الصَّحِيحُ والْفِعْلُ الْمُعْتَلُّ)

動詞字根若沒有下列字母中的任何一個字母(ي ، و ، ى ، ا)，則稱為健全動詞 (الْفِعْلُ الصَّحِيحُ)，若出現這些字母中的任何一個或兩個字母，則稱為不健全動詞 (الْفِعْلُ الْمُعْتَلُّ)。(ي ، و ، ى ، ا)被稱為不健全字母(حُرُوفُ الْعِلَّةِ)。

一、健全動詞

健全動詞分為三種：

1 - 完整動詞(الفِعْلُ السَّالِمُ)：字根中沒有(هَمْزَة)與疊音的動詞。如：

دَرَسَ （學習）， كَتَبَ （寫）

2 - 帶 هَمْزَة 動詞(الْفِعْلُ الْمَهْمُوزُ)：字根中帶(همزة)的動詞。

此類動詞又分三種：

1) همزة在字首的動詞：如：أَكَلَ （吃）

2) همزة在字中的動詞：如：سَأَلَ （問）

3) همزة在字尾的動詞：如：نَشَأَ （成長）

3 - 疊音動詞 (الْفِعْلُ الْمُضَعَّفُ)：字根中有疊音的動詞。

如：رَدَّ （回答）

二、不健全動詞

不健全動詞有五種：

1 - 字首不健全動詞(الْمِثَالُ)：字首為不健全字母者。這種動詞又分兩種：

1) 字首為(و)的動詞(الْمِثَالُ الوَاوِيُّ)：如：وَضَعَ （放）
2) 字首為(ي)的動詞(الْمِثَالُ الْيَائِيُّ)：如：يَئِسَ （失望）

2 - 字中不健全動詞(الأَجْوَفُ)：字中為不健全字母者。

如：قَالَ （說） → 現在式為(يَقُولُ)
بَاعَ （賣） → 現在式為(يَبِيعُ)
خَافَ （怕） → 現在式為(يَخَافُ)

3 - 字尾不健全動詞(النَّاقِصُ)：字尾為不健全字母者。

如：غَزَا （侵略） → 現在式為(يَغْزُو)
رَمَى （丟擲） → 現在式為(يَرْمِي)
بَقِيَ （停留） → 現在式為(يَبْقَى)

4 - 首尾不健全動詞(اللَّفِيفُ الْمَفْرُوقُ)：字首與字尾為不健全字母者。

如：وَفَى （忠貞） → 現在式為(يَفِي)

5 - 中尾不健全動詞(اللَّفِيفُ الْمَقْرُونُ)：字中與字尾為不健全字母者。

如：كَوَى （熨燙） → 現在式為(يَكْوِي)

阿拉伯文動詞與人稱代名詞的變化還蠻複雜，請參考本書附錄四，動詞與人稱代名詞的變化部份。學習者必須要把每一種動詞與人稱代名詞的變化規則記住，爾後碰到一樣型式的動詞，就可以類推。

第三十一章 كَادَ 及其姐妹字 (كَادَ وَأَخَوَاتُهَا)

كَادَ及其姐妹字與كَانَ及其姐妹字的作用一樣，當它進入名詞句時，會使述語由主格變為受格。كَانَ及其姐妹字的述語可以是名詞、動詞、子句，但是كَادَ及其姐妹字的述語只能是現在式動詞。如：

كَادَ الْقَمَرُ يَطْلُعُ . （月亮快要出來了）
الْقَمَرُ → 主語，主格格位
يَطْلُعُ → (كَادَ) 的述語，佔受格格位

كَادَتِ الشَّمْسُ تُشْرِقُ . （太陽快要出來了）
الشَّمْسُ → 主語，主格格位
تُشْرِقُ →(كَادَتْ) 的述語，佔受格格位

كَادَ及其姐妹字有三大類型，分述如下：

1 - 表示「幾乎，快要，即將」意思的動詞，這類動詞常用的有幾個：
كَادَ (يَكَادُ) ، أَوْشَكَ (يُوشِكُ) ، كَرَبَ （幾乎，快要，即將），如：

كَادَ الْقَمَرُ يَطْلُعُ . →過去式，述語不加(أَنْ) （月亮快要出來了）
يَكَادُ الْقَمَرُ أَنْ يَطْلُعَ . →現在式，述語加(أَنْ) （月亮快要出來了）
أَوْشَكَ الْقَمَرُ أَنْ يَطْلُعَ . →過去式，述語加(أَنْ) （月亮快要出來了）
يُوشِكُ الْقَمَرُ أَنْ يَطْلُعَ . →現在式，述語加(أَنْ) （月亮快要出來了）
كَرَبَ الْقَمَرُ يَطْلُعُ . →過去式，述語不加(أَنْ) （月亮快要出來了）
كَرَبَ الْقَمَرُ أَنْ يَطْلُعَ . →過去式，述語加(أَنْ) （月亮快要出來了）

تَكَادُ الشَّمْسُ أَنْ تُشْرِقَ . （太陽快要出來了）
الشَّمْسُ → 主語，主格格位
أَنْ تُشْرِقَ → (تَكَادُ) 的述語，佔受格格位

2 - 表示「希望，也許，說不定」意思的動詞，這類動詞常用的有幾個：
عَسَى ، حَرَى ، اِخْلَوْلَقَ （希望，也許，說不定），如：

عَسَى الْقَمَرُ أنْ يَطْلُعَ . （希望月亮出來）
حَرَى الْقَمَرُ أنْ يَطْلُعَ . （希望月亮出來）
اِخْلَوْلَقَ الْقَمَرُ أنْ يَطْلُعَ . （希望月亮出來）

عَسَى الْقَمَرُ أنْ يَطْلُعَ . （希望月亮出來）
الْقَمَرُ → 主語，主格格位
أنْ يَطْلُعَ →(عَسَى) 的述語，佔受格格位

此類動詞，不可以衍變為現在式，述語也一定要加(أنْ)。

3 - 表示「開始，著手」意思的動詞，這類動詞常用的有幾個：
أخَذَ ، جَعَلَ ، قَامَ ، بَدَأ ، شَرَعَ ، أنْشَأ ، طَفِقَ ، اِبْتَدَأ ، عَلِقَ ، أقْبَلَ ، اِنْبَرَى ، هَبَّ
這類動詞的述語都不加 (أنْ) 如：

أخَذَ الْقَمَرُ يَطْلُعُ . （月亮開始出來了）
جَعَلَ الْقَمَرُ يَطْلُعُ . （月亮開始出來了）
قَامَ الْقَمَرُ يَطْلُعُ . （月亮開始出來了）
بَدَأ الْقَمَرُ يَطْلُعُ . （月亮開始出來了）
شَرَعَ الْقَمَرُ يَطْلُعُ . （月亮開始出來了）
أنْشَأ الْقَمَرُ يَطْلُعُ . （月亮開始出來了）
طَفِقَ الْقَمَرُ يَطْلُعُ . （月亮開始出來了）
اِبْتَدَأ الْقَمَرُ يَطْلُعُ . （月亮開始出來了）
عَلِقَ الْقَمَرُ يَطْلُعُ . （月亮開始出來了）
أقْبَلَ الْقَمَرُ يَطْلُعُ . （月亮開始出來了）
اِنْبَرَى الْقَمَرُ يَطْلُعُ . （月亮開始出來了）
هَبَّ الْقَمَرُ يَطْلُعُ . （月亮開始出來了）

أخَذَ الْقَمَرُ يَطْلُعُ . （月亮開始出來了）
الْقَمَرُ → 主語，主格格位
يَطْلُعُ → (أخَذَ) 的述語，佔受格格位

注意：

1 - كَادَ 及其姐妹字的述語，都應該為現在式動詞。如：

كَادَ الْقَمَرُ يَطْلُعُ .　（月亮快要出來了）
يَطْلُعُ　→現在式動詞

2 - 表示「開始，著手」意思的動詞，其述語中的人稱代名詞，必須與主語一致。如：

أَخَذَ الْقَمَرُ يَطْلُعُ .　（月亮開始出來了）
يَطْلُعُ　→ 隱藏人稱代名詞(هُوَ) 返回(القمرُ)

不可以說成：أَخَذَ الْقَمَرُ تَطْلُعُ أَنْوَارُهُ .　（月亮的光開始出來了）

3 - كَادَ 及其姐妹字，除了(كَادَ ، أَوْشَكَ)可以衍變為現在式動詞外，其他動詞都不可以衍變，否則就不屬此類動詞，而成為一般動詞。如：

كَادَ الْقَمَرُ يَطْلُعُ .　→過去式　（月亮快要出來了）
يَكَادُ الْقَمَرُ أَنْ يَطْلُعَ .　→現在式　（月亮快要出來了）

أَوْشَكَ الْقَمَرُ أَنْ يَطْلُعَ .　→過去式　（月亮快要出來了）
يُوشِكُ الْقَمَرُ أَنْ يَطْلُعَ .　→現在式　（月亮快要出來了）

يَأْخُذُ الْوَلَدُ الْقَلَمَ وَيَمْشِي .　（小孩拿了筆就走了）
يَأْخُذُ　→ 現在式一般動詞

第三十二章　受格虛辭 (أحْرُفُ النَّصْبِ)

阿拉伯文的現在式動詞，若沒有受任何虛詞的影響，則永遠是主格格位，但現在式動詞前面若出現受格虛詞(أحْرُفُ النَّصْبِ)，則會變成受格格位，出現祈使格虛詞 (أحْرُفُ الْجَزْمِ)，則會變成祈使格格位。如：

أسْكُنُ فِي تَايْبَيْه .　　（我住在台北）
أسْكُنُ → 沒有受任何虛詞的影響主格格位

أحِبُّ أنْ أسْكُنَ فِي تَايْبَيْه .　（我喜歡住在台北）
أسْكُنَ → 受 أنْ （受格虛詞）的影響變成受格

لَمْ أسْكُنْ فِي تَايْبَيْه .　　（我沒在台北住過）
أسْكُنْ → 受 لَمْ （祈使格虛詞）的影響變成祈使格

受格虛詞

使現在式動詞由主格變為受格的虛詞就是受格虛詞，它有下列幾個：

أنْ ، لَنْ ، كَيْ ، لِ ، لِكَيْ ، إذنْ ، حتَّى ، لَ ، فَ ،أوْ ، وَ

1 -　أنْ ：它是動名詞虛詞，它加上動詞則等於動名詞。如：

يَجِبُ اجْتِهَادُكَ = يَجِبُ أنْ تَجْتَهِدَ .　（你應該用功）
تَجْتَهِدَ　→ 受 أنْ 的影響變成受格
أنْ تَجْتَهِدَ → 在句中為主格地位

أريدُ الذهَابَ ＝ أريدُ أنْ أذهَبَ .　（我要走了）
أذهَبَ　→ 受 أنْ 的影響變成受格
أنْ أذهَبَ　→ 在句中為受格地位

أرْغَبُ في الذهاب = أرْغَبُ في أنْ أذهَبَ .（我想走了）
أذهَبَ → 受أنْ的影響變成受格
أنْ أذهَبَ → 在句中為屬格地位

2 - لَنْ：表是未來的否定，「不」或「絕不」的意思。如：

لَنْ أذهَبَ إلى الْمَدْرَسَةِ غدًا .（明天我不去上學）
أذهَبَ → 受 لَنْ 符號的影響變成受格

3 - كَيْ、لِكَيْ：「為了」，「以便」的意思。如：

جِئْتُ كَيْ أدْرُسَ .（我是來學習的）
جِئْتُ لِكَيْ أدْرُسَ .（我是來學習的）
أدْرُسَ → 受 لِكَيْ、كَيْ 的影響變成受格

كَيْ 後面可加上表示否定的 لا ，「為了不」、「免得」的意思。如：

أقُومُ مُبَكِّرًا كَيْلا أتَأخَّرَ .（我早起以免遲到）

4 - إذنْ：用於接上句的應答，表示「那麼」的意思。如：

أصْبَحَ الْجَوُّ جَمِيلاً .（天氣轉好了）
إذنْ نَذهَبَ إلى الشَّاطِئ .（那麼，我們到海邊去吧）
نَذهَبَ → 受 إذنْ 影響變成受格

若 إذنْ 不用在接上句的應答，則寫成 إذًا ，且不影響它後面的動詞變成受格。如：
أريدُ أنْ أجْتَهِدَ .（我要努力用功）
إذًا أرْكَبُ حِصَانًا .（那麼我騎馬）

5 - لِ：لامُ التَّعْلِيل 表示「原因，為了、以便」的意思。如：

جِئْتُ لأزُورَكَ = جِئْتُ لِزِيَارَتِكَ .（我來是為了拜訪你）
أزُورَ → 受 لِ 的影響變成受格
若لِ 後面加上表示否定的 لا，則應在它與動詞之間加上一個 أنْ 但應寫成

لِئَلا   意思是「以免、為了不」。如：

قُمْتُ مُبَكِّرًا لِئَلا أَتَأَخَّرَ .   （我起的很早以免遲到）

6 - لَ : لامُ الجُحُودِ 用於加強否定，但使用時必須與كَانَ的過去式否定
(مَا كَانَ ، لَمْ يَكُنْ)搭配。意思為「一定不會」。如：

مَا كَانَ الطَّالِبُ لِيَكْذِبَ .   （學生絕不會說謊）
يَكْذِبَ   →   受لَ的影響變成受格

مَا كُنْتُ لأَتَأَخَّرَ .   （我一定不會遲到）
أَتَأَخَّرَ   →   受لَ的影響變成受格

7 - فَ : فاءُ السَّبَبِيَّةِ 用以表式因果關係，即前句是因，後句是果，且前句必須
為否定句或祈使句，表示「就能、怎能、就」的意思。如：

لَمْ تَجْتَهِدْ فَتَنْجَحَ .   （你不用功怎能成功）→ 否定句
تَنْجَحَ   →   受فَ的影響變成受格

زُرْنِي فَأُكْرِمَكَ .   （你來看我，我就招待你）→ 祈使句
أُكْرِمَ   →   受فَ的影響變成受格

8 - أوْ : 若أوْ用於表示「直到、除非」的意思，則它後面動詞應唸受格音。如：

يَسْتَمِرُّ عِقَابُكَ أوْ تَعْتَرِفَ .   （除非你承認不然你會繼續被處罰）
تَعْتَرِفَ   受 أوْ 的影響變成受格

لا أَسْتَرِيحُ أوْ أنْجَحَ .   （不成功我絕不罷休）
أنْجَحَ   →   受أوْ的影響成受格

9 - حَتَّى   ：表示「直到、除非」的意思，它前面常為否定句或祈使句。如：

انْتَظِرْ هُنَا حَتَّى أعُودَ .   （你在這裡等直到我回來）
أعُودَ   →   受 حَتَّى 的影響變成受格

لا تحْضرْ حتَّى أدْعُوكَ. （你不要來，除非我邀請你）
أدْعُوَ → 受حتَّى的影響變成受格

10 - وَ : واوُ الْمَعيَّةِ 若 وَ 用於表示「卻」的意思，則它後面動詞應唸受格音。它必須用於否定句或祈使句之後。如：

لا تفْعلُ الْخيْرَ وتَنْدَمَ علَيْهِ. （你不可行善自己卻後悔）→ 否定句
تَنْدَمَ 受 وَ 的影響變成受格

هلْ أخْلِصُ لكَ وتخُونَنِي ؟ （難道我對你一片忠心，你卻背叛我？）
تخُونَ → 受وَ的影響變成受格

第三十三章　祈使格虛詞 (حَرْفُ الْجَزْمِ)

使現在動詞變成祈使格的虛詞就是祈使格虛詞，它有兩大類：

1 - 使一個現在式動詞變成祈使格的虛詞 (الأحْرُفُ الَّتِي تَجْزِم فِعْلا واحِدا) 。

2 - 使兩個現在式動詞變成祈使格的虛詞 (الأحْرُفُ الَّتِي تَجْزِم فِعْلَيْنِ)。

第一節　使一個現在動詞成祈使格的虛詞

(الأحْرُفُ الَّتِي تَجْزِم فِعْلا واحِدا)

使一個現在動詞成祈使格的虛詞有下列四個：

لَمْ ، لَمَّا ، لِ (لامُ الأمْرِ) ، لا (لا النَّاهِيَةِ)

1 - لَمْ：它是一個否定虛詞，表示過去「沒有或未曾」的意思。如：

لَمْ أذهَبْ إلى الْمَدْرَسَةِ أمْس . （昨天我沒去上學）

أذهَبْ → 受 لَمْ 虛詞的影響變成祈使格

2 - لَمَّا：它也是一個否定虛詞，表示過去直到說話時動作「尚未、還沒有」發生，但預料將會在說話後發生。如：

نَامَ الطِّفْلُ وَلَمَّا يَسْتَيْقِظْ . （嬰兒睡著了但還沒醒）

يَسْتَيْقِظْ → 受 لَمَّا 虛詞的影響變成祈使格

3 - لِ：لامُ الأمْرِ 它是要求第一人稱與第三人稱做某動做的虛詞，表 示「讓……吧」的意思。如：

لا يُرِيدُ الطَّالِبُ أنْ يَبْقَى ، لِيَذْهَبْ . （學生不想留下，讓他走吧）

يَذْهَبْ → 受 لِ 虛詞的影響變成祈使格

若(لِ)前面加上了連接詞(وَ) 或(فَ) 則(لِ)應改唸為輕音(لْ)。如：

تَعِبَ الطَّالِبُ فَلْيَسْتَرِحْ . （學生累了讓他休息吧）

4 - لا : لا النَّاهِيَة 它是一個禁止的虛詞，表是「不可」的意思，常用於第二人稱。如：

لا تُدَخِّنْ هُنَا . （你不可以在這裡抽菸）
تُدَخِّنْ → 受 لا 虛詞的影響變成祈使格

第二節　使兩個現在動詞成祈使格的虛詞（假設語氣）
(الْجُمْلَةُ الشَّرْطِيَّةُ) (الأحْرُفُ الَّتِي تَجْزِم فِعْلَيْنِ)

假設語氣通常是由一個假設詞，兩個動詞句組成。第一句是條件句，後一句則是回答句。假設語氣中的假設詞，常使這兩個句子的現在式動詞同時變成祈使格。這種假設詞共有十二個，其中十一個是名詞，一個屬虛詞。
這些假設詞是：

إنْ ، مَنْ ، مَا ، مَهْمَا ، مَتَى ، أيَّانَ ، إذمَا ، أيْنَ ، أنَّى ، حَيْثُمَا ، كَيْفَمَا ، أيٌّ

這些字後面可接現在式或過去式動詞，但都表示現在或未來的意思。將它介紹如下：

1 - إنْ：它是個假設虛詞，表示「假若」的意思。如：

إنْ تَجْتَهِدْ تَنْجَحْ .（假若你用功就會成功）

2 - مَنْ ：它是個只適用於人的假設名詞，表示（誰……誰就）的意思。如：

مَنْ يَجْتَهِدْ يَنْجَحْ .（誰努力誰就會成功）

3 - مَـا ：它是個只適用於事的假設名詞，表示「什麼」的意思。如：

مَـا تَـشْرَبْ أشْرَبْ .（你喝什麼我就喝什麼）

4 - مَـهْمَا ：它是個只適用於人的假設名詞，表示「不管……什麼」的意思。如：

مَـهْمَـا تـطْـلُبْ أقَدِّمْ لـكَ . （不管你要什麼我都會給你）

5 - مَـتَـى：它是個假設名詞，表示「什麼時候」的意思。如：

مَـتَـى تَـذهَـبْ أذهَـبْ . （你什麼時候走我就什麼時候走）

6 - أيَّانَ：它是個假設名詞，表示「什麼時候」的意思。如：

أيَّانَ تَـطْـلُـبْـنِـي أحْـضِـرْ إلـيْـكَ . （你什麼時候跟我要，我就帶來給你）

7 - إذمَـا ：它是個假設名詞，表示「假如」的意思。如：

إذمَـا تَـجْـتَـهِـدْ تَـنْـجَـحْ .（假若你努力就會成功）

8 - أيْنَ ：它是個假設名詞，表示「那裡」的意思。如：

أيْـنَ تَـجْـلِـسْ أجْـلِـسْ .（你坐那裡，我就坐那裡）

它後面可加上 مَـا 用以加強語氣。如：

أيْـنَـمَـا تَـذهَـبْ أذهَـبْ .（你去那裡我就去那裡）

9 - أنَّـى：它是個假設名詞，表示「不管在那裡」的意思。如：

أنَّـى تَـبْـحَـثْ عَـنْـهُ تَـجِـدْهُ .（不管在那裡你都能找到他）

10 - حَـيْـثُـمَـا ：它是個假設名詞，表示「不管在那裡」的意思。如：

حَـيْـثُـمَـا تَـذهَـبْ أذهَـبْ .（你去那裡我就去那裡）

11 - كَيْفَمَا：它是個假設名詞，表示「如何」的意思，通常條件句與回答句用一個動詞。如：

كَيْفَمَا تُعَامِلْ صَدِيقَكَ يُعَامِلْكَ .（你怎麼對待你的朋友，他就怎麼對待你）

12 - أيٌّ：它是個假設名詞，表示「哪位或哪個」的意思，通常它與後面名詞成正偏組合使用。如：

أيُّ صَدِيقٍ يَحْضُرْ أكْرِمْهُ .（哪一位朋友來，我都會招待他）
أيَّ يَوْمٍ تُسَافِرْ أسَافِرْ مَعَكَ .（你哪一天走，我都會跟你一塊走）

注意：

1 - 若動詞是屬五個特殊動詞，則受格與祈使格都應省略字尾的(ن)，如：

لا يُرِيدُونَ أنْ يَذهَبُوا .（他們不要去）
يَذهَبُوا → 受格

إنْ تَجْتَهِدُوا تَنْجَحُوا .（假若你們努力，就會成功）
تَجْتَهِدُوا تَنْجَحُوا →祈使格

لَمْ تَجْتَهِدُوا لِذلِكَ لَمْ تَنْجَحُوا .（你們沒有努力，因此都沒有成功）→ 祈使格
تَجْتَهِدُوا تَنْجَحُوا →祈使格

2 - 條件句與回答句動詞可同時為現在式動詞，亦可同時為過去式動詞，也可在條件句用過去式動詞，回答句用現在式動詞，但都表示未來的意。如：

مَنْ يَجْتَهِدْ يَنْجَحْ .（誰用功就會成功）
مَنِ اجْتَهَدَ نَجَحَ .（誰用功就會成功）
مَنِ اجْتَهَدَ يَنْجَحْ (أوْ يَنْجَحُ).（誰用功就會成功）

若條件句與回答句都為現在式動詞，則兩個動詞皆為祈使格發音，若條件句與回答句都為過去式動詞，則兩個動詞皆佔祈使格格位，若條件句為過去式動詞，回答句為現在式動詞，則過去式動詞佔祈使格格位，現在式動詞為祈使格發音，也可以主格音，此時為述語，主語省略隱藏(هُوَ)，此名詞句佔祈使格格位。如：

مَنِ اجْتَهَدَ يَنْجَحُ . （誰用功就會成功）
原句為：مَنِ اجْتَهَدَ هُوَ يَنْجَحُ .（誰用功就會成功）
هُوَ يَنْجَحُ → 條件句的回答句佔祈使格格位

3 - 若回答句不是動詞句，則句首應加上 (فَ)帶領這個句子，且佔祈使格格位。回答句在下列狀況通常以(فَ)帶領，這些狀況有：

1) 回答句是名詞句。如：

أَيْنَ تَذْهَبْ فَأَنَا ذَاهِبٌ مَعَكَ . （不管你去那裡，我都要跟你一塊去）
أَنَا ذَاهِبٌ مَعَكَ → 名詞句→ 佔祈使格格位

2) 回答句是動詞祈使句。如：

إِنْ أَحْبَبْتَ وَالِدَيْكَ فَاطْعِهِمَا .（假若你真愛你父母，就要聽他們的話）
اطْعِهِمَا →動詞祈使句→ 佔祈使格格位

3) 回答句是不完全變化動詞句。(如：لَيْسَ، عَسَى) 如：

إِنْ تَجْتَهِدْ فَلَيْسَتْ هُنَاكَ مُشْكِلَةٌ .（假你若努力，就不會有問題）

4) 回答句是以 (مَا) 或(لَنْ)開頭的否定句。如：

مَنْ يُخْلِصْ لِي فَمَا أَخُونُهُ .（誰對我忠誠，我就不會背叛他）
إِنْ تَكْسَلْ فَلَنْ تَنْجَحَ .（你假若懶惰，就絕不會成功）

5) 回答句是以 (قَدْ) 或(سَ)或(سَوْفَ)開頭動詞句。如：

مَنِ اجْتَهَدَ فَقَدْ نَجَحَ . （誰努力就會成功）
إِنْ تُسَافِرْ فَسَأُسَافِرُ مَعَكَ .（假若你要走，我將跟你一塊走）
إِنْ تُسَافِرْ فَسَوْفَ أُسَافِرُ مَعَكَ .（假若你要走，我將跟你一塊走）

4 - 不影響動詞格位的假設詞：
下面的一些假設詞並不會影響條件句或回答句動詞的格位。

這些條件詞是：

إذا ، لَوْ ، لَوْ لا ، لَمَّا ، كُلَّمَا ، أمَّا ...فَ .

1) إذا：它是個時間副詞有「假若」的意思，表示未來的假設，條件句常用過去式
　　動詞，回答句可以是過去式或現在式動詞，(إذا)之後可多加一個(مَا)，意
　　思用法都 不變。如：

إذا اجْتَهَدْتَ نَجَحْتَ .　　　（假若你用功就會成功）

إذا اجْتَهَدْتَ تَنْجَحُ .　　　（假若你用功就會成功）

إذا مَا اجْتَهَدْتَ نَجَحْتَ .　　　（假若你用功就會成功）

إذا مَا اجْتَهَدْتَ تَنْجَحُ .　　　（假若你用功就會成功）

若條件句是個名詞句，則習慣用法上要加上(كَانَ ، كَانَتْ)。如：

الْبَيْتُ وَاسِعٌ ، أحِبُّ أَنْ أَسْكُنَ فِيهِ .　　（家很寬敞我喜歡進住）

إذا كَانَ البيتُ وَاسِعًا فَأحِبُّ أَنْ أَسْكُنَ فِيهِ .　（假若家很寬敞我就喜歡進住）

الْمَدْرَسَةُ وَاسِعَةٌ ، أحِبُّ أَنْ أَدْرُسَ فِيهَا .　　（學校很寬敞我喜歡去念）

إذا كَانَتِ الْمدرسةُ وَاسِعَةً فَأحِبُّ أَنْ أَدْرُسَ فِيهَا .　（假若學校很寬敞我就喜歡去念）

2) لَوْ：它是個假設虛詞，表示「假若」的意思，常表過去時間的假設，回答句常
　　以(لَ)帶頭。如：

لَوِ اجْتَهَدْتَ لَنَجَحْتَ .（假若你用功的話，就成功了）

3) لَوْ لا：它是個假設虛詞，表示「假若沒有……就」的意思，它後面應與名詞連
　　用，回答句常以(لَ)帶頭。如：

لَوْ لا مُسَاعَدَتُكَ لَرَسَبْتُ .（假若沒有你的幫忙，我就被當了）

4) لَمَّا：它是個時間副詞，含有假設語氣「當……就」的意思，條件句與回答句常
　　用過去式動詞。如：

لَمَّا زَارَنِي صَدِيقِي أَكْرَمْتُهُ .（當我的朋友來看我時，我就款待他）

5) كُلَّمَا：它是個時間副詞，含有假設語氣「每當……就、只要……就」的意思，條件句與回答句常用過去式動詞，但卻表示現在進行的時態。如：

كُلَّمَا اجْتَهَدَ الطَّالِبُ نَجَحَ فِي الامْتِحَانِ .（只要學生用功考試就及格了）

6) أمَّا ：它是一個假設語氣虛詞，表示「至於……就」的意思，它後面應與名詞連用，回答句必須以(فَ)開頭。如：

مِصْرُ تَقَعُ في قَارَّةِ إفْرِيقِيَا ، أمَّا تايوانُ فَهِيَ تَقَعُ في آسِيَا .
（埃及座落在非洲，至於台灣則在亞洲）

注意：字中、字尾不健全動詞的現在式，若與人稱代名詞中的我(أفعل)、我們(نفعل)、你(تفعل)、她(تفعل)、他(يفعل)變化時，祈使格應去不健全字母。如：

字中不健全動詞：قَالَ → يَقُولُ + لَمْ → لَمْ يَقُلْ
字尾不健全動詞：رَمَى → يَرْمِي + لَمْ → لَمْ يَرْمِ
字尾不健全動詞：نَسِيَ → يَنْسَى + لَمْ → لَمْ يَنْسَ

第三十四章　五個特殊動詞 (الأَفْعَالُ الْخَمْسَةُ)

阿拉伯文的現在式動詞，若前面沒有影響動詞變成受格的虛詞(أَحْرُفُ النَّصْبِ)也沒有影響動詞變成祈使格的虛詞(أَحْرُفُ الْجَزْمِ)，則動詞維持主格的格位。通常動詞若在主格格位，則字尾音標為聚口音(---ُ)，若在受格格位，則字尾音標為開口音(---َ)，若在祈使格格位，則字尾音標為輕音(---ْ)。如

يَحْضُرُ صَدِيقِي الْحَفْلَةَ .　（我的朋友會來參加宴會）
يَحْضُرُ　→現在式動詞前面未受任何虛詞影響字尾音標為聚口音(---ُ)

يُرِيدُ صَدِيقِي أن يَحْضُرَ الْحَفْلَةَ .　（我的朋友要來參加宴會）
يَحْضُرَ　→ 現在式動詞前面受受格虛詞的影響字尾音標為開口音(---َ)

لَمْ يَحْضُرْ صَدِيقِي الْحَفْلَةَ .　（我的朋友沒來參加宴會）
يَحْضُرْ　→現在式動詞受 لم 的影響字尾音標為聚口音 (---ْ)

但現在式動詞字尾若有表示雙數的(ـَانِ) 或表示複數的(ـُونَ)或表示第二人稱單數陰性的(ـِينَ)，這種動詞一共有五個型態，這種型態的動詞，稱為五個特殊動詞(تَفْعَلِينَ ، تَفْعَلُونَ ، يَفْعَلُونَ ، تَفْعَلَانِ ، يَفْعَلَانِ)。如：

1 - هُمَا → يَحْضُرَانِ （他兩人參加）→字尾有表示雙數的(ـَانِ)
2 - أَنْتُمَا ، هُمَا → تَحْضُرَانِ （你、妳、她兩人參加）→字尾有表示雙數的(ـَانِ)
3 - هُمْ → يَحْضُرُونَ （他們參加）→字尾有表示複數的(ـُونَ)
4 - أَنْتُمْ → تَحْضُرُونَ （你們參加）→字尾有表示複數的(ـُونَ)
5 - أَنْتِ → تَحْضُرِينَ （妳參加）→字尾有表示第一人稱單數陰性的(ـِينَ)

這種五個特殊動詞前面若有受格虛詞，字尾音標不是開口音(---َ)，若有祈使格虛詞時，字尾音標不是輕音(---ْ)，而是把動詞字尾的(ن) 去掉，若是複數則字尾再加上(ا) 。如：

1 - هُمَا يَحْضُرَانِ　　（他們兩人會出席）

هُمَا لَنْ يَحْضُرَا　　（他們兩人絕不會出席）→ 受受格虛詞(لَنْ)影響

هُمَا لَمْ يَحْضُرَا　　（他們兩人沒有出席）　→ 受祈使格虛詞(لَمْ)影響

2 - أَنْتُمَا تَحْضُرَانِ　　（你兩人會出席）

أَنْتُمَا لَنْ تَحْضُرَا　　（你兩人絕不會出席）→ 受受格虛詞(لَنْ)影響

أَنْتُمَا لَمْ تَحْضُرَا　　（你兩人沒有出席）　→ 受祈使格虛詞(لَمْ)影響

3 - هُمْ يَحْضُرُونَ　　（他們會出席）

هُمْ لَنْ يَحْضُرُوا　　（他們絕不會出席）　→ 受受格虛詞(لَنْ)影響

هُمْ لَمْ يَحْضُرُوا　　（他們沒有出席）　→ 受祈使格虛詞(لَمْ)影響

4 - أَنْتُمْ تَحْضُرُونَ　　（你們會出席）

أَنْتُمْ لَنْ تَحْضُرُوا　　（你們絕不會出席）　→ 受受格虛詞(لَنْ)影響

أَنْتُمْ لَمْ تَحْضُرُوا　　（你們沒有出席）　→ 受祈使格虛詞(لَمْ)影響

5 - أَنْتِ تَحْضُرِينَ　　（妳會出席）

أَنْتِ لَنْ تَحْضُرِي　　（妳絕不會出席）　→ 受受格虛詞(لَنْ)影響

أَنْتِ لَمْ تَحْضُرِي　　（妳沒有出席）　→ 受祈使格虛詞(لَمْ)影響

注意：

(أَنْتُنَّ – تَحْضُرْنَ ، هُنَّ – يَحْضُرْنَ) 兩個型態的現在式動詞，尾音是固定發音，所以不管它前面有受格虛詞或祈使格虛詞，它的尾音都不會改變。如：

أَنْتُنَّ تَحْضُرْنَ　　（妳們會出席）

أَنْتُنَّ لَنْ تَحْضُرْنَ　　（妳們絕不會出席）

أَنْتُنَّ لَمْ تَحْضُرْنَ　　（妳們沒有出席）

هُنَّ يَحْضُرْنَ　　（她們會出席）

هُنَّ لَنْ يَحْضُرْنَ　　（她們絕不會出席）

هُنَّ لَمْ يَحْضُرْنَ　　（她們沒有出席）

第三十五章　形容詞（الصِّفَةُ）

阿拉伯文的形容詞，放在被修飾名詞後面。如：

كِتَابٌ جَدِيدٌ　（一本新的書）

كِتَابٌ　　　　→　被修飾名詞

جَدِيدٌ　　　　→　形容詞

形容詞的性、數、格位、確定狀態必須與被修飾名詞一致。如：

كِتَابٌ جَدِيدٌ	（一本新的書）→	陽性單數主格非確定
كِتَابًا جَدِيدًا	（一本新的書）→	陽性單數受格非確定
كِتَابٍ جَدِيدٍ	（一本新的書）→	陽性單數屬格非確定
صُورَةٌ جَدِيدَةٌ	（一幅新圖畫）→	陰性單數主格非確定
صُورَةً جَدِيدَةً	（一幅新圖畫）→	陰性單數受格非確定
صُورَةٍ جَدِيدَةٍ	（一幅新圖畫）→	陰性單數屬格非確定
الْكِتَابَانِ الْجَدِيدَانِ	（這兩本新的書）→	陽性雙數主格確定
الْكِتَابَيْنِ الْجَدِيدَيْنِ	（這兩本新的書）→	陽性雙數受、屬格確定
الصُّورَتَانِ الْجَدِيدَتَانِ	（這兩幅新圖畫）→	陰性雙數主格確定
الصُّورَتَيْنِ الْجَدِيدَتَيْنِ	（這兩幅新圖畫）→	陰性雙數受、屬格確定
مُدَرِّسُونَ مُحْتَرَمُونَ	（受人尊敬的男老師們）→	陽性複數主格非確定
مُدَرِّسِينَ مُحْتَرَمِينَ	（受人尊敬的男老師們）→	陽性複數受、屬格非確定
مُدَرِّسَاتٌ مُحْتَرَمَاتٌ	（受人尊敬的女老師們）→	陰性複數主格非確定
مُدَرِّسَاتٍ مُحْتَرَمَاتٍ	（受人尊敬的女老師們）→	陰性複數受、屬格非確定
كُتُبٌ جَدِيدَةٌ	（一些新書）　→	非理性名詞複數視為單數陰性
صُوَرٌ جَدِيدَةٌ	（一些新圖畫）→	非理性名詞複數視為單數陰性

可以當形容詞的名詞：

1-　主動名詞（اِسْمُ الْفَاعِلِ）如：

كِتَابٌ تَافِهٌ	（沒有用的書）	→ تَافِهٌ →	主動名詞
كِتَابٌ مُفِيدٌ	（有用的書）	→ مُفِيدٌ →	主動名詞

2 - 被動名詞 (اِسْمُ الْمَفْعُول)如：

كِتَابٌ مَعْرُوفٌ （著名的書） → مَعْرُوفٌ → 被動名詞
كِتَابٌ مُسْتَعْمَلٌ （用過的書） → مُسْتَعْمَلٌ → 被動名詞

3 - 形容詞型態的名詞 (الصِّفَةُ الْمُشَبَّهَةُ) 如：

كِتَابٌ أَبْيَضُ （白色的書） → أَبْيَضُ → 形容詞型態的名詞
رَجُلٌ غَضْبَانُ （生氣的男人） → غَضْبَانُ → 形容詞型態的名詞
رَجُلٌ حَسَنٌ （好的男人） → حَسَنٌ → 形容詞型態的名詞
رَجُلٌ شُجَاعٌ （勇敢的男人） → شُجَاعٌ → 形容詞型態的名詞
رَجُلٌ جَبَانٌ （懦弱的男人） → جَبَانٌ → 形容詞型態的名詞
رَجُلٌ ضَخْمٌ （塊頭大的男人） → ضَخْمٌ → 形容詞型態的名詞
رَجُلٌ حُرٌّ （自由的男人） → حُرٌّ → 形容詞型態的名詞
رَجُلٌ فَرِحٌ （快樂的男人） → فَرِحٌ → 形容詞型態的名詞
رَجُلٌ كَرِيمٌ （慷慨的男人） → كَرِيمٌ → 形容詞型態的名詞

4 - 比較級名詞(اِسْمُ التَّفْضِيل)如：

كِتَابٌ أَحْسَنُ （比較好的書） → أَحْسَنُ → 比較級名詞

5 - 關係代名詞 (الاِسْمُ الْمَوْصُول) 如：

الطَّالِبُ الَّذِي يَجْتَهِدُ （用功的學生） → الَّذِيْ → 關係代名詞
يَوْمًا ما （某天） → مَا → 關係代名詞

6 - 置於被指示名詞後面的指示代名詞 (اسْمُ الإِشَارَة) 如：

كِتَابِي هٰذَا （我的這本書） → هٰذَا → 指示代名詞
كِتَابُ الطَّالِبِ هٰذَا （學生的這本書） → هٰذَا → 指示代名詞

7 - 置於被數名詞後面的數詞 (الْعَدَدُ) 如：

السَّنَوَاتُ الثَّلَاثُ الأَخِيرَةُ （最後的三年） → الثلاثُ → 數詞

8 - 從屬名詞 (اَلاِسْمُ الْمَنْسُوبُ) 如：

طَالِبٌ صِينِيٌّ （中國的學生） → صِينِيٌّ → 從屬名詞

可以當形容詞的句子

1 - 名詞句 (اَلْجُمْلَةُ الاسْمِيَّةُ) 如：

هَذَا طَالِبٌ أَبُوهُ كَرِيمٌ （這是一位他老爸很慷慨的學生）
أَبُوهُ كَرِيمٌ （他老爸是慷慨的）→ 名詞句當形容詞

2 - 動詞句 (اَلْجُمْلَةُ الفِعْلِيَّةُ) 如：

أُحِبُّ طَالِبًا يَدْرُسُ مُجْتَهِدًا （我喜歡用功讀書的學生）
يَدْرُسُ مُجْتَهِدًا （用功讀書）→ 動詞句當形容詞

3 - 介系詞子句 (شِبْهُ الْجُمْلَةِ - جَارٌّ مَجْرُورٌ) 如：

طَالِبٌ فِي الْغُرْفَةِ يَكْتُبُ وَاجِبًا （在教室的學生正在寫作業）
فِي الْغُرْفَةِ （在教室）→ 介系詞子句當形容詞

4 - 地點副詞子句 (شِبْهُ الْجُمْلَةِ - ظَرْفُ مَكَانٍ) 如：

طَالِبٌ عِنْدَ الْبَابِ هُوَ صَدِيقِي （在門邊的學生是我朋友）
عِنْدَ الْبَابِ （在門邊）→ 地點副詞子句當形容詞

第三十六章　阿拉伯數字 (الْعَدَدُ)

阿拉伯文的數字，分為兩種：
基數 (الْعَدَدُ الأصْلِيُّ)
序數 (الْعَدَدُ التَّرْتِيبِيُّ)。

第一節　基數(الْعَدَدُ الأصْلِيُّ)

阿拉伯文的數詞有陰陽性之分，基數數詞的用法如下：

1 - 個位數若是 1、2 ，數詞與被數名詞的陰陽性一致，被數名詞在先，數詞在後當形容詞。如：

طَالِبٌ وَاحِدٌ　（一位男學生）
طالبٌ　→ 陽性
وَاحِدٌ　→ 陽性

طَالِبَةٌ وَاحِدَةٌ　（一位女學生）
طالبةٌ　→ 陰性
واحدةٌ　→ 陰性

طَالِبَانِ اثْنَانِ　（兩位男學生）
طَالِبَانِ　→ 陽性
اِثْنَانِ　→ 陽性

طَالِبَتَانِ اثْنَتَانِ（兩位女學生）
طَالِبَتَانِ　→ 陰性
اثْنَتَانِ　→ 陰性

主格格位：

حَضَرَ طَالِبٌ وَاحِدٌ .　（一位男學生到了）
حَضَرَ طَالِبَانِ اثْنَانِ .　（兩位男學生到了）
حَضَرَتْ طَالِبَةٌ وَاحِدَةٌ .　（一位女學生到了）
حَضَرَتْ طَالِبَتَانِ اثْنَتَانِ .　（兩位女學生到了）

受格格位：

رَأَيْتُ طَالِبًا وَاحِدًا .　（我看到了一位男學生）
رَأَيْتُ طَالِبَيْنِ اثْنَيْنِ .　（我看到了兩位男學生）
رَأَيْتُ طَالِبَةً وَاحِدَةً .　（我看到了一位女學生）
رَأَيْتُ طَالِبَتَيْنِ اثْنَتَيْنِ .　（我看到了兩位女學生）

屬格格位：

سَلَّمْتُ عَلَى طَالِبٍ وَاحِدٍ.　（我問候了一位男學生）
سَلَّمْتُ عَلَى طَالِبَيْنِ اثْنَيْنِ .　（我問候了兩位男學生）
سَلَّمْتُ عَلَى طَالِبَةٍ وَاحِدَةٍ .　（我問候了一位女學生）
سَلَّمْتُ عَلَى طَالِبَتَيْنِ اثْنَتَيْنِ .　（我問候了兩位女學生）

2 - 個位數 3 以後的數詞與被數名詞單數形態的陰陽性相反，且數詞在先，被數名詞在後。如：

ثَلَاثَةُ طُلَّابٍ　（三位男學生）
ثَلَاثَةُ　→ 陰性
طُلَّابٍ　→ 單數形態 (طَالِبٌ) 為陽性
→ 數詞(ثَلَاثَةُ)的性要與被數名詞 (طَالِبٌ)單數形態的性相反

ثَلَاثُ طَالِبَاتٍ　（三位女學生）
ثَلَاثُ　→ 陽性
طَالِبَاتٍ　→ 單數形態 (طَالبَة) 為陰性
→ 數詞(ثَلَاثُ)的性要與被數名詞 (طَالِبَةٌ)單數形態的性相反

3 - 3～10 數詞與被數名詞成正偏組合，被數名詞為複數屬格，數詞的格位依照它在句子中文法地位而定。如：

ثَلاثَةُ طُلاَّبٍ （三位男學生）
ثَلاثَةُ → 陰性數詞，正次
طُلاَّبٍ → 複數屬格，偏次

ثَلاثُ طَالِبَاتٍ （三位女學生）
ثَلاثُ → 陽性數詞，正次
طَالِبَاتٍ → 複數屬格，偏次

主格格位：

حَضَرَ ثَلاثَةُ طُلاَّبٍ . （三位男學生到了）
حَضَرَتْ ثَلاثُ طَالِبَاتٍ . （三位女學生到了）

受格格位：

رَأَيْتُ ثَلاثَةَ طُلاَّبٍ . （我看到了三位男學生）
رَأَيْتُ ثَلاثَ طَالِبَاتٍ . （我看到了三位女學生）

屬格格位：

سَلَّمْتُ عَلَى ثَلاثَةِ طُلاَّبٍ . （我問候了三位男學生）
سَلَّمْتُ عَلَى ثَلاثِ طَالِبَاتٍ . （我問候了三位女學生）

4 - 11～99 被數名詞為單數受格，數詞格位依照它在句子中所佔地位而定。11～19 數詞字尾為固定尾音(َ)，不因格位不同而改變字尾音標。如：

أَحَدَ عَشَرَ طَالِبًا （11 位男學生）
طَالِبًا → 單數受格

إِحْدَى عَشْرَةَ طَالِبَةً （11 位女學生）
طَالِبَةً → 單數受格

تِسْعَةٌ وَتِسْعُونَ طالِبًا （99 位男學生）
طَـالِبًا → 單數受格

تِسْعٌ وتِسْعُونَ طـالِبَـةً （99 位女學生）
طَـالِبَـةً → 單數受格

主格格位：

حَضَرَ أحَدَ عَشَرَ طَـالِبًا . （11 位男學生到了）
حَضَرَتْ إِحْدَى عَشْرَةَ طَـالِبَـةً . （11 位女學生到了）
حَضَرَ تِسْعَةٌ وَتِسْعُونَ طَـالِبًا . （99 位男學生到了）
حَضَرَتْ تِسْعٌ وتِسْعُونَ طَـالِبَـةً . （99 位女學生到了）

受格格位：

رَأَيْتُ أحَدَ عَشَرَ طَـالِبًا . （我看到了 11 位男學生）
رَأيْتُ إِحْدَى عَشْرَةَ طَـالِبَـةً . （我看到了 11 位女學生）
رَأيْتُ تِسْعَةً وَتِسْعِينَ طَـالِبًا . （我看到了 99 位男學生）
رَأيْتُ تِسْعًا وتِسْعِينَ طَـالِبَـةً . （我看到了 99 位女學生）

屬格格位：

سَلَّمْتُ عَلَى أحَدَ عَشَرَ طَـالِبًا . （我問候了 11 位男學生）
سَلَّمْتُ عَلَى إِحْدَى عَشْرَةَ طَـالِبَـةً . （我問候了 11 位女學生）
سَلَّمْتُ عَلَى تِسْعَةٍ وَتِسْعِينَ طَـالِبًا . （我問候了 99 位男學生）
سَلَّمْتُ عَلَى تِسْعٍ وتِسْعِينَ طَـالِبَـةً . （我問候了 99 位女學生）

5 - 20、30、40、50、60、70、80、90 等數字，不分陰陽性，這些數字視為陽性規則變化名詞。如：

عِشْرُونَ طَـالِبًا （20 位男學生）→ 主格格位時
عِشْرِينَ طَـالِبًا （20 位男學生）→ 受格與屬格格位時
عِشْرُونَ طَـالِبَـةً （20 位女學生）→ 主格格位時
عِشْرِينَ طَـالِبَـةً （20 位女學生）→ 受格與屬格格位時

6 - مِائَةٌ（百）、أَلْفٌ（千）、مِلْيُونٌ（百萬）、بِلْيُونٌ（十億）等整數，不分陰陽性，被數名詞與數詞成正偏組合，被數名詞為單數屬格。如：

مِائَةُ طَالِبٍ　（100 位男學生）
طَالِبٍ　→ 單數屬格

مِائَةُ طَالِبَةٍ　（100 位女學生）
طَالِبَةٍ　→ 單數屬格

أَلْفُ طَالِبٍ　（1000 位男學生）
طَالِبٍ　→ 單數屬格

أَلْفُ طَالِبَةٍ　（1000 位女學生）
طَالِبَةٍ　→ 單數屬格

مِلْيُونُ طَالِبٍ　（100萬位男學生）
طَالِبٍ　→ 單數屬格

مِلْيُونُ طَالِبَةٍ　（100萬位女學生）
طَالِبَةٍ　→ 單數屬格

بِلْيُونُ طَالِبٍ　（10 億位男學生）
طَالِبٍ　→ 單數屬格

بِلْيُونُ طَالِبَةٍ　（10 億位女學生）
طَالِبَةٍ　→ 單數屬格

7 - 11～19 為固定尾音於開口音(َ)的複合字，11，12 個位數與十位數陰陽性一致。12 數字中的 2 視為雙數變化。13～19 則個位數與十位數陰陽性相反複合，被數名詞陰陽性與數字個位數陰陽性相反。如：

أَحَدَ عَشَرَ طَالِبًا　（11 位男學生）→ أَحَدَ 與 طالب 的性一致
إِحْدَى عَشْرَةَ طَالِبَةً　（11 位女學生）→ إِحْدَى 與 طالبة 的性一致

اِثْنَا عَشَرَ طَالِبًا　(12位男學生) → اِثْنَا 與 طالب 的性一致
اِثْنَتَا عَشْرَةَ طَالِبَةً　(12位女學生) → اِثْنَتَا 與 طالبة 的性一致

12的受格與屬格：

اِثْنَيْ عَشَرَ طَالِبًا　(12位男學生) →اِثْنَا 的(ا)為雙數變化改為(ي)
اِثْنَتَيْ عَشْرَةَ طَالِبَةً　(12位女學生) →اِثْنَتَا 的(ا)為雙數變化改為(ي)

13～19 個位數與十位數陰陽性相反複合。如：

ثَلاثَةَ عَشَرَ → ثلاثة 陰性， عَشَرَ 陽性
ثَلاثَ عَشْرَةَ → ثلاث 陽性， عَشْرَةَ 陰性

13～19 個位數與被屬名詞的陰陽性相反。如：

ثَلاثَةَ عَشَرَ طَالِبًا　→ ثلاثة 陰性， طالب 陽性
ثَلاثَ عَشْرَةَ طَالِبَةً　→ ثلاث 陽性， طالبة 陰性

8 - 100 數詞本身是單數。如：：

100 → مِائَةٌ 此字寫(مائة)，唸成(مِئَةٌ)，也可寫成(مِئَةٌ)

مِائَةُ طَالِبٍ　(100 位男學生)
مِائَةُ طَالِبَةٍ　(100 位女學生)

9 - 200 → مِائَتَانِ 視為雙數變化，受格與屬格格位時(ا)改為(ي)，被數名詞與它成正偏組合，(ن)要省略。

مِائَتَا طَالِبٍ　(200 位男學生) 主格
مِائَتَا طَالِبَةٍ　(200 位女學生) 主格

مِائَتَيْ طَالِبٍ　(200 位男學生) 受格屬格格位時
مِائَتَيْ طَالِبَةٍ　(200 位女學生) 受格屬格格位時

10 - 300～900 數詞與百字成正偏組合並寫成一個字，格位音標出現在 3～9 的數詞字尾上。如：

ثَلاثُمِائَةٍ　300 → ثَلاثُ 與 مائة 成正偏組合並寫成一個字

في الْمَدْرَسَةِ ثَلاثُمِائَةِ طَالِبٍ .　（學校有 300 位學生）

ثَلاثُمِائَةِ → 主格格位音標出現在 (ثلاثُ) 的字尾(ثُ)

رَأَيْتُ ثَلاثَمِائَةِ طَالِبٍ .　（我看到了 300 位學生）

ثَلاثَمِائَةِ → 受格格位音標出現在 (ثلاثَ)的字尾(ثَ)

سَلَّمْتُ عَلَى ثَلاثِمِائَةِ طَالِبٍ .　（我問候了 300 位學生）

ثَلاثِمِائَةِ → 屬格格位音標出現在 (ثلاثِ)的字尾 (ثِ)

11- 20～90、100～900、1000、百萬、十億等數詞不分陰陽性。如：

عِشْرُونَ طَالِبًا　（20 位男學生）
عِشْرُونَ طَالِبَةً　（20 位女學生）

مِائَةُ طَالِبٍ　（100 位男學生）
مِائَةُ طَالِبَةٍ　（100 位女學生）

أَلْفُ طَالِبٍ　（1000位男學生）
أَلْفُ طَالِبَةٍ　（1000位女學生）

مِلْيُونُ دُولارٍ　（一百萬元）
مِلْيُونُ لِيرَةٍ　（一百萬里拉）

بِلْيُونُ دُولارٍ　（十億萬元）
بِلْيُونُ لِيرَةٍ　（十億里拉）

12 - 3～9 千，3～9 百萬，3～9 十億中的千、百萬、十億等數詞本身視為被數名詞，複數屬格，它為前面數詞的偏次，後面被數名詞的正次。如：

ثَلاثَةُ آلافِ طَالِبٍ　（3000 位學生）

آلافِ → 複數屬格，因為 3～10 後面名詞必須複數屬格

آلافِ → 為 ثلاثة 的偏次，طالب 的正次

ثَلاثَةُ مَلايِينَ دُولارٍ　（3 百萬元）

ملايِينَ → 複數屬格，因為 3～10 後面名詞必須複數屬格

但 ملايين 為不完全變化名詞字尾為開口音

ملايين → 為 ثلاثة 的偏次，دولار 的正次

ثَلاثَةُ بَلايِينَ لِيرَةٍ　（30 億里拉）

بلايِينَ → 複數屬格，因為 3～10 後面名詞必須複數屬格

但 بلايين 為不完全變化名詞字尾為開口音

بلايين → 為 ثلاثة 的偏次，ليرة 的正次

13 - 阿拉伯文的基數，也可以當形容詞用，數字與被形容的名詞單數形態時的陰陽性相反。如：

السَّنَوَاتُ الثَّلاثُ الْمَاضِيَةُ　（過去的三年）

سَنَوَاتٌ 的單數形態是(سَنَةٌ)陰性名詞，所以數詞(الثلاث) 要陽性

دَرَسْتُ الْعَرَبِيَّةَ كَثِيرًا في السَّنَوَاتِ الثَّلاثِ الْمَاضِيَةِ .

（在過去的三年裡我學了很多的阿拉伯文）

الأَعْوَامُ الثَّلاثَةُ الْمَاضِيَةُ　（過去的三年）

الأَعْوَامُ 的單數形態是(العَامُ)陽性名詞，所以數詞(الثلاثة) 要陰性

دَرَسْتُ الْعَرَبِيَّةَ كَثِيرًا في الأَعْوَامِ الثَّلاثَةِ الْمَاضِيَةِ .

（在過去的三年裡我學了很多的阿拉伯文）

14 - 表示某年時，要把年放前面當時間副詞，再說數字並成正偏組合。如：

2009 عَامَ → عَامَ أَلْفَيْنِ وَتِسْعَةٍ　（2009 年）

2009 سَنَةَ → سَنَةَ أَلْفَيْنِ وَتِسْعٍ　（2009 年）

1999 عَامَ → عَامَ أَلْفٍ وَتِسْعِمِائَةٍ وَتِسْعَةٍ وَتِسْعِينَ　（1999 年）

1999 سَنَةَ → سَنَةَ أَلْفٍ وَتِسْعِمِائَةٍ وَتِسْعٍ وَتِسْعِينَ　（1999 年）

15 - 其它數詞的念法。如：

1/2 → نِصْفٌ　　1/3 → ثُلْثٌ　　1/4 → رُبْعٌ　　1/5 → خُمْسٌ
1/6 → سُدْسٌ　　1/7 → سُبْعٌ　　1/8 → ثُمْنٌ　　1/9 → تُسْعٌ
1/10 → عُشْرٌ

3/5 → ثَلاثَةُ أَخْمَاسٍ　　4/9 → أَرْبَعَةُ أَتْسَاعٍ　　9/10 → تِسْعَةُ أَعْشَارٍ

13/14 → ثلاثَةَ عَشَرَ عَلَى أربعةَ عشرَ

98/99 → ثمانيةٌ وتسعون على تسعةٍ وتسعِينَ

10%→ عَشَرَةٌ في الْمِائَةِ　　99% → تسعةٌ وتسعونَ في الْمِائَةِ

第二節　序數(الْعَدَدُ التَّرْتِيبِيُّ)

序數就是表示順序的數詞，阿拉伯文的序數，是一種形容詞，所以必須放在被數名詞的後面，性、數、格位與確定與否都必須跟被數名詞一致。將用法介紹如下：

1 - 第 1 到第 10 的用法，跟形容詞用法一樣：

陽性序數		陰性序數	
الْيَوْمُ الأَوَّلُ	（第一天）	السَّاعَةُ الأُولَى	（第一小時）
الْيَوْمُ الثَّانِي	（第二天）	السَّاعَةُ الثَّانِيَةُ	（第二小時）
الْيَوْمُ الثَّالِثُ	（第三天）	السَّاعَةُ الثَّالِثَةُ	（第三小時）
الْيَوْمُ الرَّابِعُ	（第四天）	السَّاعَةُ الرَّابِعَةُ	（第四小時）
الْيَوْمُ الْخَامِسُ	（第五天）	السَّاعَةُ الْخَامِسَةُ	（第五小時）
الْيَوْمُ السَّادِسُ	（第六天）	السَّاعَةُ السَّادِسَةُ	（第六小時）
الْيَوْمُ السَّابِعُ	（第七天）	السَّاعَةُ السَّابِعَةُ	（第七小時）
الْيَوْمُ الثَّامِنُ	（第八天）	السَّاعَةُ الثَّامِنَةُ	（第八小時）
الْيَوْمُ التَّاسِعُ	（第九天）	السَّاعَةُ التَّاسِعَةُ	（第九小時）
الْيَوْمُ الْعَاشِرُ	（第十天）	السَّاعَةُ الْعَاشِرَةُ	（第十小時）

2 - 第 11 到第 19 的用法，跟形容詞用法一樣，但序數數字的尾音是固定開口音：

陽性序數		陰性序數	
اَلْيَوْمُ الْحَادِيَ عَشَرَ	（第 11 天）	السَّاعَةُ الْحَادِيَةَ عَشْرَةَ	（第 11 小時）
اَلْيَوْمُ الثَّانِيَ عَشَرَ	（第 12天）	السَّاعَةُ الثَّانِيَةَ عَشْرَةَ	（第 12小時）
اَلْيَوْمُ الثَّالِثَ عَشَرَ	（第 13天）	السَّاعَةُ الثَّالِثَةَ عَشْرَةَ	（第 13小時）
اَلْيَوْمُ الرَّابِعَ عَشَرَ	（第 14天）	السَّاعَةُ الرَّابِعَةَ عَشْرَةَ	（第 14小時）
اَلْيَوْمُ الْخَامِسَ عَشَرَ	（第 15天）	السَّاعَةُ الْخَامِسَةَ عَشْرَةَ	（第 15小時）
اَلْيَوْمُ السَّادِسَ عَشَرَ	（第 16天）	السَّاعَةُ السَّادِسَةَ عَشْرَةَ	（第 16小時）
اَلْيَوْمُ السَّابِعَ عَشَرَ	（第 17天）	السَّاعَةُ السَّابِعَةَ عَشْرَةَ	（第 17小時）
اَلْيَوْمُ الثَّامِنَ عَشَرَ	（第 18天）	السَّاعَةُ الثَّامِنَةَ عَشْرَةَ	（第 18小時）
اَلْيَوْمُ التَّاسِعَ عَشَرَ	（第 19天）	السَّاعَةُ التَّاسِعَةَ عَشْرَةَ	（第 19小時）

3 - 第 20、30、40、50、60、70、80、9，以及百、千、百萬、千萬、億、十億等等整數的用法，跟形容詞用法一樣，序數陰陽性同型：

陽性序數	陰性序數
اَلْيَوْمُ الْعِشْرُونَ（第20天）主格	السَّاعَةُ الْعِشْرُونَ（第20小時）主格
اَلْيَوْمَ الْعِشْرِينَ（第20天）受格	السَّاعَةَ الْعِشْرِينَ（第20小時）受格
اَلْيَوْمِ الْعِشْرِينَ（第20天）屬格	السَّاعَةِ الْعِشْرِينَ（第20小時）屬格
↓	↓
اَلْيَوْمُ التِّسْعُونَ（第90天）主格	السَّاعَةُ التِّسْعُونَ（第90小時）主格
اَلْيَوْمَ التِّسْعِينَ（第90天）受格	السَّاعَةَ التِّسْعِينَ（第90小時）受格
اَلْيَوْمِ التِّسْعِينَ（第90天）屬格	السَّاعَةِ التِّسْعِينَ（第90小時）屬格
↓	↓
اَلْيَوْمُ الْمِائَةُ（第100天）主格	السَّاعَةُ الْمِائَةُ（第100小時）主格
اَلْيَوْمَ الْمِائَةَ（第100天）受格	السَّاعَةَ الْمِائَةَ（第100小時）受格
اَلْيَوْمِ الْمِائَةِ（第100天）屬格	السَّاعَةِ الْمِائَةِ（第100小時）屬格
↓	↓
اَلْيَوْمُ الأَلْفُ（第1000天）主格	السَّاعَةُ الأَلْفُ（第1000小時）主格
اَلْيَوْمَ الأَلْفَ（第1000天）受格	السَّاعَةَ الأَلْفَ（第1000小時）受格
اَلْيَوْمِ الأَلْفِ（第1000天）屬格	السَّاعَةِ الأَلْفِ（第1000小時）屬格

4 - 第 21～29，31～39，41～49，51～59，61～69，71～79，81～89，91～99 的用法，跟形容詞用法一樣：

陽性序數	陰性序數
الْيَوْمُ الْحَادِي وَالْعِشْرُونَ （第21天）主格	السَّاعَةُ الحادِيَةُ وَالْعِشْرُونَ（第21小時）主格
الْيَوْمَ الْحَادِيَ وَالْعِشْرِينَ（第21天）受格	السَّاعَةَ الحادِيَةَ وَالْعِشْرِينَ（第21小時）受格
الْيَوْمِ الْحَادِي وَالْعِشْرِينَ （第21天）屬格	السَّاعَةِ الحادِيَةِ وَالْعِشْرِينَ（第21小時）屬格
↓	↓
الْيَوْمُ التَّاسِعُ وَالْعِشْرُونَ （第29天）主格	السَّاعَةُ التَّاسِعَةُ وَالْعِشْرُونَ（第29小時）主格
الْيَوْمَ التَّاسِعَ وَالْعِشْرِينَ（第29天）受格	السَّاعَةَ التَّاسِعَةَ وَالْعِشْرِينَ（第29小時）受格
الْيَوْمِ التَّاسِعِ وَالْعِشْرِينَ（第29天）屬格	السَّاعَةِ التَّاسِعَةِ وَالْعِشْرِينَ（第29小時）屬格

第三十七章　關係代名詞 (الاِسْمُ الْمَوْصُولُ)

阿拉伯文跟英文一樣有關係代名詞，關係代名詞在阿拉伯文中是一個固定尾音的確定名詞，用以引導一個關係子句來說明關係代名詞前面的名詞，等於中文中「所」的意思。如：

الْقَلَمُ الَّذِي اشْتَرَيْتُهُ أمْس　（我昨天所買的筆）

الَّذِي → 關係代名詞

اشْتَرَيْتُهُ أمْس → 關係子句，用以說明筆

一、關係代名詞的種類：

關係代名詞有兩種：　1 - 專用關係代名詞 (الاِسْمُ الْمَوْصُولُ الْمُخْتَصُّ)
　　　　　　　　　　2 - 通用關係代名詞(الاِسْمُ الْمَوْصُولُ الْمُشْتَرَكُ)

專用關係代名詞因性、數、格位不同而有不同型態：

陽性關係代名詞：

الَّذِي　→陽性單數，主格、受格、屬格同形
اللَّذانِ　→陽性雙數，主格
اللَّذَيْنِ　→陽性雙數，受格、屬格同形
الَّذِينَ　→陽性複數，主格、受格、屬格都同形

陰性關係代名詞：

الَّتِي　→陰性單數，主格、受格、屬格同形
اللَّتَانِ　→陰性雙數，主格
اللَّتَيْنِ　→陰性雙數，受格、屬格同形
اللاَّتِي ، اللَّوَاتِي →陰性複數，主格、受格、屬格同形

專用關係代名詞的用法：

1-　當普通名詞，可佔主格、受格、屬格格位，如：

الَّذِي يَسْكُنُ هُنَا هُوَ طَالِبٌ .　　　（住在這裡的人是一位學生）

الَّذِي　→　主語佔主格格位

هُوَ الَّذِي يَسْكُنُ هُنَا .　　　（他就是住在這裡的人）

الَّذِي　→　述語佔主格格位

جَاءَ الَّذِي يَسْكُنُ هُنَا .　　　（住在這裡的人來了）

الَّذِي　→　主詞佔主格格位

شُفِيَ الَّذِي يَسْكُنُ هُنَا .　　（住在這裡的人病癒了）

الَّذِي　→　代主詞佔主格格位

رَأَيْتُ الَّذِي يَسْكُنُ هُنَا .　　　（我看過住在這裡的人）

الَّذِي　→　受詞佔受格格位

أَبْحَثُ عَنِ الَّذِي يَسْكُنُ هُنَا .　　　（我在找住在這裡的人）

الَّذِي　→　介系詞後面的名詞佔屬格格位

صَدِيقُ الَّذِي يَسْكُنُ هُنَا هُوَ طَالِبٌ .　　（住在這裡的人的朋友是一位學生）

الَّذِي　→　偏次名詞佔屬格格位

2-　當形容詞，此時，關係代名詞前面的名詞必須有一個被修飾的確定名詞，關係代名詞的性、數也必須與被修飾名詞一致。如：

رَجَعَ الطَّالِبُ الَّذِي يَسْكُنُ هُنَا .　　（住在這裡的男學生回來了）
الطَّالِبُ　→　陽性單數
الَّذِي　→　陽性單數關係代名詞

رَجَعَ الطَّالِبَانِ اللَّذَانِ يَسْكُنَانِ هُنَا .　　（住在這裡的兩位男學生回來了）
الطَّالِبَانِ　→　陽性雙數主格
اللَّذَانِ　→　陽性雙數主格形態關係代名詞

رَأَيْتُ الطَّالِبَيْنِ اللَّذَيْنِ يَسْكُنَانِ هُنَا .　（我看到了住在這裡的兩位男學生）
الطالبَيْن → 陽性雙數受格
اللَّذَيْن → 陽性雙數受格形態關係代名詞

شَكَرْتُ لِلطَّالِبَيْنِ اللَّذَيْنِ يَسْكُنَانِ هُنَا .　（我感謝了住在這裡的兩位男學生）
الطالبَيْن → 陽性雙數屬格
اللَّذَيْن → 陽性雙數屬格形態關係代名詞

رَجَعَ الطُّلَّابُ الَّذِينَ يَسْكُنُونَ هُنَا .　（住在這裡的男學生們都回來了）
الطلابُ → 陽性複數
الَّذِينَ → 陽性複數關係代名詞

رَجَعَتِ الطَّالِبَةُ الَّتِي تَسْكُنُ هُنَا .　（住在這裡的女學生回來了）
الطالبَةُ → 陰性單數
الَّتِي → 陰性單數關係代名詞

رَجَعَتِ الطَّالِبَتَانِ اللَّتَانِ تَسْكُنَانِ هُنَا .　（住在這裡的兩位女學生回來了）
الطالبَتَان → 陰性雙數主格
اللَّتَان → 陰性雙數主格形態關係代名詞

رَأَيْتُ الطَّالِبَتَيْنِ اللَّتَيْنِ تِسْكُنَانِ هُنَا .　（我看到了住在這裡的兩位女學生）
الطالبَتَيْن → 陰性雙數受格
اللَّتَيْن → 陰性雙數受格形態關係代名詞

شَكَرْتُ لِلطَّالِبَتَيْنِ اللَّتَيْنِ تَسْكُنَانِ هُنَا .　（我感謝了住在這裡的兩位男學生）
الطالبَتَيْن → 陰性雙數屬格
اللَّتَيْن → 陰性雙數屬格形態關係代名詞

رَجَعَتِ الطَّالِبَاتُ اللَّاتِي يَسْكُنَّ هُنَا .　（住在這裡的女學生們都回來了）
الطَّالِبَاتُ → 陰性複數
اللَّاتِي → 陰性複數關係代名詞

قَرَأْتُ الْكُتُبَ الَّتِي اشْتَرَيْتُهَا أَمْس .　（我念了我昨天所買的一些書）
الْكُتُبَ → 非理性複數名詞視為陰性單數
الَّتِي → 陰性單數關係代名詞

二、通用關係代名詞

常用的通用關係代名詞有兩個：

1 - مَا ：用於表示非理性（動物或事物）的通用關係代名詞
2 - مَنْ ：用於表示理性（人）的通用關係代名詞

通用關係代名詞的用法：

通用關係代名詞，只能當作普通名詞使用，用法跟專用關係代名詞相同，可佔主格、受格、屬格格位，如：

هَذَا مَا اشْتَرَيْتُ . （這就是我買的）
مَا → 述語佔主格格位

يُفِيدُنِي مَا اشْتَرَيْتُ . （我所買的東西是對我有用的）
مَا → 主詞佔主格格位

بِعْتُ مَا اشْتَرَيْتُ . （我把我買的東西賣掉了）
مَا → 受詞佔格格位

أبْحَثُ عمَّا (عَنْ مَا) اشْتَرَيْتُ . （我在找我所買的的西）
مَا → 介系詞後面名詞佔屬格格位

بِعْتُ كُلَّ مَا اشْتَرَيْتُ . （我把我所買的東西全都賣掉了）
مَا → 偏次名詞佔屬格格位

مَنْ يَسْكُنُ هُنَا هُوَ طَالِبٌ . （住在這裡的人是一位學生）
مَنْ → 主語佔主格格位

هُوَ مَنْ يَسْكُنُ هُنَا . （他就是住在這裡的人）
مَنْ → 述語佔主格格位

جَاءَ مَنْ يَسْكُنُ هُنَا . （住在這裡的人來了）
مَنْ → 主詞佔主格格位

شُفِيَ مَنْ يَسْكُنُ هُنَا .　　（住在這裡的人病癒了）

مَنْ → 代主詞佔主格格位

رَأَيْتُ مَنْ يَسْكُنُ هُنَا .　　（我看過住在這裡的人）

مَنْ → 受詞佔受格格位

أَبْحَثُ عَمَّنْ (عَنْ مَنْ) يَسْكُنُ هُنَا .　　（我在找住在這裡的人）

مَنْ → 介系詞後面的名詞佔屬格格位

注意

1 - 關係代名詞所引導的子句稱為關係子句，關係子句必須有與關係代名詞性、數一致的歸詞(العَائِد)返回關係代名詞。如：

الَّذِي يَسْكُنُ هُنَا هُوَ طَالِبٌ .　　（住在這裡的人是一位學生）

يَسْكُنُ 動詞中的隱藏人稱代名詞(هُوَ)是歸詞，返回人稱代名詞(الذي)。

رَجَعَتِ الطَّالِبَةُ الَّتِي تَسْكُنُ هُنَا .　　（住在這裡的女學生回來了）

تَسْكُنُ 動詞中的隱藏人稱代名詞(هِيَ)是歸詞，返回人稱代名詞(التي)。

رَجَعَ الطَّالِبَانِ اللَّذَانِ يَسْكُنُ صَدِيقُهُمَا هُنَا .　（朋友住在這裡的兩位男學生回來了）

صَدِيقهُمَا 中的人稱代名詞(هُمَا)是歸詞，返回人稱代名詞(اللَّذَانِ)。

رَجَعَ الطُّلَّابُ الَّذِينَ تَسْكُنُ صَدِيقَاتُهُمْ هُنَا .（女朋友住在這裡的男學生們都回來了）

صَدِيقَاتُهُمْ 中的人稱代名詞(هُمْ)是歸詞，返回人稱代名詞(الذِينَ)。

رَجَعَ مَنْ يَسْكُنُ هُنَا .　　（住在這裡的人回來了）

يَسْكُنُ 動詞中的隱藏人稱代名詞(هُوَ)是歸詞，返回人稱代名詞(مَنْ)。

رَجَعَ مَنْ تَسْكُنُ صَدِيقَاتُهُمْ هُنَا .（女朋友住在這裡的人都回來了）

صَدِيقَاتُهُمْ 中的人稱代名詞(هُمْ)是歸詞，返回人稱代名詞(مَنْ)。

2 - مَا 的歸詞永遠是單數陽性形態，如：

فَهِمْتُ مَا تَقُولُهُ الآنَ .　　（我現在了解你所說的了）

تَقُولُهُ 中的人稱代名詞(ـهُ)是歸詞，返回人稱代名詞(مَا)。

اشْتَرَيْتُ مَا أُرِيدُهُ مِنَ الْكُتُبِ . （我買了我需要的一些書）
أُرِيدُهُ 中的人稱代名詞(ـهُ)是歸詞，返回人稱代名詞(مَا)。

3 - 在不影響了解句意的情況下，歸詞有時可以省略，通常省略的情況是：

1) 歸詞是受詞時，如：

هَذَا هُوَ الْكِتَابُ الذِي اشْتَرَيْتُهُ أمس = هَذَا هُوَ الْكِتَابُ الذِي اشْتَرَيْتُ أَمْسِ .
（這就是我昨天所買的書）
هذا هُوَ ما اشْتَرَيْتُهُ = هذا هُوَ ما اشْتَرَيْتُ . （這就是我買的）
فَهِمْتُ مَا تَقُولُهُ الآنَ = فَهِمْتُ مَا تَقُولُ الآنَ . （我了解你現在所說的了）

2) 關係子句是介系詞片語時，如：

خرج الذي هو في الغرفة = خَرَجَ الذِي في الغرفةِ . （在房間的人出去了）
أعرف مَنْ هو معكَ = أَعْرِفُ مَنْ مَعَكَ . （我認識跟你在一起的人）

4 - 關係代名詞前面若有被修飾名詞，則必須用專用關係代名詞，若沒有被修飾名詞，則可以使用通用或專用關係代名詞。如：

هَذَا هُوَ الْكِتَابُ الذِي اشْتَرَيْتُهُ أَمْسِ . （這就是我昨天所買的書）
الكتاب → 被修飾名詞
不可以說：هَذَا هُوَ الْكِتَابُ مَا اشْتَرَيْتُهُ أَمْسِ .

هَذَا هُوَ مَا اشْتَرَيْتُهُ أَمْسِ . （這就是我所買的）
也可以說：هَذَا هُوَ الَّذِي اشْتَرَيْتُهُ أَمْسِ

5 - 被修飾名詞必須是確定名詞，如：

هَذَا هُوَ الْكِتَابُ الذِي اشْتَرَيْتُهُ أَمْسِ . （這就是我昨天所買的書）
الكتاب → 確定名詞
不可以說：هَذَا هُوَ كِتَابُ الذِي اشْتَرَيْتُهُ أَمْسِ .

6 - اللَّذِينَ ، اللاَّتِي 只能用於理性複數名詞（人），如：

رَجَعَ الطُّلاَّبُ الَّذِينَ يَسْكُنُونَ هُنَا . （住在這裡的男學生們都回來了）
رَجَعَتِ الطَّالِبَاتُ اللاَّتِي يَسْكُنَّ هُنَا . （住在這裡的女學生們都回來了）

7 - 通用關係代名詞(مَا)，不分性、數。如：

أعْرِفُ مَنْ يَسْكُنُ مَعَكَ . （我知道誰跟你住在一起）
أعْرِفُ مَنْ يَسْكُنَان مَعَكَ . （我知道誰跟你住在一起）
أعْرِفُ مَنْ يَسْكُنُونَ مَعَكَ . （我知道誰跟你住在一起）
أعْرِفُ مَنْ تَسْكُنُ مَعَكَ . （我知道誰跟你住在一起）
أعْرِفُ مَنْ تَسْكُنَان مَعَكَ . （我知道誰跟你住在一起）
أعْرِفُ مَنْ يَسْكُنَّ مَعَكَ . （我知道誰跟你住在一起）

8 - 通用關係代名詞(مَا)前面若有介系詞(عَنْ)，兩個字常連寫成(عَمَّا)，如：

سَأَلَنِي الأُسْتَاذُ عَمَّا (عن + ما) فِي الْمَدْرَسَةِ . （老師問我有關學校的事）

9 - 關係代名詞後面必須引導一個關係子句(جملة الصِّلَة)，關係子句可以為動詞句或名詞句或介系詞子句或地點副詞子句，關係子句在文法上，不佔任何格位，通常關係子句需要有一個符合性、數的人稱代名詞返回關係代名詞。如：

خَرَجَ الرَّجُلُ الذِي يَسْكُنُ هُنَا . （住在這裡的人出去了）
يَسْكُنُ هُنَا → 關係子句為動詞句。

خَرَجَ الرَّجُلُ الذِي أبُوه مُهَنْدِسٌ . （爸爸當工程師的人出去了）
أبُوه مُهَنْدِسٌ → 關係子句為名詞句。

خَرَجَ الرَّجُلُ الذِي في الْبَيْتِ . （在家的人出去了）
في الْبَيْتِ → 關係子句為介系詞子句。

خَرَجَ الرَّجُلُ الذِي أمَامَ الْمَنْزِلِ . （在住家前面的人出去了）
أمَامَ الْمَنْزِلِ → 關係子句為地點副詞子句。

第三十八章　同源受詞 (الْمَفْعُولُ الْمُطْلَقُ)

若受詞是跟動詞同一個來源的動名詞或替代名詞，這個受詞叫做同源受詞，同源受詞在文法上佔受格格位。如：

يَجْتَهِدُ الطَّالِبُ اجْتِهَادًا.　（學生很用功）

اجتهادًا　→ 同源受詞

اجْتِهَادًا　→ 與本句動詞(يجتهد) 是同一個來源的字。

同源受詞的作用

同源受詞的作用有下列幾種：

1 - 用以加強動詞的語氣，如：

يَجْتَهِدُ الطَّالِبُ اجْتِهَادًا.　（學生很用功）

اجتهادًا → 同源受詞，受格格位。

2 - 用以表示動詞動作的種類，如：

يجتهد الطَّالِبُ اجتهادًا كَثِيرًا.　（學生非常用功）

اجتهادًا　→ 同源受詞，受格格位。

كَثِيرًا　→ 形容詞受格格位。

مَرَّ الْقِطَارُ مَرَّ السَّحَابِ.　（火車像雲飛奔而過）

مَرَّ　→ 同源受詞，受格格位，正次。

السحابِ　→ 偏次名詞，屬格格位。

3 - 用以表示動詞動作發生次數，如：

يَزُورُ الطَّالِبُ صَدِيقَهُ مَرَّتَيْنِ كُلَّ أُسْبُوعٍ.　（學生每週訪問他朋友兩次）

مَرَّتَيْنِ　→ 同源受詞，受格格位。

175

代同源受詞（نَائِبٌ عَنِ الْمَفْعُولِ الْمُطْلَقِ）

1 - 有時候同源受詞並未出現，只出現形容詞，此時，這個形容詞取代了同源受詞而成為代同源受詞，代同源受詞也是受格格位。如：

يَجْتَهِدُ الطَّالِبُ كثِيرًا.（學生非常用功）
كَثِيرًا → 代同源受詞，受格格位。

2 - 代同源受詞永遠為陽性形態，如：

يَقْرَأُ الطَّالِبُ قِرَاءَةً كَثِيرَةً（學生努力閱讀）
قِرَاءَةً → 同源受詞，受格格位。
كَثِيرَةً → 形容詞受格格位，陰性形態。

يَقْرَأُ الطَّالِبُ كَثِيرًا（學生努力閱讀）
كَثِيرًا → 代同源受詞，受格格位，陽性形態。

3 - 作為正次的أيّ（任何）、كُلَّ（所有）、بَعْضَ（一些）、與比較級名詞(أَفْعَلُ)，可作代同源受詞。如：

يَجْتَهِدُ الطَّالِبُ أيَّ اجْتِهَادٍ.（學生非常用功）
أيَّ → 代同源受詞，受格格位。

يَجْتَهِدُ الطَّالِبُ كُلَّ اجْتِهَادٍ.（學生十分用功）
كُلَّ → 代同源受詞，受格格位。

يَجْتَهِدُ الطَّالِبُ بَعْضَ اجْتِهَادٍ.（學生有點用功）
بَعْضَ → 代同源受詞，受格格位。

يَجْتَهِدُ الطَّالِبُ أحْسَنَ اجْتِهَادٍ.（學生極為用功）
أحْسَنَ → 代同源受詞，受格格位。

第三十九章　狀況副詞 (الْحَالُ)

狀況副詞是說明主詞或受詞在動作發生時所處的狀況，要了解這個狀況，可以用 كَيْفَ （如何，怎樣）來反問。如：

جَاءَ الطَّالِبُ ضَاحِكًا. （學生笑著來了）

反問：

كَيْفَ جَاءَ الطَّالِبُ ؟ （學生是怎樣來的?）

回答：

جَاءَ الطَّالِبُ ضَاحِكًا. （學生笑著來了）

ضَاحِكًا →狀況副詞，說明學生（主詞）走著來的時候的狀況。

狀況副詞的用法

1 - 狀況副詞在阿拉伯語中是受格格位。如：

جَاءَ الطَّالِبُ ضَاحِكًا. （學生笑著來了）

ضَاحِكًا →狀況副詞，受格格位

2 - 狀況副詞所描述的狀況發生者，可以是主詞。如：

جَاءَ الطَّالِبُ ضَاحِكًا. （學生笑著來了）

ضَاحِكًا →狀況副詞，受格格位。

الطالبُ →狀況發生者是主詞

3 - 狀況副詞所描述的狀況發生者，可以是受詞。如：

رَأيْتُ الطَّالِبَ جَالِسًا في حُجْرَةِ الدَّرْسِ . （我看到學生坐在教室）

جَالِسًا →狀況副詞，受格格位。

الطَّالِبَ →狀況發生者是受詞

4 - 狀況副詞若是主動名詞或被動名詞或半主動名詞(الصفة المشبّهة)時，它的性數必須與狀況發生者一致。如：

1) 主動名詞當狀況副詞：

جَاءَ الطَّالِبُ ضَاحِكًا. （一位男學生笑著來了）
جَاءَ الطَّالِبَانِ ضَاحِكَيْنِ. （兩位男學生笑著來了）
جَاءَ الطُّلاَّبُ ضَاحِكِينَ. （男學生們笑著來了）

جَاءَتِ الطَّالِبَةُ ضَاحِكَةً. （一位女學生笑著來了）
جَاءَتِ الطَّالِبَتَانِ ضَاحِكَتَيْنِ. （兩位女學生笑著來了）
جَاءَتِ الطَّالِبَاتُ ضَاحِكَاتٍ . （女學生們笑著來了）

2) 被動名詞當狀況副詞：

جَاءَ الطَّالِبُ مَسْرُورًا. （一位男學生高興地來了）
جَاءَ الطَّالِبَانِ مَسْرُورَيْنِ. （兩位男學生高興地來了）
جَاءَ الطُّلاَّبُ مَسْرُورِينَ . （男學生們高興地來了）

جَاءَتِ الطَّالِبَةُ مَسْرُورَةً . （一位女學生高興地來了）
جَاءَتِ الطَّالِبَتَانِ سَعِيدَتَيْنِ. （兩位女學生高興地來了）
جَاءَتِ الطَّالِبَاتُ مَسْرُورَاتٍ . （女學生們高興地來了）

3) 半主動名詞當狀況副詞：

جَاءَ الطَّالِبُ سَعِيدًا. （一位男學生高興地來了）
جَاءَ الطَّالِبَانِ سَعِيدَيْنِ. （兩位男學生高興地來了）
جَاءَ الطُّلاَّبُ سُعَدَاءَ. （男學生們高興地來了）

جَاءَتِ الطَّالِبَةُ سَعِيدَةً. （一位女學生高興地來了）
جَاءَتِ الطَّالِبَتَانِ سَعِيدَتَيْنِ. （兩位女學生高興地來了）
جَاءَتِ الطَّالِبَاتُ سَعِيدَاتٍ . （女學生們高興地來了）

狀況副詞的種類

1- 單字當狀況副詞，單字當狀況副詞時，字尾標受格音標。

1) 主動名詞，如：

جَاءَ الطَّالِبُ ضَاحِكًا. （一位男學生笑著來了）
ضَاحِكًا →狀況副詞，受格格位

2) 被動名詞，如：

جَاءَ الطَّالِبُ مَسْرُورًا. （一位男學生高興地來了）
مَسْرُورًا →狀況副詞，受格格位

3) 半主動名詞，如：

جَاءَ الطَّالِبُ سَعِيدًا. （一位男學生高興地來了）
سَعِيدًا →狀況副詞，受格格位

4) 從屬名詞，如：

هُوَ شَخْصِيًّا لا يَعْرِفُ ذلِكَ. （他個人並不知道那件事）
شَخْصِيًّا →狀況副詞，受格格位

5) 一般名詞，如：

نَسْعَى إلى مُسْتَقْبَلِنَا يَدًا بِيَدٍ. （我們手牽手邁向未來）
يَدًا →狀況副詞，受格格位

2- 子句當狀況副詞，子句佔受格格位。

1) 介系詞子句當狀況副詞，如：

جَاءَ الطَّالِبُ بِسُرُورٍ. （學生高興地來了）
بِسُرُورٍ →狀況副詞子句，佔受格格位

2) 地點名詞的正偏組合子句，如：

وَجَدَ الطَّالِبُ دَفْتَرَهُ فَوْقَ الْمَكْتَبِ.　（學生在桌上找到他的筆記本）
فَوْقَ الْمَكْتَبِ →狀況副詞子句，佔受格格位

3- 句子當狀況副詞，句子佔受格格位

1) 名詞句當狀況副詞，通常此名詞句以表示狀況的(و)引導，或有適合的人稱代名詞返回。如：

جَاء الطَّالِبُ وَهُوَ ضاحِكٌ.　（學生笑著來了）
وهو ضَاحِكٌ →以(و)引導的狀況副名詞詞句，佔受格格位

جَاء الطَّالِبُ مَلْبَسُهُ جَدِيدٌ.　（學生穿著新衣來了）
مَلْبَسُهُ جَدِيدٌ →人稱代名詞返回的狀況副名詞詞句，佔受格格位

2) 動詞句當狀況副詞
現在式動詞句當狀況副詞時，句首不可以加上(و)，如：

جَاء الطَّالِبُ يَحْمِلُ مَعَهُ كِتَابًا جَدِيدًا.　（學生帶著一本新書來了）
يَحْمِلُ مَعَهُ كِتَابًا جَدِيدًا →狀況副詞動詞句，佔受格格位
不可說：
جَاء الطَّالِبُ وَيَحْمِلُ مَعَهُ كِتَابًا جَدِيدًا.

過去式動詞肯定句當狀況副詞時，句首加(وَقَدْ)，如：

جَاء الطُّلاَّبُ وَقَدْ غَابَ الأسْتَاذُ.　（學生都來了老師卻缺席）
وَقَدْ غَابَ الأسْتَاذُ →狀況副詞動詞過去式肯定句，佔受格格位

過去式動詞否定句當狀況副詞時，句首加(وَ)，如：

جَاء الطُّلاَّبُ وَلَمْ يَحْضُرِ الأسْتَاذُ.　（學生都來了老師卻沒來）
وَلَمْ يَحْضُرِ الأسْتَاذُ →狀況副詞動詞過去式否定句，佔受格格位

注意：

1 - 確定名詞後面的句子是狀況副詞子句，非確定名詞後面的句子是形容詞子句。如：

جَاء الطَّالِبُ يَضْحَكُ .. （學生笑著來了）
يَضْحَكُ → 狀況副詞子句，佔受格格位

جَاء طالبٌ يَضْحَكُ . （笑著的學生來了）
يَضْحَكُ → 形容詞子句，佔主格格位

2 - 常用的狀況副詞

فَقَطْ （只有，僅僅）
جَاءَ الطَّالِبُ فَقَطْ . （只有一個學生來）

وَاحِدًا تِلْوَ الآخَرِ （一個接一個）
جَاءَ الطُّلاَّبُ وَاحِدًا تِلْوَ الآخَرِ . （學生一個一個接著來）

وَاحِدًا وَاحِدًا （一個一個）
جَاءَ الطُّلاَّبُ وَاحِدًا وَاحِدًا . （學生一個一個來）

اثْنَيْنِ اثْنَيْنِ （兩個兩個）
جَاءَ الطُّلاَّبُ اثْنَيْنِ اثْنَيْنِ . （學生兩個兩個來）

ثَلاثَةً ثَلاثَةً （三個三個）
جَاءَ الطُّلاَّبُ ثَلاثَةً ثَلاثَةً . （學生三個三個來）

حَرْفًا حَرْفًا （一字一字）
يَقْرَأ الطُّلاَّبُ حَرْفًا حَرْفًا . （學生一個字一個字唸）

كَلِمَةً كَلِمَةً （一字一字）
يَقْرَأ الطُّلاَّبُ كَلِمَةً كَلِمَةً . （學生一個字一個字唸）

جُمْلَةً جُمْلَةً （一句一句）
يَقْرَأ الطُّلاَّبُ جُمْلَةً جُمْلَةً . （學生一句一句唸）

خُطْوَةً خُطْوَةً	（一步一步）
يَمْشِي الطُّلاَّبُ خُطْوَةً خُطْوَةً .	（學生一步一步走）
رُوَيْدًا رُوَيْدًا	（慢慢地）
يَمْشِي الطُّلاَّبُ رُوَيْدًا رُوَيْدًا .	（學生慢慢走）
جَنْبًا إلى جَنْبٍ	（肩並肩，一起）
يَمْشِي الطُّلاَّبُ جَنْبًا إلى جَنْبٍ .	（學生肩並肩走）
شَيْئًا فَشَيْئًا	（一點一點）
يَكْتُبُ الطُّلاَّبُ شَيْئًا فَشَيْئًا .	（學生一點一慢慢寫）
بِبَهْجَةٍ وَسُرُورٍ	（興高采烈）
جَاءَ الطُّلاَّبُ بِبَهْجَةٍ وَسُرُورٍ .	（學生興高采烈地來）
بِفَرَحٍ وَمَرَحٍ	（興高采烈）
جَاءَ الطُّلاَّبُ بِفَرَحٍ وَمَرَحٍ .	（學生興高采烈地來）
بِهِمَّةٍ وَنَشَاطٍ	（生氣蓬勃）
يَدْرُسُ الطُّلاَّبُ بِهِمَّةٍ وَنَشَاطٍ .	（學生生氣蓬勃地唸書）
بِجِدٍّ وَاجْتِهَادٍ	（努力認真）
يَدْرُسُ الطُّلاَّبُ بِجِدٍّ وَاجْتِهَادٍ .	（學生努力認真唸書）
في صِدْقٍ وَأَمَانَةٍ	（忠心耿耿）
يَعْمَلُ الْعُمَّالُ في صِدْقٍ وَأَمَانَةٍ .	（工人忠心耿耿地工作）
مِنْ أَلِفٍ إلى يَاءٍ	（從頭到尾）
يَقْرَأُ الطُّلاَّبُ الْكِتَابَ مِنْ أَلِفٍ إلى يَاءٍ .	（學生把這本書從頭到尾唸一遍）
ذَهَابًا وَإِيَابًا	（來回）
اشْتَرَيْنَا التَّذَاكِرَ ذَهَابًا وَإِيَابًا.	（我們買了來回機票）
يَدًا بِيَدٍ	（手牽手）
يَتَعَاوَنُ الإِخْوَانُ يَدًا بِيَدٍ.	（兄弟手牽手合作）

وَجْهًا لِوَجْهٍ	（面對面）
يَسْأَلُ الطَّالِبُ أُسْتَاذًا وَجْهًا لِوَجْهٍ .	（學生面對面問老師）
فَرْدًا فَرْدًا	（一個人一個人）
جَاءَ الطُّلاَّبُ فَرْدًا فَرْدًا .	（學生一個一個來）
وَحْدَكَ	（你獨自一個人）
جِئْتَ وَحْدَكَ .	（你單獨來）
وَحْدَهُ	（他單獨）
جَاءَ الطَّالِبُ وَحْدَهُ .	（學生單獨來）
وَحْدِي	（我單獨）
جِئْتُ وَحْدِي .	（我單獨來）
دُونَ	（不，沒有）
يَقْرَأُ الطَّالِبُ الكتابَ دُونَ الْفَهْمِ .	（學生只會唸並不了解）
مَعًا	（一塊，一起）
نَذهَبُ إلى السِّينَمَا مَعًا .	（我們一塊去看電影）
كَافَةً	（所有，全部）
جاءَ الطُّلاَّبُ كَافَةً .	（所有學生都來了）
جَمِيعًا	（所有，全部）
جاءَ الطُّلاَّبُ جَمِيعًا .	（所有學生都來了）
أجْمَعَ	（所有，全部）
جاءَ الطُّلاَّبُ أجْمَعَ .	（所有學生都來了）
سَنَةً ، سَنَتَيْنِ ، ثَلاثَ سَنَوَاتٍ	（一年，兩年，三年）
دَرَسَ الطَّالِبُ الْعَرَبِيَّةَ سَنَةً .	（學生學了一年的阿文）
دَرَسَ الطَّالِبُ الْعَرَبِيَّةَ سَنَتَيْنِ .	（學生學了兩年的阿文）
دَرَسَ الطَّالِبُ الْعَرَبِيَّةَ ثَلاثَ سَنَوَاتٍ .	（學生學了三年的阿文）

3 - 狀況副詞通常說明主詞或受詞狀況，但有時也可以說明外界狀況。如：

جَاءَ الطَّالِبُ ضَاحِكًا. （學生笑著來了）
ضَاحِكًا →狀況副詞，受格格位。
الطالبُ →狀況發生者是主詞

رَأَيْتُ الطَّالِبَ جَالِسًا في حُجْرَةِ الدَّرْسِ . （我看到學生坐在教室）
جَالِسًا →狀況副詞，受格格位。
الطالبَ →狀況發生者是受詞

يُمَارِسُ الطَّالِبُ كُرَةَ الْقَدَمِ وَالشَّمْسُ طَالِعَةٌ . （學生踢著足球而艷陽高照）
وَالشَّمْسُ طَالِعَةٌ → 狀況副名詞詞句，佔受格格位
狀況發生者不是主詞(الطالبُ)，也不是受詞(كُرَةَ)，而是外界狀況。

دَخَلْتُ الْغُرْفَةَ وَقَدْ خَرَجَ الطُّلاَّبُ . （我走進教室而學生們卻出去了）
وَقَدْ خَرَجَ الطُّلاَّبُ → 狀況副詞過去式動詞句，佔受格格位
狀況發生者不是主詞(تُ)，也不是受詞(الغرفة)，而是外界狀況。

دَخَلْتُ الْغُرْفَةَ وَلَمْ أَجِدْ أَحَدًا . （我走進教室卻沒發現一個人）
وَلَمْ أَجِدْ أَحَدًا → 狀況副詞過去式動詞句，佔受格格位
狀況發生者不是主詞(تُ)，也不是受詞(الغرفة)，而是外界狀況。

第四十章　被呼喚詞（الْمُنَادَى）

被呼喚詞是出現在呼喚虛詞（أَحْرُفُ النِّدَاءِ）後面的名詞。被呼喚詞為受格或佔受格格位的名詞，因為它是被省略動詞(我叫)(أُنَادِي، أَدْعُو)的受詞，被省略的動詞在呼喚句中永遠都不出現，而以呼喚虛詞代替它。如：

يَا عَلِيُّ، لا تَأْكُلْ كَثِيرًا.（阿里，不要吃太多）

雖然被呼喚詞為受格格位的名詞，但它並非一律以受格形態出現，它卻常以固定於聚口音(--ُ-)主格形態出現，因此被呼喚詞有固定於主格形態者，亦有以受格形態出現者。

一、以主格形態出現的被呼喚詞

下列狀況的被呼喚詞應以主格形態出現：

1 - 假若被呼喚詞為表示人名或地名的專有名詞。如：

يَا عَلِيُّ، لا تَأْكُلْ كَثِيرًا.（阿里，不要吃太多）

يَا فَاطِمَةُ، لا تَأْكُلِي كَثِيرًا.（法蒂邁，不要吃太多）

يَا بَيْرُوتُ، أُحِبُّكِ.（貝魯特呀，我愛妳）

2 - 假若被呼喚詞為特定的非確定名詞，即假若是在呼喚就在面前的特定的人。如：

يَا سَيِّدُ، تَعَالَ.（先生，請你過來）

假若你是在叫就在你前面的特定一個人。

يَا ضُيُوفُ، تَفَضَّلُوا بِالْجُلُوسِ.（來賓，請坐下）

假若你是在叫就在你前面的特定一些人。

يَا فَائِزَانِ ، أهَنِّئُكُمَا .（兩位得獎人，恭喜你們）
يَا فَائِزُونَ ، اِجْلِسُوا هُنَا .（所有得獎人，請坐在這裡）

二、以受格形態出現的被呼喚詞

下列狀況的被呼喚詞應以受格形態出現：

1 - 正偏組合中的正次名詞。如：

يَا عَبْدَ اللهِ ، اِجْلِسْ هُنَا .（阿布都拉，請坐在這裡）
يَا أعْضَاءَ الْمَجْلِسِ ، اِجْلِسُوا هُنَا .（議員們，請坐）

2 - 類似正偏組合的名詞。如：

يَا رَاكِبًا حَصَانًا ، اِسْتَرِحْ قَلِيلاً .（騎士呀，休息一會吧）

3 - 不是指定的非確定名詞。如：

قَالَ الأعْمَى : يَا رَجُلاً ، خُذْنِي إلى الرَّصِيفِ الآخَرِ .
（盲人說：好心人，帶我到另一個人行道吧）

常用的呼喚虛詞有下列幾個： يا ، أ ، أيْ ، أيَا ، هَيَا
最常用的呼喚虛詞是 (يَا ، أيُّهَا)，但有時也會出現其它呼喚虛詞，其用法與(يَا)一樣。如：

يَا عَلِيُّ ، اِجْلِسْ هُنَا .（阿里，請坐在這裡）
أ عَلِيُّ ، اِجْلِسْ هُنَا .（阿里，請坐在這裡）
أيْ عَلِيُّ ، اِجْلِسْ هُنَا .（阿里，請坐在這裡）
أيَا عَلِيُّ ، اِجْلِسْ هُنَا .（阿里，請坐在這裡）
هَيَا عَلِيُّ ، اِجْلِسْ هُنَا .（阿里，請坐在這裡）

注意：

1 - 被呼喚詞若為一個加上冠詞的名詞，則不可直接用呼喚虛詞 (يَا)，而應該在 (يَا) 之後接上 (أيُّهَا) 或 (أيَّتُهَا)，再接加上冠詞的名詞。(أيُّهَا) 用於陽性，

(أيَّتُهَا)則用於陰性。在文法分析上，(يَا)為呼喚虛詞，(أيُّ)或(أيَّةُ)為被呼喚詞，主格形態，(هَا)為提醒虛詞，加上冠詞的名詞為被呼喚詞的同位語，主格形態。但呼喚虛詞 (يَا)在下列形式的句子中常被省略。如：

أيُّهَا الْمُسْتَمِعُونَ الأعِزَّاءُ （各位親愛的聽眾）
أيَّتُهَا السَّيِّداتُ وَالسَّادَةُ （各位女士、各位先生）

但是，(يَا)後面可直接與 (الله)這個加上冠詞的名詞使用，如：

يَا الله （真主呀）

2 - 假若被呼喚名詞為專有名詞或正次或前面有(أيَّتُهَا ، أيُّهَا)，則呼喚詞可以省略。如：

عَلِيُّ ، اِجْلِسْ هُنَا . （阿里，請坐在這裡）
عَبْدَ اللهِ ، اِجْلِسْ هُنَا . （阿布都拉，請坐在這裡）
أيُّهَا الصَّدِيقُ ، اِجْلِسْ هُنَا . （朋友，請坐在這裡）
أيَّتُهَا الصَّدِيقةُ ، اِجْلِسِي هُنَا . （朋友（女），請坐在這裡）

第四十一章　區分副詞 (التَّمْيِيزُ)

區分副詞是用以說明它前行單字或句子的受格名詞。如：

شَرِبَ الطَّالِبُ كُوبًا شَايًا.　（學生喝了一杯茶）
شَرِبَ　→ 動詞過去式
الطالبُ　→ 主詞
كُوبًا　→ 受詞
شَايًا　→ 區分副詞

此句中，若沒有區分副詞(شَايًا) ，則只知道學生喝了一杯東西，但不知道那杯東西是什麼，若後面接著來個區分副詞，就很清楚知道學生喝的是一杯茶。若不想要用區分副詞方式表達，上面這個句子也可以以下列方式表達，意思相同，但以區分副詞方式表達會較簡潔有力。

شَرِبَ الطَّالِبُ كُوبًا مِنْ شَايٍ.　（學生喝了一杯茶）
شَرِبَ الطَّالِبُ كُوبَ شَايٍ.　（學生喝了一杯茶）

區分副詞的種類

區分副詞有兩種，一種用以說明句子，另一種用以說明單字。

1 - 說明句子的區分副詞。如：

اِزْدَادَتْ تَايْبَيْه سُكَّانًا.　（台北的人口增加了）
سُكَّانًا　→ 區分副詞，受格格位，用以說明台北什麼增加了
本句當然可以說成：
اِزْدَادَ سُكَّانُ تايبية .　（台北的人口增加了）

أنَا أكْبَرُ مِنْكَ سِنًّا.　（我的年齡比你大）
سِنًّا　→ 區分副詞，受格格位，用以說明我什麼比你大

مَـا أَجْـمَـلَ تَـايْبَـيْـهَ مَـنْـظَـرًا ! （台北景色多美呀！）
مَـنْـظَـرًا → 區分副詞，受格格位，用以說明什麼東西多麼美麗

2 - 說明單字的區分副詞

1) 說明度量衡的區分副詞，即用以說明重量或容量或距離或面積的區分副詞。如：
عِـنْـدِي كِـيلُـوٌ ذَهَـبًـا. （我有一公斤的黃金）
ذَهَـبًـا → 區分副詞，受格格位，用以說明我有一公斤的什麼

عِـنْـدِي صُـنْـدُوقٌ تُـفَّـاحًـا. （我有一箱的蘋果）
تُـفَّـاحًـا → 區分副詞，受格格位，用以說明我有一箱的什麼

مـا عِـنْـدِي شِـبْـرٌ أَرْضًـا. （我連一搾的地都沒有）
أَرْضًـا → 區分副詞，受格格位，用以說明我沒有一吋的什麼

اشْـتَـرَيْـتُ مِـتْـرًا حَـرِيرًا. （我買了一公尺的絲）
حَـرِيرًا → 區分副詞，受格格位，用以說明我買了一公尺的什麼

2) 用以說明數字
A - 數字 3～10 後面的（被數名詞）區分副詞為複數屬格格位，如：

عِـنْـدِي ثَـلاثَـةُ أَوْلادٍ . （我有三個小孩）
أَوْلادٍ → 區分副詞，複數屬格，用以說明我有三個什麼

فِي أُسْـرَتِـي تِـسْـعُ أَخَـوَاتٍ . （我家有九個姐妹）
أَخَـوَاتٍ → 區分副詞，複數屬格，用以說明我家有九個什麼

B - 數字 11～99 後面（被數名詞）的區分副詞為單數受格位，如：

عِـنْـدِي أَحَـدَ عَـشَـرَ زَمِـيلاً . （我有 11 個同學）
زَمِـيلاً → 區分副詞，單數受格，用以說明我有 11 個什麼

فِي أُسْـرَتِـي تِـسْـعَـةٌ وَتِـسْـعُـونَ فَـرْدًا . （我家族有 99 個人）
فَـرْدًا → 區分副詞，單數受格，用以說明我家族有 99 個什麼

C - 數字為百、千、萬、百萬、億、十億等整數後面（被數名詞）的區分副詞為單數屬格。如：

عِنْدِي مِائَةُ زَمِيلٍ .　　（我有 100個同學）

زَمِيلٍ → 區分副詞，單數屬格，用以說明我有 100 個什麼

في أسْرَتِي ألْفُ فرْدٍ .　　（我家族有1000個人）

فرْدٍ → 區分副詞，單數屬格，用以說明我家族有一千個什麼

第四十二章　特指受詞 (الاخْتِصَاصُ)

特指受詞是被置於第一人稱或第二人稱代名詞後面的受格名詞，特指受詞是被省略動詞(أخُصُّ أو أعْنِي) 的受詞而成受格格位。
أخُصُّ 是「我特別指」，أعْنِي 是「我的意思是指」的意思。如：

نَحْنُ التَّايْوَانِيِّينَ نُحِبُّ تَايْوَان .　（我們台灣人喜愛台灣）
التَّايْوَانِيِّين　→ 特指受詞，受格格位
本句中(التَّايْوَانِيِّينَ)是被省略動詞(أخُصُّ ، أعْنِي) 的受詞，所以成受格格位。

أنْتُمْ شَبَابَ الْبِلادِ عِمَادُ الْوَطَنِ .　（你們年輕人是國家的棟樑）
شَبَابَ　→ 特指受詞，受格格位
本句中(شَبَابَ)是被省略動詞(أخُصُّ ، أعْنِي) 的受詞，所以成受格格位。

特指受詞的條件

1 - 必須被置於第一人稱或第二人稱代名詞後面。如：
نَحْنُ التَّايْوَانِيِّينَ نُحِبُّ تَايْوَان .　（我們台灣人喜愛台灣）
التَّايْوَانِيِّينَ →被置於第一人人稱稱代名詞(نحن)後面

أنْتُمْ شَبَابَ الْبِلادِ عِمَادُ الْوَطَنِ .　（你們年輕人是國家的棟樑）
شبابَ →被置於第二人人稱稱代名詞(انتم)後面

2 - 必須是個加上冠詞(ال)的確定名詞，或是加上冠詞(ال)的確定名詞的正次名詞。如：

نَحْنُ التَّايْوَانِيِّينَ نُحِبُّ تَايْوَان .　（我們台灣人喜愛台灣）
التَّايْوَانِيِّينَ →是個加上冠詞(ال)的確定名詞

أنْتُمْ شَبَابَ الْبِلادِ عِمَادُ الْوَطَنِ .　（你們年輕人是國家的棟樑）
شَبَابَ →是加上冠詞(ال)確定名詞的正次名詞

3 - 人稱代名詞前面可以加上(إنَّ)，以表示加強語氣。如：

إنَّا التَّايْوَانِيِّينَ نُحِبُّ تَايْوَانَ . （的確我們台灣人喜愛台灣）

إنَّا → إنَّ + نحن

4 - 人稱代名詞前可以是個介系詞。如：

بِكُمْ الشَّبَابَ يُحَقِّقُ الْوَطَنُ أهْدَافَهُ . （國家有你們年輕人將會實現它的目標）

第四十三章　原因受詞（الْمَفْعُولُ لَهُ ، الْمَفْعُولُ لأَجْلِهِ）

原因受詞是一個受格動名詞，用以說明動詞動作發生的原因，通常原因受詞後面會出現一個表示原因的介系詞(لِـ)，或其它適當的介系詞片語。如：

قَامَ الطُّلاَّبُ احْتِرَامًا لِلأُسْتَاذِ .（學生起立為了尊敬老師）
احْتِرَمًا → 原因受詞 → 動名詞，受格格位

زُرْتُ صَدِيقِي الْمَرِيضَ اطْمِئْنَانًا عَلَيْهِ .（我去看我生病的朋友為了安慰他）
اطْمِئْنَانًا → 原因受詞 → 動名詞，受格格位

شَاهَدْتُ الْفِلْمَ تَمَتُّعًا بِهِ .（我看電影為了享受）
تَمَتُّعًا → 原因受詞 → 動名詞，受格格位

قُمْتُ مُبَكِّرًا الْيَوْمَ خَوْفًا مِنَ التَّأَخُّرِ .（我今天起得很早為了怕遲到）
خَوْفًا → 原因受詞 → 動名詞，受格格位

原因受詞與同源受詞的區別

1 - 原因受詞用以說明動作發生的原因。如：

قَامَ الطُّلاَّبُ احْتِرَامًا لِلأُسْتَاذِ .（學生起立為了尊敬老師）
احْتِرَمًا → 原因受詞 → 動名詞，受格格位

2 - 同源受詞用以加強動詞語氣或說明動作的種類或次數，通常同源受詞是原動詞的動名詞。如：

يَحْتَرِمُ الطُّلاَّبُ الأُسْتَاذَ احْتِرَامًا كَثِيرًا.（同學們很尊敬老師）
احْتِرَامًا → 同源受詞 → 動名詞，受格格位

原因受詞的形態

1 - 動名詞非確定形態，如：

قَامَ الطُّلاَّبُ احْتِرَامًا لِلأُسْتَاذِ .（學生起立為了尊敬老師）
احْتِرَامًا → 原因受詞 →非確定動名詞，受格格位

2 - 動名詞正次形態，如：

فَتَحْتُ الشُّبَّاكَ تَجْدِيدَ الْهَوَاءِ .（我打開窗戶以換換氣）
تَجْدِيدَ → 原因受詞 →正次動名詞，受格格位

原因受詞是阿拉伯文一種簡潔有力的用語，若不喜歡這種用法，也可以表示原因的(لِـ)或(مِنْ أَجْلِ) 或(بِسَبَبِ)等表示原因的用詞代替原因受詞。如：

قَامَ الطُّلاَّبُ احْتِرَامًا لِلأُسْتَاذِ .（學生起立為了尊敬老師）
可說成：قَامَ الطُّلاَّبُ مِنْ أَجْلِ احْتِرَامِ الأُسْتَاذِ .

زُرْتُ صَدِيقِي الْمَرِيضَ اطْمِئْنَانًا عَلَيْهِ .（我去看我生病的朋友為了安慰他）
可說成：زُرْتُ صَدِيقِي الْمَرِيضَ من أجْلِ الاطْمِئْنَانِ عَلَيْهِ .

شَاهَدْتُ الْفِلْمَ تَمَتُّعًا بِهِ .（我看電影為了享受）
可說成：شَاهَدْتُ الْفِلْمَ لِلتَّمَتُّعِ بِهِ

قُمْتُ مُبَكِّرًا الْيَوْمَ خَوْفًا مِنَ التَّأَخُّرِ .（我今天起得很早為了怕遲到）
可說成：قُمْتُ مُبَكِّرًا الْيَوْمَ بِسَبَبِ الْخَوْفِ مِنَ التَّأَخُّرِ

第四十四章　同位語 (الْبَدَلُ)

同位語是一個說明它前面名詞具體涵義的詞語，它前面的名詞，稱為本位語 (الْمُبْدَلُ مِنْهُ)。如：

جَاءَ صَدِيقُكَ حَسَنٌ .　（你的朋友哈珊來了）
صَدِيقُ　→ 本位語 (الْمُبْدَلُ مِنْهُ)
حَسَنٌ　→ 同位語 (الْبَدَلُ)

同位語的文法格位必須跟隨本位語。如：

جَاءَ صَدِيقُكَ حَسَنٌ .　（你的朋友哈珊來了）
صَدِيقُ　→ 本位語，在本句中是主詞，主格格位
حَسَنٌ　→ 同位語必須為主格格位

زُرْتُ صَدِيقَكَ حَسَنًا .　（我拜訪了你的朋友哈珊）
صَدِيقَ　→ 本位語，在本句中是受詞，受格格位
حَسَنًا　→ 同位語必須為受格格位

ذَهَبْتُ إِلَى صَدِيقِكَ حَسَنٍ .　（我到你的朋友哈珊那裡了）
صَدِيقِ　→ 本位語，在本句中是介系詞後面的名詞，屬格格位
حَسَنٍ　→ 同位語必須為屬格格位

同位語的種類

同位語有三種：完全同位語(الْبَدَلُ الْمُطَابِقُ ، بَدَلُ الْكُلِّ مِنَ الْكُلِّ)
部份同位語(بَدَلُ الْبَعْضِ مِنَ الْكُلِّ)
內含同位語(بَدَلُ الاشْتِمَالِ)

1- 完全同位語，與本位語是完全同一個實體的同位語，叫完全同位語。如：

جَاءَ صَدِيقُكَ حَسَنٌ .　（你的朋友哈珊來了）
此句中，同位語-哈珊(حَسَنٌ)與本位語-你的朋友(صديقُكَ)是完全同一個人。

هٰذَا الْكِتَابُ مُفِيدٌ. （這本書是有用的）
此句中，同位語-書(الكتابُ)與本位語-這個(هذا)是完全同一個實體。

2 - 部份同位語，同位語只是本位語的一部份，叫部份同位語。如：

يُسَاعِدُ زُمَلاؤُنَا بَعْضُهُمْ بَعْضًا. （我們的同學相互幫忙）
此句中，同位語-一些(بَعْضُ)只是本位語-我們的同學(زملاؤنا)中的一部分人。
若不想要用同位語表達，本句可說成：
يُسَاعِدُ بَعْضُ زُمَلائِنَا بَعْضًا. （我們的同學相互幫忙）

قَرَأْتُ الْقِصَّةَ نِصْفَهَا. （這個故事我看了一半）
此句中，同位語-一半(نِصْفَ)只是本位語-故事(القصة)的一部分。
若不想要用同位語表達，本句可說成：
قَرَأْتُ نِصْفَ الْقِصَّةِ. （我看了一半故事）

注意：
部份同位語通常需要一個與本位語性數一致的人稱代名詞返回本位語。如：
يُسَاعِدُ زُمَلاؤُنَا بَعْضُهُمْ بَعْضًا. （我們的同學相互幫忙）
同位語 بَعْضُهُمْ 中的(هم)返回本位語(زملاء)

قَرَأْتُ الْقِصَّةَ نِصْفَهَا. （這個故事我看了一半）
同位語 نِصْفَهَا 中的(ها)返回本位語(القصة)

3 - 內含同位語，同位語只是說明本位語的屬性或現象，叫內含同位語，如：

تُعْجِبُنِي تَايْبَيْهُ بِنَاءُهَا. （我欣賞台北的建築）
此句中，同位語-建築(بِنَاءُ)只是本位語-台北(تايبيهُ)的屬性或現象。

اسْتَفَدْتُ كَثِيرًا مِنَ الأُسْتَاذِ عِلْمِهِ. （我從老師的知識獲益良多）
此句中，同位語-知識(عِلْمِ)只是本位語-老師(الأُسْتَاذِ)的屬性或現象。

注意：
內含同位語通常也需要一個與本位語性數一致的人稱代名詞返回本位語。如：

تُعْجِبُنِي تَايْبَيْهُ بِنَاءُهَا .　（我欣賞台北的建築）
同位語 بِنَاءُهَا 中的(ها)返回本位語(تايبيهُ)

اسْتَفَدْتُ كَثِيرًا مِنَ الأسْتَاذِ عِلْمِهِ .　（我從老師的知識獲益良多）
同位語 عِلْمِهِ 中的(ه)返回本位語(الأستاذِ)

常用同位語

1 - 稱謂後面的名詞，如：

السَّيِّدُ حَسَنٌ	（哈山先生）	→	حسنٌ是السيدُ的同位語
السَّيِّدَةُ فَاطِمَةُ	（法蒂麥女士）	→	فاطمةُ是السيدةُ的同位語
الآنِسَةُ فَاطِمَةُ	（法蒂麥小姐）	→	فاطمةُ是الآنِسَةُ的同位語
الرَّئِيسُ مُبَارَكٌ	（穆巴拉克總統）	→	مباركٌ是الرئيسُ的同位語
الْمُدِيرُ غَسَّانُ	（格山主任）	→	غسانُ是المديرُ的同位語
الأسْتَاذُ سُلَيْمَانُ	（蘇萊曼教授）	→	سليمانُ是الأستاذُ的同位語

2 - 有帶(بنُ)的阿拉伯人名，如：

عُمَرُ بْنُ عَبْدِ الْعَزِيزِ　（奧瑪賓阿布都阿濟茲）→بنُ عَبْدِ الْعَزِيزِ是 عُمَرُ 的同位語

3 - 指示代名詞後面的名詞若加上冠詞，則是指示代名詞的同位語，如：

هذا الْكِتَابُ	（這本書）	→	الكتابُ 是 هذا 的同位語
هذانِ الْكِتَابَانِ	（這兩本書）	→	الكتابَانِ 是 هذانِ 的同位語
هذهِ الْكُتُبُ	（這些書）	→	الكُتُبُ 是 هذهِ 的同位語
تِلْكَ الطَّالِبَةُ	(那個女學生)	→	الطالبةُ 是 تلكَ 的同位語
هَؤلاءِ الطُّلاَّبُ	（這些學生）	→	الطلابُ 是 هَؤلاءِ 的同位語
أولائِكَ التِّلْمِيذَاتُ	（這些女學生）	→	التلميذاتُ是 أولائكَ 的同位語

第四十五章　加強語氣詞 (التَّوْكِيدُ)

加強語氣詞，或稱強調詞或強調語，是用來加強單字或句子的語氣，被強調的單字或句子，稱為被強調詞 (المُؤَكَّدُ)，強調詞必需置於被強調詞之後。如：

الْكِتَابُ مُفِيدٌ .　（這本書是有用的）　→ 沒加強語氣
الْكِتَابُ كُلُّهُ مُفِيدٌ .　（這整本書都是有用的）　→ 單字加強語氣

حَضَرَ الأُسْتَاذُ.　（老師來了）　→ 沒加強語氣
حَضَرَ الأُسْتَاذُ حَضَرَ الأُسْتَاذُ.　（老師來了老師來了）→ 句子加強語氣

加強語氣詞與被強調詞的文法格位必須一致，如：

الْكِتَابُ كُلُّهُ مُفِيدٌ .　（這整本書都是有用的）
الكِتَابُ　→ 被強調詞為主語，主格格位。
كُلُّ　→ 加強語氣詞文法格位也必須主格。

قَرَأْتُ الْكِتَابَ كُلَّهُ .　（我看過這整本書了）
الكِتَابَ　→ 被強調詞為受詞，受格格位。
كُلَّ　→ 加強語氣詞文法格位也必須受格。

اسْتَفَدْتُ كثيرًا مِنَ الْكِتَابِ كُلِّهِ .　（我從這整本書獲益良多）
الْكِتَابِ　→ 被強調詞為介系詞後面的名詞，屬格格位。
كُلِّ　→ 加強語氣詞文法格位也必須屬格。

加強語氣種類

加強語氣方式分為兩種：　一為意義加強語氣（التَّوْكِيدُ المَعْنَوِيُّ）。
二為字面加強語氣（التَّوْكِيدُ اللَّفْظِيُّ）。

1 - 意義加強語氣，就是用加強語氣詞來加強語氣。加強語氣詞有下列幾個：

كُلٌّ （整個，所有，全部）	جَاءَ الأَسَاتِذَةُ كُلُّهُمْ .	（所有老師都來了）
جَمِيعٌ（所有，全部）	جَاءَ الأَسَاتِذَةُ جَمِيعُهُمْ .	（所有老師都來了）
أَجْمَعُ（所有，全部）	جَاءَ الأَسَاتِذَةُ أَجْمَعُهُمْ .	（所有老師都來了）
عَامَّةٌ（所有，全部）	جَاءَ الأَسَاتِذَةُ عَامَّتُهُمْ .	（所有老師都來了）
كِلا（兩個都）→用於陽性	جَاءَ الأُسْتَاذَانِ كِلاهُمَا.	（兩位男老師都來了）
كِلْتَا（兩個都）→用於陰性	جَاءَتِ الأُسْتَاذَتَانِ كِلْتَاهُمَا.	（兩位女老師都來了）
نَفْسٌ （親自）	جَاءَ الأُسْتَاذُ نَفْسُهُ .	（老師親自來了）
عَيْنٌ （親自）	جَاءَ الأُسْتَاذُ عَيْنُهُ .	（老師親自來了）

注意：

1) كِلا 與 كِلْتَا 兩個加強語氣詞，若加在人稱代名詞前面，則依雙數變化規則變化，即主格格位為 (كِلْتَا، كِلا)，受格與屬格格位為(كِلَيْ، كِلْتَيْ)。如：

جَاءَ الأُسْتَاذَانِ كِلاهُمَا.	（兩位男老師都來了）	→ 主格格位
رَأَيْتُ الأُسْتَاذَيْنِ كِلَيْهِمَا.	（我看到了兩位男老師）	→ 受格格位
شَكَرْتُ للأُسْتَاذَيْنِ كِلَيْهِمَا.	（我謝了兩位男老師）	→屬格格位
جَاءَتِ الأُسْتَاذَتَانِ كِلْتَاهُمَا .	（兩位女老師都來了）	→ 主格格位
رَأَيْتُ الأُسْتَاذَتَيْنِ كِلْتَيْهِمَا.	（我看到了兩位女老師）	→ 受格格位
شَكَرْتُ للأُسْتَاذَتَيْنِ كِلْتَيْهِمَا.	（我謝了兩位女老師）	→屬格格位

2) نَفْسٌ 與 عَيْنٌ 若用於強調雙數或複數名詞時，它本身要改為複數型態 (أَنْفُسٌ) 與 (أَعْيُنٌ)。如：

جَاءَ الأُسْتَاذُ نَفْسُهُ .	（一位老師親自來了）
جَاءَ الأُسْتَاذَانِ أَنْفُسُهُمَا .	（兩位老師親自來了）
جَاءَ الأَسَاتِذَةُ أَنْفُسُهُمْ .	（老師們都親自來了）
جَاءَ الأُسْتَاذُ عَيْنُهُ .	（一位老師親自來了）
جَاءَ الأُسْتَاذَانِ أَعْيُنُهُمَا .	（兩位老師親自來了）
جَاءَ الأَسَاتِذَةُ أَعْيُنُهُمْ .	（老師們都親自來了）

3) 使用意義強調時，必需有一個與被強調詞性、數一致的偏次人稱代名詞返回被強調詞。如：

قَرَأْتُ الْكِتَابَ كُلَّهُ .　　（我看過整本書了）
جَاءَ الأُسْتَاذَانِ كِلاهُمَا.　　（兩位男老師都來了）
جَاءَ الأَسَاتِذَةُ كُلُّهُمْ .　　（男老師們都來了）

جَاءَتِ الأُسْتَاذَةُ نَفْسُهَا .　　（一位女老師親自來了）
جَاءَتِ الأُسْتَاذَتَانِ أَنْفُسُهُمَا .　　（兩位女老師親自來了）
جَاءَتِ الأُسْتَاذَاتُ أَنْفُسُهُنَّ .　　（女老師們都親自來了）

4) 若（كِلَا、كِلْتَا）後面不是與人稱代名詞成正偏組合，而是與一般名詞成正偏組合，則它並不是加強語氣詞，而僅是一般的名詞，且在受格與屬格時不改變為（كِلَيْ、كِلْتَيْ）的型態。如：

زَارَنِي كِلا الصَّدِيقَيْنِ .　　（兩位男性朋友都來看我了）→ كِلا 為主格格位
زُرْتُ كِلا الصَّدِيقَيْنِ .　　（我拜訪了兩位男性朋友）→ كِلا 為受格格位
شَكَرْتُ لِكِلا الصَّدِيقَيْنِ .　　（我謝了兩位男性朋友）→ كِلا 為屬格格位

زَارَتْنِي كِلْتَا الصَّدِيقَتَيْنِ .　　（兩位女性朋友都來看我了）→ كِلْتَا 為主格格位
زُرْتُ كِلْتَا الصَّدِيقَتَيْنِ .　　（我拜訪了兩位女性朋友）→ كِلْتَا 為受格格位
شَكَرْتُ لِكِلْتَا الصَّدِيقَتَيْنِ .　　（我謝了兩位女性朋友）→ كِلْتَا 為屬格格位

2- 字面加強語氣，就是重複前行被強調詞的單字或句子用以加強語氣。如：

أُسْتَاذِي أُسْتَاذِي أَيْنَ أَنْتَ ؟　　（我的老師，我的老師你在哪裡？）→ 名詞
第二個 أستاذي 用來加強第一個 أستاذي 的語氣。

هَذَا الْقَلَمُ هَذَا الْقَلَمُ جَمِيلٌ .　　（這枝筆這枝筆很好）→ 指示代名詞
第二個 هذا القلمُ 用來加強第一個 هذا القلمُ 的語氣。

أَنَا أَنَا أُسْتَاذُكَ .　　（我，我就是你老師）→ 人稱代名詞
第二個 أنَا 用來加強第一個 أنَا的語氣。

حَضَرَ هُوَ مُبَكِّرًا .　（他很早就到了）→ 隱藏人稱代名詞
هُوَ 用來加強حَضَرَ中的隱藏式主詞的語氣。

حَضَرَ حَضَرَ الأستاذُ .　（來了，老師來了）→ 動詞
第二個 حَضَرَ 用來加強第一個 حَضَرَ的語氣。

لا، لا أذهَبُ مَعَكَ .　（不，我不跟你去）→ 虛詞
第二個 لا 用來加強第一個 لا 的語氣。

注意

1) 動詞與名詞要對等連接時，必須先加強語氣後，才可以對等連接。如：

ذهَبْتُ أنـا ووَلَـدِي إلى الـسُّوق .　（我跟我的兒子去逛街）
不能說成：ذهَبْتُ وَوَلَـدِي إلى الـسُّوق

2) 字面加強語氣後，還可以用(نـَفْسٌ 、عَيْنٌ) 意義加強語氣。如：

اِذهَبْ أنْتَ نَفْسُكَ إلى الـسُّوق .　（你自己去逛街吧）

第四十六章　對等連接詞 (الْعَطْفُ)

對等連接詞就是透過連接虛詞 (حَرْفُ الْعَطْفِ)把前面的前連詞(الْمَعْطُوفُ عَلَيْهِ)與後面的後連詞(الْمَعْطُوفُ) 對等連接在一塊。如：

حَضَرَ الأُسْتَاذُ والطَّالِبُ .　（老師和學生都來了）

الأُسْتَاذُ → 前連詞

وَ → 連接虛詞

الطَّالِبُ → 後連詞

對等連接詞中的前連詞與後連詞必需完全對等一致：

1 - 前後連詞文法格位必須一致。如：

حَضَرَ الأُسْتَاذُ والطَّالِبُ .　（老師和學生都來了）

الأُسْتَاذُ → 前連詞，主格格位

وَ → 連接虛詞

الطَّالِبُ → 後連詞也應為主格格位

رَأَيْتُ الأُسْتَاذَ والطَّالِبَ .　（我看到了老師和學生）

الأُسْتَاذَ → 前連詞，受格格位

وَ → 連接虛詞

الطَّالِبَ → 後連詞也應為受格格位

شَكَرْتُ لِلأُسْتَاذِ والطَّالِبِ .　（我謝謝老師和學生）

الأُسْتَاذِ → 前連詞，屬格格位

وَ → 連接虛詞

الطَّالِبِ → 後連詞也應為屬格格位

2 -　前連詞與後連詞形態應對等，如：

حَضَرَ الأُسْتَاذُ وَالطَّالِبُ .　（老師和學生都來了）

الأُسْتَاذُ　　　　　　→ 前連詞為名詞

وَ　　　　　　　　　→ 連接虛詞

الطَّالِبُ　　　　　　→ 後連詞也應為名詞

حَضَرَ الأُسْتَاذُ وَجَاءَ الطَّالِبُ .　（老師到了學生也來了）

حَضَرَ الأُسْتَاذُ　　→ 前連詞為動詞句

وَ　　　　　　　　　→ 連接虛詞

جَاءَ الطَّالِبُ　　　　→ 後連詞也應為動詞句

الأُسْتَاذُ حَضَرَ وَالطَّالِبُ جَاءَ .　（老師到了學生也來了）

الأُسْتَاذُ حَضَرَ　　→ 前連詞為名詞句

وَ　　　　　　　　　→ 連接虛詞

الطَّالِبُ جَاءَ　　　　→ 後連詞也應為名詞句

يَدْرُسُ الطَّالِبُ اللُّغَةَ الْعَرَبِيَّةَ وَاللُّغَةَ الإِنْجِلِيزِيَّةَ .　（學生念阿拉伯文和英文）

اللُّغَةَ الْعَرَبِيَّةَ　　→ 前連詞為形容詞修飾語

وَ　　　　　　　　　→ 連接虛詞

اللُّغَةَ الإِنْجِلِيزِيَّةَ　→ 後連詞也應為形容詞修飾語

الأُسْتَاذُ يَكْتُبُ بِالْقَلَمِ وَبِالْحِبْرِ .　（老師用筆和墨水寫字）

بِالْقَلَمِ　　　　　　→ 前連詞為介系詞子句

وَ　　　　　　　　　→ 連接虛詞

بِالْحِبْرِ　　　　　　→ 後連詞也應為介系詞子句

後連詞若為介系詞子句時，介系詞可以省略，如：

الأُسْتَاذُ يَكْتُبُ بِالْقَلَمِ وَالْحِبْرِ .　（老師用筆和墨水寫字）

對等連接虛詞

阿拉伯文常用的對等連接虛詞有下列九個：

1 -　وَ ，「和」的意思，如：

حَضَرَ الأُسْتَاذُ وَالطَّالِبُ .　（老師和學生都來了）

2 - فَـ ，「然後」的意思，如：

حَضَرَ الأُسْتَاذُ فَالطَّالِبُ . （老師來了然後學生也來了）

3 - ثُمَّ ，「之後」的意思，如：

حَضَرَ الأُسْتَاذُ ثُمَّ الطَّالِبُ . （老師來了之後學生也來了）

4 - أوْ ，「或是」的意思，如：

حَضَرَ الأُسْتَاذُ أو الطَّالِبُ . （老師或是學生來了）

5 - أمْ ，「或是，還是」的意思，同常用於疑問句。如：

أ حَضَرَ الأُسْتَاذُ أمِ الطَّالِبُ ؟ （老師還是學生來了？）

6 - لا ，「不是」的意思，如：

حَضَرَ الأُسْتَاذُ لا الطَّالِبُ . （是老師不是學生來了）

7 - بَلْ ，「而不是」的意思，如：

حَضَرَ الأُسْتَاذُ بَلِ الطَّالِبُ . （是老師來了而不是學生）

8 - لَكِنْ ，「但是」的意思，常用於否定句。如：

ما حَضَرَ الأُسْتَاذُ لَكِنِ الطَّالِبُ . （老師沒來但學生來了）

9 - حَتَّى ，「甚至」的意思，後連詞常是前連詞的一部份。如：

يَمْرَضُ النَّاسُ حَتَّى الأَطِبَّاءُ . （所有的人甚至醫生都生病了）

第四十七章　驚嘆語氣（التَّعَجُّبُ）

驚嘆語氣就是一個人對某人事物表達驚訝語氣的句子，通常這種句子，字尾會出現驚嘆符號（！）。在阿拉伯文裡，表示驚嘆語氣的句型有兩種：

一為有固定句型的驚嘆句（التَّعَجُّبُ الصَّرِيحُ）。

二為沒有固定句型的驚嘆句（التَّعَجُّبُ غَيْرُ الصَّرِيحِ）。

1- 有固定句型的驚嘆句

有固定句型的驚嘆句有兩種形式：（مَا أَفْعَلَ ، أَفْعِلْ بِـ）

مَا أَجْمَلَ الْجَوَّ！（天氣多麼好呀）

أَجْمِلْ بِالْجَوِّ！（天氣多麼好呀）

مَا أَجْمَلَ الْجَوَّ！

مَا	→	為主語，主格格位
أَجْمَلَ الْجَوَّ	→	為述語，主格格位
أَجْمَلَ	→	視為過去式動詞，主詞是隱藏人稱代名詞（هُوَ）
الجوَّ	→	為（أَجْمَلَ）的受詞，受格格位。

أَجْمِلْ بِالْجَوِّ！

أَجْمِلْ	→	為命令式型態的過去式動詞
بِ	→	為增加的介系詞
الجوِّ	→	為屬格讀音，主格格位，因為它是（أَجْمِلْ）的主詞

純三字根完全變化、不表示顏色、身體缺陷意義以及的形容詞，才可以變化為驚嘆句型。如：

كَبِيرٌ（大的）　→　أَكْبَرَ

205

! مَا أَكْبَرَ هَذِهِ الْجَامِعَةَ（這所大學多麼大呀！）
! أَكْبِرْ بِهَذِهِ الْجَامِعَةِ（這所大學多麼大呀！）

不符合上述條件的字若要表示驚嘆語氣時，則必須借用適合句意的字，
如：مَا أَكْبَرَ ، أَكْبِرْ بِـ → 多麼大
ما أَكْثَرَ ، أَكْثِرْ بِـ → 多麼多
ما أَشَدَّ ، أَشْدِدْ بِـ → 多麼強烈
ما أَحْسَنَ ، أَحْسِنْ بِـ → 多麼好

再以其動名詞當作被驚歎詞或區分副詞表達。如：

مُجْتَهِدٌ（用功的）
→非純三字根主動名詞，若要表達多麼用功的驚嘆句型，就必須借用上述的句型來表達。並把 مُجْتَهِدٌ 轉變為動名詞 اجْتِهَادٌ 使用在驚嘆句。

! مَا أَكْثَرَ اجْتِهَادَ هذا الطَّالِبِ（這位學生多麼用功呀！）
اجْتِهَادَ → 動名詞當作被驚嘆詞

! مَا أَكْثَرَ هذا الطَّالِبَ اجْتِهَادًا（這位學生多麼用功呀！）
اجتهادًا → 動名詞當作區分副詞

! أَكْثِرْ بِاجْتِهَادِ هذا الطَّالِبِ（這位學生多麼用功呀！）
اجتهادِ → 動名詞為屬格格位

أَحْمَرُ（紅色的）→ أحمرُ 表示顏色的字 → حُمْرٌ

! مَا أَشَدَّ حُمْرَ هذه الْوَرْدَةِ（這朵玫瑰花顏色多紅呀！）
! أَشْدِدْ بِحُمْرِ هذه الْوَرْدَةِ（這朵玫瑰花顏色多紅呀！）

أَصْلَعُ（禿頭的）→ أَصْلَعُ 表示缺陷的字 → صُلْعٌ

! مَا أَكْثَرَ صُلْعَ هَذا الرَّجُلِ（這個人的頭多禿呀！）
! أَكْثِرْ بِصُلْعِ هَذا الرَّجُلِ（這個人的頭多禿呀！）

كَانَ（成為）→ كَانَ 非完全變化動詞 → كَوْنٌ

مَـا أحْسَنَ كَـوْنَـكَ طَـالِـبًـا مجتهدًا ! （你多了不起，變成一位用功的學生！）
أحْسِنْ بِكَـوْنِـكَ طَـالِـبًـا مجتهدًا ! （你多了不起，變成一位用功的學生！）

表示否定意義的驚嘆句常用動詞句表達，但必須在動詞前加上一個表示詞根性的(أنْ)。如：

مَـا أقْبَحَ أن لا يُطِيعَ الوالِدَيْن ! （不孝敬父母的人是多麼醜陋呀！）
أقْبِحْ بِـأنْ لا يُطِيعَ الوالِـدَيْن ! （不孝敬父母的人是多麼醜陋呀！）

表示肯定意義的驚嘆句也可用動詞句表達，但必須在動詞前加上一個表示詞根性的（مَـا 或 أنْ）。如：

مَـا أسْرَعَ أنْ كَـبِـرْتَ ! （你長的多麼快呀！）
مَـا أسْرَعَ مَـا كَـبِـرْتَ ! （你長的多麼快呀！）
أسْرِعْ بِـأنْ كَـبِـرْتَ ! （你長的多麼快呀！）
أسْرِعْ بِـمَـا كَـبِـرْتَ ! （你長的多麼快呀！）

2- 沒有固定句型的驚嘆句

沒有固定句型的驚嘆句，顧名思義它是沒有特定的形式。但常見的形式有下列幾種：

1）以呼喚符號(يَـا)開頭的驚嘆句。如：

يَـا الله ، اِنْتَـصَرَ فَـرِيقُـنَـا في المُبَاراةِ ! （我的天呀！我們這一隊在比賽中獲勝了）
يَـا لَـجَـمَـالِ تَـايْبَـيْـهَ ! （台北真美呀！）
يَـا لَـهُ بَـطَـلاً ! （他真是位英雄呀！）
يَـا لَـهُ مِـنْ بَـطَـلٍ ! （他真是位英雄呀！）
يَـا لَـلْـخَـسَـارَةِ ! （好可惜呀！）

2）以誓辭 (وَاللهِ ، بِـاللهِ ، تَـاللهِ) 開頭的驚嘆句。如：

وَاللهِ ، أنْتَ جَـيِّدٌ ! （你多好呀！）
بِـاللهِ ، أنْتَ جَـيِّدٌ ! （你多好呀！）
تَـاللهِ ، أنْتَ جَـيِّدٌ ! （你多好呀！）

3) 以讚美真主 (سُبْحَانَ اللهِ) 開頭的驚嘆句。如：

سُبْحَانَ اللهِ ، اَلضَّعِيفُ غَلَبَ عَلَى الْقَوِيِّ ! （讚美主呀！弱者居然擊敗了強者）

4) 以陳述數量的 (كَمْ) 開頭的驚嘆句。如：

كَمْ رِسَالَةٍ كَتَبْتَ ! （你寫了不少的信呀！）
كَمْ يَمُرُّ الْوَقْتُ بِسُرْعَةٍ ! （時間過得真快呀！）

第四十八章　除外句型 (أُسْلُوبُ الاسْتِثْنَاءِ)

阿拉伯的文法中，有一種叫做「除外句型」，這種句型就是使用一些含有「除了……之外」意義的虛詞或名詞或動詞來表達句意。

位於除外虛詞後面的名詞稱之為除外詞 (الْمُسْتَثْنَى)，而位於它前面的名詞稱之為從除名詞 (المستثنى مِنْهُ)。如：

حَضَرَ الطُّلاَّبُ إلاَّ عَلِيًّا .　（除了阿里之外，學生都來了）

الطلابُ → 從除名詞

إلاَّ → 除外虛詞

عَلِيًّا → 除外詞

一、除外虛詞

常用的除外虛詞只有一個：(إلاَّ)。

這個虛詞表示（除……之外）的意思。因為它的用法特殊，所以需要解釋它的用法。除外詞事實上是受詞，受格格位，省略動詞 (اسْتَثْنَى) (除了……之外) 的意思。如：

حَضَرَ الطُّلاَّبُ إلاَّ عَلِيًّا .　（除了阿里之外，學生都來了）

本句的原義為：حَضَرَ الطُّلاَّبُ وَاسْتَثْنَى عَلِيًّا　（除了阿里之外，學生都來了）

除外虛詞 (إلاَّ)的用法介紹如下：

1 - 若句中有從除名詞且句子為肯定句，則除外詞應為受格。如：

حَضَرَ الطُّلاَّبُ إلاَّ عَلِيًّا .　（除了阿里之外，學生都來了）

本句中從除名詞 (الطلابُ) 被提及，本句又為肯定句，故除外詞 (عَلِيًّا)應為受格。

عَلِيًّا → 除外詞，受格格位

2 - 若句中有從除名詞，但句子為否定句，則除外詞可為受格，也可與從除名詞持相同格位。如：

مَا حَضَرَ الطُّلاَّبُ إلاَّ عَلِيًّا .　　（除了阿里之外，沒有學生來）
مَا حَضَرَ الطُّلاَّبُ إلاَّ عَلِيٌّ .　　（除了阿里之外，沒有學生來）

本句中從除名詞 (الطلابُ)被提及，但本句為否定句，故除外詞 (عَلِيٌّ)可為受格 (عَلِيًّا)，亦可與從除名詞持相同格位，即主格格位 (عَلِيٌّ)，　因 從 除 名詞 (الطلابُ)在本句中為主詞主格格位。

مَا سَلَّمْتُ عَلَى الطلابِ إلاَّ عَلِيًّا .（除了阿里之外，我沒有和學生問好）
مَا سَلَّمْتُ عَلَى الطلابِ إلاَّ عَلِيٍّ .（除了阿里之外，我沒有和學生問好）

本句中從除名詞 (الطلابِ) 被提及，本句為否定句，故除外詞 (عَلِيّ)可為受格 (عَلِيًّا)，亦可與從除名詞持相同格位，即屬格格位 (عَلِيٍّ)，因為從除名詞(الطلابِ)在本句中為屬格格位。

3 - 若從除名詞在句中未被提及，則除外詞應依它在句子當中所佔的地位來決定它的格位。如：

مَا حَضَرَ إلاَّ عَلِيٌّ　　（只有阿里一個人來）

本句中沒有提及從除名詞，而來的人就是阿里，故他在句中實際上是佔主詞地位，故為主格格位。

لا أصَاحِبُ إلا عَلِيًّا .　　（我只跟阿里交朋友）
本句中沒有提及從除名詞，而被交友的人就是阿里，故他在句中佔受詞地位，故為受格格位。

مَا سَلَّمْتُ إلاَّ عَلَى عَلِيٍّ .　　（我只跟阿里問好）
本句中沒有提及從除名詞，而 (علي)這個字位於介系詞(عَلَى)之後佔屬格地位，故 (عَلِيٍّ)在句中佔屬格格位。

二、除外名詞

常用的除外名詞有兩個：غَيْرٌ، سِوَى （除……之外）
(غَيْرٌ)與 (سِوَى)的用法基本上與 (إلا)相同，但 (غَيْرٌ)與 (سِوَى)必須與其後面的名詞成正偏組合，其後面的名詞也因此成屬格格位，而除外詞的格位卻由 (غَيْرٌ)與 (سِوَى)本身表示出來，即與 (إلا)後面名詞格位分析方式相同。如：

حَضَرَ الطُّلاَّبُ غَيْرَ عَلِيٍّ. （除了阿里之外，學生都來了）
الطُّلاَّبُ → 從除名詞
غَيْرَ → 除外名詞，本身表現出除外詞格位

حَضَرَ الطُّلاَّبُ سِوَى عَلِيٍّ. （除了阿里之外，學生都來了）
الطُّلاَّبُ → 從除名詞
سِوَى → 除外名詞，本身表現出除外詞格位，但它為節尾名詞，字尾無法顯現出受格音標。

三、除外名詞的用法

1 - 從除名詞存在的肯定句，(غَيْرٌ)與(سِوَى)應為受格格位。如：

حَضَرَ الطُّلاَّبُ غَيْرَ (سِوَى) عَلِيٍّ. （除了阿里之外學生都來了）
غَيْرَ (سِوَى) →除外名詞，本身表現出除外詞受格位

رَأَيْتُ الطُّلاَّبَ غَيْرَ (سِوَى) عَلِيٍّ. （除了阿里之外學生我都見過了）
غَيْرَ (سِوَى) →除外名詞，本身表現出除外詞受格位

سَلَّمْتُ عَلَى الطُّلاَّبِ غَيْرَ (سِوَى) عَلِيٍّ. （除了阿里之外學生我都問候了）
غَيْرَ (سِوَى) →除外名詞，本身表現出除外詞受格位

2 - 從除名詞存在的否定句，(غَيْرٌ)與(سِوَى)為受格格位（除外詞格位）或與從除名詞相同格位（同位語）。如：

مَا حَضَرَ الطُّلاَّبُ غَيْرَ (غَيْرُ ، سِوَى) عَلِيٍّ. （除了阿里之外學生都沒有來）
مَا رَأَيْتُ الطُّلاَّبَ غَيْرَ (سِوَى) عَلِيٍّ. （除了阿里之外學生我都沒見過）
مَا سَلَّمْتُ عَلَى الطُّلاَّبِ غَيْرَ (غَيْرِ ، سِوَى) عَلِيٍّ. （除了阿里之外學生我都沒問候）

3 - 從除名詞不存在的否定句，(غَيْرٌ)與(سِوَى)則應依它在句中所佔地位決定格位。如：

مَا حَضَرَ غَيْرُ (سِوَى) عَلِيٌّ . （只有阿里一個人來）
غَيْرُ (سِوَى) → 主詞，主格格位

مَا رَأَيْتُ غَيْرَ (سِوَى) عَلِيٍّ . （我只見過阿里一個人）
غَيْرَ (سِوَى) → 受詞，受格格位

مَا سَلَّمْتُ عَلَى غَيْرِ (سِوَى) عَلِيٍّ . （我只問候阿里一個人）
غَيْرِ (سِوَى) → 介系詞後面的名詞屬格格位

注意：

(سِوَى)為節尾名詞(الاِسْمُ الْمَقْصُورُ)，它的格位變化在字尾上無法顯現出來。如：

مَا حَضَرَ سِوَى عَلِيٌّ . （只有阿里一個人來）
سِوَى → 主格

مَا رَأَيْتُ سِوَى عَلِيٍّ . （我只見過阿里一個人）
سِوَى →受格

مَا سَلَّمْتُ عَلَى سِوَى عَلِيٍّ . （我只問候阿里一個人）
سِوَى →屬格

四、除外動詞

除外動詞有三個：مَا حَاشَا ، مَا خَلَا ، مَا عَدَا （除……之外）
這些除外動詞後面的除外詞，為受詞，受格格位。

حَضَرَ الطُّلَّابُ مَا عَدَا (مَا خلا ، ما حاشا) عَلِيًّا . （除了阿里之外學生都來了）
عَلِيًّا → 受詞，受格格位

但這些動詞前面的 (مَا)，若被省略，則(عَدَا ، خلا ، حاشا)視為介系詞，除外詞應為屬格格位。如：

حَضَرَ الطُّلَّابُ عَدَا (خلا ، حاشا) عَلِيٍّ . （除了阿里之外學生都來了）
عَلِيٍّ → 介系詞後面的名詞，屬格格位

第四十九章　句子的文法地位 (إِعْرَابُ الْجُمْلَةِ)

阿拉伯文的句子從它是否佔文法地位來分，可分為兩種：

有文法地位的句子　　(الْجُمْلَةُ الَّتِي لَهَا مَحَلٌّ مِنَ الإِعْرَابِ)
沒有文法地位的句子　(الْجُمْلَةُ الَّتِي لا مَحَلَّ لَهَا مِنَ الإِعْرَابِ)

一、有文法地位的句子(الجملة التي لها محلّ من الإعراب)

把句子當作子句，在句中扮演像單字一樣的角色，就是有文法地位的句子。這種句子有下列幾種：

1 - 主格地位子句。如：

1) 主詞：

ظَهَرَ لِي مَا وَرَاءَ كَلامِكَ .　（我已清楚你所說的話背後的意思）
مَا وَرَاءَ كَلامِكَ → 名詞子句 → ظَهَرَ 的主詞，主格地位

2) 代主詞：

قِيلَ إِنَّ الدَّرْسَ سَهْلٌ .　（據說課程很簡單）
إِنَّ الدَّرْسَ سَهْلٌ → 名詞子句 → قِيلَ 的代主詞，主格地位

3) 述語：

الطَّالِبُ أَبُوهُ كَرِيمٌ　（這位學生他老爸很慷慨）
أَبُوهُ كَرِيمٌ → 名詞子句 → الطالبُ 的述語，主格地位

الطَّالِبُ يَدْرُسُ الْعَرَبِيَّةَ .　（這位學生在學阿拉伯文）
يَدْرُسُ الْعَرَبِيَّةَ → 動詞子句 → الطالبُ 的述語，主格地位

إِنَّ الطَّالِبَ أَبُوهُ كَرِيمٌ .　（的確這位學生他老爸很慷慨）
أَبُوهُ كَرِيمٌ → 名詞子句 → إِنَّ 的述語，主格地位

4) 主格同格語：

جَاءَ أُسْتَاذٌ يُدَرِّسُ الْعَرَبِيَّةَ .　（教阿拉伯文的老師來了）

يُدَرِّسُ الْعَرَبِيَّةَ → 動詞子句 → 形容主詞，主格地位

2- 受格地位子句：

1) 受詞：

قَالَ الأُسْتَاذُ إِنَّ الدَّرْسَ سَهْلٌ .　（老師說課程很簡單）

إِنَّ الدَّرْسَ سَهْلٌ → 名詞子句 → قَالَ 的受詞，受格地位

قَالَ الأُسْتَاذُ الطَّالِبُ يَدْرُسُ الْعَرَبِيَّةَ .　（老師說學生在學習阿文）

الطَّالِبُ يَدْرُسُ الْعَرَبِيَّةَ → 名詞子句 → قَالَ 的受詞，受格地位

أَعْرِفُ مَاذَا تُحِبُّ .　（我知道你喜歡什麼）

مَاذَا تُحِبُّ → 名詞子句 → أَعْرِفُ 的受詞，受格地位

2) 第二受詞：

ظَنَنْتُ عَلِيًّا يُحِبُّ الأَدَبَ .　（我以為阿里喜歡文學）

يُحِبُّ الأَدَبَ → 動詞子句 → ظَنَّ 的第二受詞，受格地位

3) 第三受詞：

أَخْبَرْتُ عَلِيًّا مُحَمَّدًا أَبُوهُ كَرِيمٌ .　（我告訴阿里，穆罕默德的老爸很慷慨）

أَبُوهُ كَرِيمٌ → 名詞子句 → أَخْبَرَ 的第三受詞，受格地位

4) كَانَ 的述語：

كَانَ الطَّالِبُ أَبُوهُ كَرِيمٌ .　（這位學生他老爸以前很慷慨）

أَبُوهُ كَرِيمٌ → 名詞子句 → كَانَ 的述語，受格地位

كَانَ الطَّالِبُ يَدْرُسُ الْعَرَبِيَّةَ .　（以前這位學生在學阿拉伯文）

يَدْرُسُ الْعَرَبِيَّةَ → 動詞子句 → كَانَ 的述語，受格地位

الطَّالِبُ كَانَ يَدْرُسُ الْعَرَبِيَّةَ. （這位學生以前在學阿拉伯文）
كَانَ يَدْرُسُ الْعَرَبِيَّةَ → 動詞子句 → الطالبُ 的述語，主格地位
يَدْرُسُ الْعَرَبِيَّةَ → 動詞子句 → كَانَ 的述語，受格地位

5) كَادَ 的述語：

كَادَ الطَّالِبُ يَنْجَحُ فِي الامْتِحَانِ. （這位學生考試幾乎及格）
يَنْجَحُ في الامْتِحَانِ → 動詞子句 → كَادَ 的述語，受格地位

6) 狀況副詞：

رَأَيْتُ مُحَمَّدًا كِتَابُهُ فِي يَدِهِ. （我看到穆罕默德手上拿著一本書）
كِتَابُهُ في يَدِهِ → 名詞子句 → محمدًا 的狀況副詞，受格地位

رَأَيْتُ مُحَمَّدًا وَالْكِتَابُ فِي يَدِهِ. （我看到穆罕默德手上拿著一本書）
والكتابُ في يَدِهِ → 名詞子句 → محمدًا 的狀況副詞，受格地位

رَأَيْتُ محمّدًا يَلْعَبُ. （我看到穆罕默德在玩耍）
يَلْعَبُ → 動詞子句 → محمدًا 的狀況副詞，受格地位

7) 受格同格語：

رَأَيْتُ أُسْتَاذًا يُدَرِّسُ الْعَرَبِيَّةَ. （我看到了教阿拉伯文的老師）
يُدَرِّسُ الْعَرَبِيَّةَ → 動詞子句 → 形容受詞，受格地位

3- 屬格地位子句：

1）偏次名詞：

رَأَيْتُ مُحَمَّدًا يَوْمَ حَضَرَ. （穆罕默德到的那一天我就看到他了）
حَضَرَ → 動詞子句 → يَوْمَ 的偏次子句，屬格地位

إذا حَضَرَ مُحَمَّدٌ اسْتَقْبَلْتُهُ （假若穆罕默德來我就去接他了）
حَضَرَ محمدٌ → 動詞子句 → إذا 的偏次子句，屬格地位

أجْلِسُ حَيْثُ مُحَمَّدٌ جَالِسٌ .　（我坐在穆罕默德坐的地方）
مُحَمَّدٌ جَالِسٌ → 名詞子句 → حيثُ 的偏次名詞子句，屬格地位

أجْلِسُ حَيْثُ يَجلِسُ مُحَمَّدٌ .　（我坐在穆罕默德坐的地方）
يَجلِسُ مُحَمَّدٌ → 動詞子句 → حيثُ 的偏次動詞子句，屬格地位

2）屬格同格語：

سَلَّمْتُ عَلَى أسْتَاذٍ يُدَرِّسُ الْعَرَبِيَّةَ .（我問候了教阿拉伯文的老師）
يُدَرِّسُ الْعَرَبِيَّةَ → 動詞子句 → 形容屬格名詞，屬格地位

4 - 祈使格地位子句：位於(إذا 、 فَ)之後假設語氣的回答句。

إنْ تَدْرُسْ فَأنْتَ نَاجِحٌ .（假若你念書，那麼你就會及格）
أنْتَ نَاجِحٌ → 名詞子句 → إنْ 的回答子句，祈使格地位

إنْ تَبْحَثْ عَنِ السَّارِقِ إذا هُوَ هَارِبٌ .（假若你在找小偷，其實他溜走了）
هُوَ هَارِبٌ → 名詞子句 → إنْ 的回答子句，祈使格地位

5 - 同格地位子句：

1) 對等連接子句：

مُحَمَّدٌ يَدْرُسُ وَيَكْتُبُ .　（穆罕默德在讀書寫字）
يَكْتُبُ → 動詞子句 → يَدْرُسُ 述語子句的對等連接子句，
主格地位

سَلَّمْتُ عَلَى مُحَمَّدٍ يَوْمَ حَضَرَ وَغَادَرَ.
（穆罕默德到與離開的那天我都問候他了）
غَادَرَ → 動詞子句 → حَضَرَ 屬格子句的對等連接子句，
屬格地位

2）同位語子句：

قُلْتُ لَهُ اذهَبْ لا تَبْقَ هُنَا .　（我對他說，你走不要待在這兒）

لا تَبْقَ هُنَا → 動詞子句 → اذهَبْ 受格子句的同位子句，受格地位

二、沒有文法地位的句子(الجملة التي لا محلّ لها من الإعراب)

阿拉伯文的句子，在下列情況裡，不佔文法地位：

1 - 起始句 (الْجُمْلَةُ الابْتِدائِيَّةُ)。如：

حَضَرَ الطَّالِبُ . →動詞句 （學生到了）
الطَّالِبُ حَضَرَ . →名詞句 （學生到了）

2 - 另起句 (الجملة الاسْتِئْنَافِيَّة)。如：

أدْرُسْ فَفِي الدِّرَاسَةِ فَائِدَةٌ . （好好讀書，讀書好處多）
اشْتَرَيْتُ هَذا الْكِتَابَ أمْسِ إنَّهُ مُفِيدٌ . （我昨天買了這本書，的確它很有用）

3 - 插入子句(الجملة المُعْتَرِضَة)：如：

حَضَرَ - أعْتَقِدُ - الطَّالِبُ . （- 我認為 - 學生到了）

الطَّالِبُ - أعْتَقِدُ - حَضَرَ . （- 我認為 - 學生到了）

4 - 解釋子句(الجملة التفسيريَّة)。如：

أقْعُدْ هُنَا أيْ اجْلِسْ هُنَا . （請坐也就是請坐在這裡）
أكْتُبُ إلَيْهِ أيْ أرْسِلُ إلَيْهِ رِسَالَةً . （我寫給他也就是我寄封信給他）

5- 關係子句(جملة الصِّلَة)。如：

حَضَرَ الَّذِي زَارَكَ أمْسِ . （昨天去看你的那個人來了）
حَضَرَ الَّذِي فِي يَدِهِ كِتَابٌ . （手上拿著一本書的人來了）

6 - 動名詞子句(الْجُمْلَةُ الْمَصْدَرِيَّةُ)。如：

أُحِبُّ أَنْ أَقْرَأَ .　　　　　（我喜歡閱讀）

سَوَاءٌ عَلَيْكَ أَ أُحِبُّهُ أَمْ أَكْرَهُهُ .　　　（我喜歡他或討厭他對你來說都一樣）

7 - 誓句的回答子句(جُمْلَةُ جَوَابِ الْقَسَمِ)。如：

وَاللهِ لَيَنْجَحَنَّ الْمُجْتَهِدُ .　　（我對主發誓用功的人一定成功）

وَشَرَفِي لَأَجْتَهِدَنَّ .　　　　（我人格保證會努力用功）

8 - 呼喚句的回答子句 (جُمْلَةُ جَوَابِ النِّدَاء)。如：

يَا حَسَنُ أَيْنَ تَذْهَبُ ؟　　　（哈珊，你要去哪裡）

يَا عَبْدَ اللهِ لَا تُدَخِّنْ .　　　（阿布都拉，不要抽菸）

9 - 非祈使格虛詞的回答子句(الْجُمْلَةُ الْوَاقِعَةُ جَوَابًا لِشَرْطٍ غَيْرِ جَازِمٍ)。
    非祈使格虛詞是：لَوْ、لَوْلَا、لَمَّا 如：

لَوْ حَضَرَ حَسَنٌ أَكْرَمْتُهُ .　　（哈珊若有來我就招待他了）

لَوْ لَا حَسَنٌ لَأَكْرَمْتُهُ .　　　（假若沒有哈珊我就招待他了）

لَمَّا حَضَرَ حَسَنٌ أَكْرَمْتُهُ .　　（當哈珊來的時候我就會招待他）

10 - 沒有(ف)引領的祈使格虛詞回答子句
     (الْجُمْلَةُ الْوَاقِعَةُ جَوَابًا لِشَرْطٍ جَازِمٍ غَيْرِ مَقْرُونٍ بِالْفَاء) 如：

إِنْ تَدْرُسْ تَنْجَحْ　　（你努力就會成功）

إِذَا ذَهَبْتَ ذَهَبْتُ　　（假若你去我就去）

11 - 沒有文法地位的同格子句(الجملة التابعة لجملة لا محل لها من الإعراب) 如：

حَضَرَ الْأُسْتَاذُ وَلَمْ يَحْضُرُ الطَّالِبُ .　　　　（老師到了而學生卻還沒到）

حَضَرَ الْأُسْتَاذُ 　　→是起始句不佔文法地位

لَمْ يَحْضُرُ الطَّالِبُ 　→ 是 حَضَرَ الْأُسْتَاذُ 的對等連接子句也不佔文法地位

第五十章　主動名詞(اسْمُ الْفَاعِلِ)

阿拉伯文的主動名詞是從動詞衍生出來的名詞。主動名詞是表示動詞的動作者，它是中文的（者，的人）的意思。主動名詞從動詞衍生規則如下：

1 - 第 I 式動詞的主動名詞型態是：فَعَل → فَاعِلٌ ，如：

دَرَسَ （學習） → دَارِسٌ （學習的人）
كَتَبَ （寫） → كَاتِبٌ （寫的人）

2 - 第 I 式動詞中間字母若是 (ا)，則它的主動名詞型態是：فَائِلٌ 如：

قَالَ （說） → قَائِلٌ （說的人）
نَامَ （睡覺） → نَائِمٌ （睡覺的人）

3 - 第 I 式動詞字尾字母若是 (ا، ى، ي)，則它的主動名詞型態是：فَاعٍ 如：

دَعَا （邀請） → دَاعٍ （邀請的人）
سَعَى （奔跑） → سَاعٍ （奔跑的人）
بَقِيَ （停留） → بَاقٍ （停留的人）

4 - 第 II 式以後的動詞，就是把現在式動詞的第一個字母改為(مُ)，倒數第二個字母唸成裂口音(ـِ)，字尾唸鼻音即可。如：

دَرَّسَ （教） → 現在式 → يُدَرِّسُ → 主動名詞 → مُدَرِّسٌ（教的人）
اسْتَخْدَمَ（僱用）→ 現在式 → يَسْتَخْدِمُ → 主動名詞 → مُسْتَخْدِمٌ（雇主）

5 - 第 II 式以後的動詞，若字尾是(ي)，則主動名詞變缺尾名詞。如：

أَهْدَى （贈送）→ 現在式 → يُهْدِي → 主動名詞 → مُهْدٍ（贈送的人）
تَمَنَّى （期望）→ 現在式 → يَتَمَنَّى → 主動名詞 → مُتَمَنٍّ（期望的人）

主動名詞的用法

1 - 當作形容詞。如：

نَائِمٌ → وَلَدٌ نَائِمٌ （睡覺的男孩）
نَائِمَةٌ → بِنْتٌ نَائِمَةٌ （睡覺的女孩）

2 - 當述語。如：

هُوَ نَائِمٌ （他在睡覺）
هُوَ طَالِبٌ （他是一位學生）

3 - 當作普通名詞。如：

طَالِبٌ （學生），مُدَرِّسٌ （老師），مُسْتَخْدِمٌ （雇主）

4 - 當作人名。如：

عَادِلٌ （原意為公正的人） → 男人名 （阿迪倫）
مُحْسِنٌ （原意為行善的人） → 男人名 （慕赫辛）
عَائِشَةُ （原意為活著的人） → 女人名 （阿伊夏）

5 - 當狀況副詞，如：

حَضَرَ صَدِيقِي ضَاحِكًا. （我的朋友笑瞇瞇地來了）

第五十一章　被動名詞 (اسْمُ الْمَفْعُولِ)

被動名詞也是由動詞衍生而來，它是表示接受動詞的動作者，中文（被……者，被……的）的意思。

被動名詞衍生規則如下

1 - 第 I 式動詞的被動名詞型態是：فعل → مَفْعُولٌ ，如：

كَتَبَ （寫）→ مَكْتُوبٌ （被寫的）

2 - 第 I 式動詞中間字母若是(ا)，則要先知道字根，若字根是(و)，則被動名詞型態為(مَقُولٌ)，若字根是(ي)，則被動名詞型態為(مَفِيلٌ)。如：

قَالَ （說） 字根為 → قول → 被動名詞為 مَقُولٌ （被說的）
بَاعَ （賣） 字根為 → بيع → 被動名詞為 مَبِيعٌ （被賣的）

3 - 第 I 式動詞若為疊音動詞，則衍變為被動名詞時，須把疊音拆開。如：

عَدَّ （數） → 被動名詞為 مَعْدُودٌ （被數的）
رَدَّ （歸還）→ 被動名詞為 مَرْدُودٌ （被歸還的）

4 - 第 I 式動詞字尾若是(ي 、ى 、ا)，則要看現在式型態，若現在式型態字尾是(و)，則被動名詞型態為(مَفْعُوٌّ)，若現在式動詞字尾是(ي、ى)，則被動名詞型態為(مَفْعِيٌّ)。如：

دَعَا （邀請） 現在式為 → يَدْعُو → 被動名詞為 مَدْعُوٌّ （被邀請的）
رَأَى （看） 現在式為 → يَرَى → 被動名詞為 مَرْئِيٌّ （被看到的）
رَمَى （丟掉） 現在式為 → يَرْمِي → 被動名詞為 مَرْمِيٌّ （被丟棄的）

5 - 第 II 式以後動詞，就是把現在式動詞的第一個字母改為(مُـ)，倒數第二個字母唸成開口音(ـَ)，字尾唸鼻音即可。如：

وَظَّفَ（任用）→ 現在式 → يُوَظِّفُ → 被動名詞 → مُوَظَّفٌ（被任用的人）
اسْتَخْدَمَ（僱用）→ 現在式 → يَسْتَخْدِمُ → 被動名詞 → مُسْتَخْدَمٌ（被雇用的人）

被動名詞的用法

1 - 當形容詞用。如：

مَشْهُورٌ → أُسْتَاذٌ مَشْهُورٌ（一位有名的男老師）
مَشْهُورَةٌ → أُسْتَاذَةٌ مَشْهُورَةٌ（一位有名的女老師）

2 - 當述語。如：

مَشْهُورٌ → الأُسْتَاذُ مَشْهُورٌ（男老師是有名的）
مَشْهُورَةٌ → الأُسْتَاذَةُ مَشْهُورَةٌ（女老師是有名的）

3 - 當人名專有名詞。如：

مَحْمُودٌ（男人名）　مَنْصُورٌ (男人名)

4 - 當作普通名詞。如：

مَكْتُوبٌ（書信）　مُوَظَّفٌ（職員）

5 - 當狀況副詞，如：

حَضَرَ صَدِيقِي مَسْرُورًا.（我的朋友很高興地來了）

第五十二章　半主動名詞 (الصِّفَةُ الْمُشَبَّهَةُ)

半主動名詞是第一式不及物動詞衍變而來，它在意義上類似主動名詞。半主動名詞的型態有下列幾個，初學者需要學一個記一個，沒有絕對的規則可循：

1 - فَعِيلٌ　如：كَبِيرٌ　（大的）　，صَغِيرٌ　（小的）
2 - فَعَلٌ　如：حَسَنٌ　（好的）　，خَطَأٌ　（錯的）
3 - فَعِلٌ　如：فَرِحٌ　（愉快的）　，خَشِنٌ　（粗糙的）
4 - فَعْلٌ　如：ضَخْمٌ　（巨大的）
5 - فُعْلٌ　如：صُلْبٌ　（堅硬的）　，حُرٌّ　（自由的）
6 - فُعَالٌ　如：شُجَاعٌ　（勇敢的）
7 - فَعَالٌ　如：جَبَانٌ　（懦弱的）
8 - فَيْعِلٌ　如：طَيِّبٌ　（好的）　，جَيِّدٌ　（好的）
9 - فَعْلَانُ　如：تَعْبَانُ　（疲倦的）　，جَوْعَانُ　（餓的）
10 - أَفْعَلُ　如：أَحْمَقُ　（傻的）　，أَبْلَهُ　（笨的）

半主動名詞的用法

1 - 當形容詞。如：

مَسْكَنٌ كَبِيرٌ　（大的宿舍）　　طَالِبٌ جَيِّدٌ　（好的學生）

2 - 當述語。如：

الْمَسْكَنُ كَبِيرٌ　（宿舍是大的）　　الطَّالِبُ جَيِّدٌ　（學生是好的）

3 - 當普通名詞。如：

الْكَبِيرُ أَكْثَرُ مِنَ الصَّغِيرِ　（大人比小孩多）
الشُّجَاعُ أَكْثَرُ مِنَ الضَّعِيفِ　（勇敢的人比懦弱的人多）

4 - 當專有名詞。如：

حَسَنٌ طَالِبٌ　（哈珊是一位學生）

5 - 當狀況副詞，如：

غَادَرَ صَدِيقِي فَرِحًا .　（我的朋友高興地離開了）

第五十三章　比較級名詞 (اسْمُ التَّفْضِيل)

比較級名詞是由具有比較意義的半主動名詞以(أفْعَلُ) 型態衍變而來，用以說明人事物比較。如：

كَبِيرٌ	(大的)	→	أفْعَلُ	→	أكْبَرُ	（比較大的）
صَغِيرٌ	(小的)	→	أفْعَلُ	→	أصْغَرُ	（比較小的）
حَسَنٌ	(好的)	→	أفْعَلُ	→	أحْسَنُ	（比較好的）
طَيِّبٌ	(好的)	→	أفْعَلُ	→	أطْيَبُ	（比較好的）
جَيِّدٌ	(好的)	→	أفْعَلُ	→	أجْوَدُ	（比較好的）
خَفِيفٌ	(輕的)	→	أفْعَلُ	→	أخَفُّ	（比較輕的）

若半主動名詞為 (أفْعَلُ) 型態，則此式沒有比較級名詞。如：

أحْمَقُ （傻的），أبْلَهُ （愚笨的）

خَيْرٌ （好的），شَرٌّ （壞的）兩個字的半主動名詞與比較級名詞同型，如：

هذا خَيْرٌ من ذلك .　　（這個比那個好）
هذا شَرٌّ من ذلك .　　（這個比那個壞）

第 II 式以後的動詞沒有比較級名詞型態，若要做比較的意思，就需借用可以表達比較意義的字，如(أشَدُّ 、أكْثَرُ)等字，再加上動名詞以表達。如：

تقدُّمٌ　　（進步）→ أكْثَرُ تقدُّمًا　（比較進步）
احْتِيَاجٌ　　（需要）→ أشَدُّ احْتِيَاجًا　（比較需要）

表示顏色與身體缺陷的字，與比較級名詞同型(أفْعَلُ)，所以要用比較的意思時，也要借用(أشَدُّ 、أكْثَرُ)等字，再加上動名詞以表達。如：

أحْمَرُ （紅色的）→ أكْثَرُ حُمْرًا （比較紅的）
أحْمَقُ （傻傻的）→ أكْثَرُ حُمْقًا （比較傻的）

比較級名詞是半變尾音名詞，如：

أكْبَرُ، أكْبَرَ（比較大的）， أحْسَنُ، أحْسَنَ （比較好的）

比較名詞的用法

1 - 當述語，如：

هَذِهِ الْجَامِعَةُ أكْبَرُ مِنْ تِلْكَ الْجَامِعَةِ . （這所大學比那所大學大）
أكْبَرُ → 述語

2 - 比較級名詞只有一種型態(أفْعَلُ)，當述語時，不依性數改變形態，如：

هَذا أكْبَرُ من ذلك . （這個比那個大）
هَذِهِ أكْبَرُ من ذلك . （這個比那個大）
هَذانِ أكْبَرُ من ذلك . （這兩個比那個大）
هَاتَانِ أكْبَرُ من ذلك . （這兩個比那個大）
هَؤُلاءِ أكْبَرُ من أولائك . （這些人比那些人大）

3 - 當形容詞，此時比較級名詞(أفْعَلُ)有陰性型態(فُعْلَى)，如：

أخُوكَ الأكْبَرُ （你的大哥）
أُخْتُكَ الْكُبْرَى （你的大姊）
الدُّوَلُ الْكُبْرَى （大國）

4 - 當正次，此時不管偏次名詞是不是確定名詞，都是最高級形態，如：

تايبيهُ أكْبَرُ مَدِينَةٍ في تايوانَ . （台北是台灣最大的一個城市）
تايبيهُ أكْبَرُ الْمُدُنِ في تايوانَ . （台北是台灣最大城市）

5 - 當專有名詞，通常是男人名，如：

أكْرَمُ （男人名） أشْرَفُ （男人名）

第五十四章　從屬名詞 (الاسْمُ المَنْسُوبُ)

從屬名詞，就是把一個普通名詞衍生為一個有從屬關係的形容詞型態。如：

تَايْوَانُ　（台灣）→ تَايْوَانِيٌّ　（台灣的）
مَدْرَسَةٌ　（學校）→ مَدْرَسِيٌّ　（學校的）

普通名詞變為從屬名詞常見的衍生規則如下：

1 - 普通名詞後面加上(يٌّ)，並把字尾配合唸成裂口音音標，如：

تَايْوَانُ　（台灣）→ تَايْوَانِيٌّ　（台灣的）
مَنْزِلٌ　（住家）→ مَنْزِلِيٌّ　（住家的）

2 - 若普通名詞字尾有表示陰性的(ة)，則去掉(ة)之後，再加上(يٌّ)，如：

مَدْرَسَةٌ　（學校）→ مَدْرَسِيٌّ　（學校的）
جَامِعَةٌ　（大學）→ جَامِعِيٌّ　（大學的）

3 - 從屬名詞要改為陰性，則在(يّ)之後加上表示陰性的(ة)，如：

تَايْوَانُ　（台灣）→ تَايْوَانِيٌّ　（台灣的）→ تَايْوَانِيَّةٌ　（台灣的）
جَامِعَةٌ　（大學）→ جَامِعِيٌّ　（大學的）→ جَامِعِيَّةٌ　（大學的）

4 - 字尾有(ا)的名詞，把(ا)去掉後，再加上(يٌّ)，如：

أَمْرِيكَا　（美國）→ أَمْرِيكِيٌّ　（美國的）
سُورِيَا　（敘利亞）→ سُورِيٌّ　（敘利亞的）

從屬名詞的衍生規則至為複雜，初學者最好學一個記一個，不然就要參考較為進階的阿拉伯文法書籍。

從屬名詞的用法

1 - 當形容詞，如：

طالِبٌ تايْوَانِيٌّ （一位台灣男學生）
طالِبَانِ تَايْوَانِيَّانِ （兩位台灣男學生）
طُلاَّبٌ تَايْوَانِيُّونَ （一些台灣男學生）
طالِبَةٌ تايْوَانِيَّةٌ （一位台灣女學生）
طالِبَتَانِ تايْوَانِيَّتَانِ （兩位台灣女學生）
طالِبَاتٌ تايْوَانِيَّاتٌ （一些台灣女學生）

2 - 當述語，如：

هَذا تَايْوَانِيٌّ. （這位是台灣人）

3 - 當普通名詞，如：

التَّايْوَانِيُّ يَأتِي مِنْ تَايْوَان . （台灣人是來自台灣）

3 - 當狀況副詞，如：

هُوَ شَخْصِيًّا لا يَعْرِفُ ذلِكَ . （他個人並不知道那件事）
شَخْصِيًّا →狀況副詞，受格格位

第五十五章　時空名詞（اِسْمُ الزَّمَانِ وَاسْمُ الْمَكَانِ）

時空名詞是由動詞衍生，用以表示動作發生的時間、地點的名詞。它是一個普通名詞。

時空名詞的型態有下列幾種：

1 - مَفْعَلٌ 型，如：

كَتَبَ　（寫）→ يَكْتُبُ → مَكْتَبٌ（寫的地方→書桌，辦公室）
لَعِبَ　（玩）→ يَلْعَبُ → مَلْعَبٌ（玩的地方→操場）

2 - مَفْعَلَةٌ 型，如：

دَرَسَ　（學習）→ يَدْرُسُ → مَدْرَسَةٌ（學習的地方→學校）
زَرَعَ　（種植）→ يَزْرَعُ → مَزْرَعَةٌ（種植的地方→農場）

3 - مَفْعِلٌ 型，如：

جَلَسَ　（坐）→ يَجْلِسُ → مَجْلِسٌ（坐的地方→座位，議會）
وَعَدَ　（約定）→ يَعِدُ → مَوْعِدٌ（約定的時間→約會）

4 - 第 II 式以後的動詞的時空名詞，其型態與被動名詞型態同型，如：

اِلْتَقَى　（見面）→ يَلْتَقِي → مُلْتَقًى →被動名詞（見面的地方）
اِجْتَمَعَ　（聚集）→ يَجْتَمِعُ → مُجْتَمَعٌ →被動名詞（聚集的地方→社會）

第五十六章　工具名詞 (اسْمُ الآلَةِ)

工具名詞是由動詞衍生，用以表示動作發生時所使用的工具。它是一個普通名詞。

工具名詞常見的型態

1 - مِفْعَلٌ 型，如：

صَعِدَ （登、昇）→ يَصْعَدُ → مِصْعَدٌ （登昇的工具→升降機）

قَصَّ （剪）→ يَقُصُّ → مِقَصٌّ （剪的工具→剪刀）

2 - مِفْعَلَةٌ 型，如：

كَنَسَ （掃）→ يَكْنُسُ → مِكْنَسَةٌ （掃的工具→掃帚）

طَرَقَ （鎚擊）→ يَطْرُقُ → مِطْرَقَةٌ （鎚擊的工具→鐵鎚）

3 - مِفْعَالٌ 型，如：

فَتَحَ （開）→ يَفْتَحُ → مِفْتَاحٌ （開的工具→鑰匙）

نَشَرَ （鋸）→ يَنْشُرُ → مِنْشَارٌ （鋸的工具→鋸子）

4 - فَعَّالَةٌ 型，如：

سَارَ （行走）→ يَسِيرُ → سَيَّارَةٌ （行走的工具→汽車）

طَارَ （飛）→ يَطِيرُ → طَيَّارَةٌ （飛的工具→飛機）

5 - فَاعُولٌ、فَاعُولَةٌ 型，如：

طَحَنَ （粉碎）→ يَطْحَنُ → طَاحُونٌ، طَاحُونَةٌ （粉碎的工具→製粉機）

6 - فَعَّالَةٌ 型，如：

غَسَلَ （洗）→ يَغْسِلُ → غَسَّالَةٌ （洗的工具→洗衣機）

سَمِعَ （聽）→ يَسْمَعُ → سَمَّاعَةٌ （聽的工具→耳機）

除了以上所列的工具名詞型態之外，還有很多的工具名詞是以其它型態出現，並沒有規則可循，學習者應該學一個記一個。如：

قَلَمٌ （筆），سِكِّينٌ （刀子），مُشْطٌ （梳子），مُنْخُلٌ （紗網），غِرْبَالٌ （濾網）
فَأسٌ （斧頭），صُنْدُوقٌ （箱子），إبْرِيقٌ （水壺），بُنْدُقِيَّةٌ （長槍）。

工具名詞是一個普通名詞，其用法與一般普通名詞一樣。

第五十七章　誇大名詞（اسْمُ الْمُبَالَغَةِ）

誇大名詞是由動詞衍生，表示誇大，誇張，專精，擅長的涵義。

常見誇大名詞的型式有下列幾種：

1 - فَعَّالٌ 型，如：

طَبَخَ （烹飪） → يَطْبُخُ → طَبَّاخٌ （專精烹飪的人→廚師）

حَلَقَ （刮臉） → يَحْلِقُ → حَلَّاقٌ （擅長刮臉的人→理髮師）

2 - فَعُولٌ 型，如：

غَفَرَ （寬恕） → يَغْفِرُ → غَفُورٌ （善於寬恕的人→恕人）

وَدَّ （喜歡） → يَوُدُّ → وَدُودٌ （討人喜歡的人→善人）

3 - فَعِيلٌ 型，如：

قَدَرَ （能） → يَقْدِرُ → قَدِيرٌ （善於能力的人→萬能者）

سَمِعَ （聽） → يَسْمَعُ → سَمِيعٌ （善於聽的人→順風耳）

除此之外，還有一些誇大名詞，是以不同型式出現，初學者也要學一個記一個。

如：

مِفْعَالٌ ： مِقْدَامٌ （勇士）

فَعِلٌ ： حَذِرٌ （謹慎者）

فِعِّيلٌ ： سِكِّيرٌ （醉漢）

مِفْعِيلٌ ： مِسْكِينٌ （可憐的人）

فَاعُولٌ ： جَاسُوسٌ （間諜）

誇大名詞的用法

1 - 當述語，如：

أخي هو طَبَّاخٌ. （我哥哥是廚師）

2 - 當形容詞，如：

زَارَنِي صَدِيقِي الطَّبَّاخُ . （我廚師朋友來看我）

3 - 當普通名詞，如：

هٰذَا الطَّبَّاخُ مَشْهُورٌ. （這位廚師很有名）

4 - 當狀況副詞，如：

صَدِيقِي يَعْمَلُ طَبَّاخًا . （我的朋友當廚師）

第五十八章　示小名詞 (اسْمُ التَّصْغِير)

阿拉伯文的名詞若想要把它示小，用以表示縮小或可愛涵義，可以用下列的型式：

1 - فُعَيْلٌ 型，適用於三個字母的名詞，如：

جَبَلٌ （山） → جُبَيْلٌ （小山）
بَحْرٌ （海） → بُحَيْرٌ （湖）
زَهْرٌ （花） → زُهَيْرٌ （小花）

2 - فُعَيْعِلٌ 型，適用於四個字母的名詞，如：

كِتَابٌ （書） → كُتَيِّبٌ （小冊子）
مَنْزِلٌ （住家） → مُنَيْزِلٌ （小住宅）
حَبِيبٌ （愛人） → حُبَيِّبٌ （小可愛）

3 - فُعَيْعِيلٌ 型，適用於五個字母的名詞，如：

مِفْتَاحٌ （鑰匙） → مُفَيْتِيحٌ （小鑰匙）
عُصْفُورٌ （麻雀） → عُصَيْفِيرٌ （小麻雀）
قِنْدِيلٌ （宮燈） → قُنَيْدِيلٌ （小宮燈）

4 - 沒有陰性字尾(ة) 的陰性三字母名詞，變為示小詞時，字尾要加陰性字尾(ة)，如：

عَيْنٌ （眼睛） → عُنَيْنَةٌ （小眼睛）
سِنٌّ （牙齒） → سُنَيْنَةٌ （小牙齒）
أذنٌ （耳朵） → أذَيْنَةٌ （小耳朵）

示小詞的用法跟普通名詞用法一樣。

附錄一　阿拉伯文星期與月份名稱

星期一：يَوْمُ الاثْنَيْن
星期二：يَوْمُ الثُّلاثَاء
星期三：يَوْمُ الأَرْبِعَاء
星期四：يَوْمُ الْخَمِيس
星期五：يَوْمُ الْجُمْعَةِ
星期六：يَوْمُ السَّبْتِ
星期日：يَوْمُ الأَحَدِ

月份	西元（敘利亞地區）	西元（埃及地區）	回曆
1	كَانُونُ الثَّانِي	يَنَايِرُ	الْمُحَرَّمُ
2	شُبَاطُ	فِبْرَايِرُ	صَفَرٌ
3	آذارُ	مَارِسُ	رَبِيعٌ الأَوَّلُ
4	نَيْسَانُ	إِبْرِيلُ	رَبِيعٌ الثَّانِي
5	أَيَّارُ	مَايُو	جُمَادَى الأُولَى
6	حُزَيْرَانُ	يُونِيُو	جُمَادَى الآخِرَةُ
7	تَمُّوزُ	يُولِيُو	رَجَبٌ
8	آبُ	أُغُسْطُسُ	شَعْبَانُ
9	أَيْلُولُ	سَبْتَمْبَرُ	رَمَضَانُ
10	تِشْرِينُ الأَوَّلُ	أُكْتُوبِرُ	شَوَّالٌ
11	تِشْرِينُ الثَّانِي	نُوفَمْبِرُ	ذُو الْقَعْدَةِ
12	كَانُونُ الأَوَّلُ	دِيسَمْبِرُ	ذُو الْحِجَّةِ

附錄二　阿拉伯國家名稱與首都

亞洲：

	國名全名		簡稱	首都
1 –	約旦	الْمَمْلَكَةُ الأُرْدُنِيَّةُ الْهَاشِمِيَّةُ	الأُرْدُنُّ	عَمَّانُ
2 –	聯合大公國	دَوْلَةُ الإمَارَاتِ الْعَرَبِيَّةِ الْمُتَحِّدَةِ	الإمَارَاتُ	أبُوظَبِي
3 –	巴林	مَمْلَكَةُ الْبَحْرَيْنِ	الْبَحْرَيْن	الْمَنَامَةُ
4 –	沙烏地阿拉伯	الْمَمْلَكَةُ الْعَرَبِيَّةُ السُّعُودِيَّةُ	السُّعُودِيَّةُ	الرِّيَاضُ
5 –	敘利亞	الْجُمْهُورِيَّةُ الْعَرَبِيَّةُ السُّورِيَّةُ	سُورِيَا	دِمَشْقُ
6 –	伊拉克	الْجُمْهُورِيَّةُ الْعِرَاقِيَّةُ	الْعِرَاقُ	بَغْدَادُ
7 –	阿曼	سُلْطَنَةُ عُمَانَ	عُمَانُ	مَسْقَطُ
8 –	巴勒斯坦	فِلَسْطِينُ	فَلَسْطِينُ	الْقُدْسُ
9 –	卡達	دَوْلَةُ قَطَرَ	قَطَرُ	الدَّوْحَةُ
10 –	科威特	دَوْلَةُ الْكُوَيْتِ	الْكُوَيْتُ	الْكُوَيْتُ
11 –	黎巴嫩	الْجُمْهُورِيَّةُ اللُّبْنَانِيَّةُ	لُبْنَانُ	بَيْرُوتُ
12 –	葉門	الْجُمْهُورِيَّةُ الْعَرَبِيَّةُ الْيَمَنِيَّةُ	الْيَمَنُ	صَنْعَاءُ

非洲

13 –	突尼西亞	الْجُمْهُورِيَّةُ التُّونُسِيَّةُ	تُونُسُ	تُونُسُ
14 –	阿爾及利亞	الْجُمْهُورِيَّةُ الْجَزَائِرِيَّةُ الدِّيمُقْرَاطِيَّةُ الشَّعْبِيَّةُ	الْجَزَائِرُ	الْجَزَائِرُ
15 –	吉浦地	جُمْهُورِيَّةُ جِيبُوتِي	جِيبُوتِي	جَيبُوتِي
16 –	蘇丹	جُمْهُورِيَّةُ السُّودَانِ الدِّيمُقْرَاطِيَّةُ	السُّودَانُ	الْخُرْطُومُ
17 –	索馬利亞	جُمْهُورِيَّةُ الصُّومَالِ الدِّيمُقْرَاطِيَّةُ	الصُّومَالُ	مَقْدِيشُو
18 –	利比亞	الْجَمَاهِيرِيَّةُ الْعَرَبِيَّةُ اللِّيبِيَّةُ الشَّعْبِيَّةُ الاشْتِرَاكِيَّةُ الْعُظْمَى	لِيبِيَا	طَرَابُلُسُ
19 –	埃及	جُمْهُورِيَّةُ مِصْرَ الْعَرَبِيَّةُ	مِصْرُ	الْقَاهِرَةُ
20 –	摩洛哥	الْمَمْلَكَةُ الْمَغْرِبِيَّةُ	الْمَغْرِبُ	الرَّبَاطُ
21 –	茅利塔尼亞	الْجُمْهُورِيَّةُ الْعَرَبِيَّةُ الْمُورِيتَانِيَّةُ	مُورِيتَانِيَا	نُواكْشُوطُ
22 –	葛摩共和國	الاتِّحَادُ الْقَمَرِيُّ	جُزُرُقَمَرُ	جُزُرَ قَمَرُ

附錄三　阿拉伯文句法總整理

阿拉伯文文法（اَلْقَوَاعِدُ）
- 句法（اَلنَّحْوُ）
- 字法（اَلصَّرْفُ）

字（اَلْكَلِمَةُ）
- 名詞（اَلاسْمُ）
- 動詞（اَلْفِعْلُ）
  - 過去式（اَلْفِعْلُ الْمَاضِي）
  - 現在式（اَلْفِعْلُ الْمُضَارِعُ）
  - 命令式（فِعْلُ الأَمْرِ）
- 虛詞（اَلْحَرْفُ）

阿拉伯文的格位（اَلإِعْرَابُ）

主格格位（اَلرَّفْعُ）：
- 單聚口音或雙聚口音（ـُ、ـٌ）
- 雙數名詞字尾的（ا）
- 陽性規則複數與五個特殊名詞的（و）
- 五個特殊動詞字尾的（ن）

受格格位（اَلنَّصْبُ）：
- 單開口音或雙開口音（ـَ、ـً）
- 雙數名詞字尾的（ي）
- 陽性規則複數與五個特殊名詞的（ي）
- 五個特殊名詞字尾的（ا）
- 五個特殊動詞字尾（ن）的省略
- 陰性規則複數的單裂口音或雙裂口音

屬格格位（اَلْجَرُّ）：
- 單裂口音或雙裂口音（ـِ、ـٍ）
- 雙數與陽性規則複數與五個特殊名詞字尾的（ي）。
- 不完全變化名詞字尾的單開口音

祈使格格位（اَلْجَزْمُ）：輕音（ـْ）
- 五個特殊動詞去字尾的（ن）
- 不健全動詞去字尾字母

五個特殊動詞：يَفْعَلانِ، تَفْعَلانِ، يَفْعَلُونَ، تَفْعَلُونَ، تَفْعَلِينَ

五個特殊名詞：أَخٌ، أَبٌ، حَمٌّ، فَمٌ، ذُو

名詞的格位

- 主格
  - 主語(الْمُبْتَدَأ)
  - 述語 (الْخَبَرُ)
  - 主詞(الْفَاعِلُ)
  - 代主詞 (نَائِبُ الْفَاعِلِ)
  - (كَانَ)及其同類字的主語(اِسْمُ كَانَ وَأَخَوَاتُهَا)
  - (إِنَّ)及其同類字的述語 (خَبَرُ إِنَّ وَأَخَوَاتُهَا)
- 受格
  - (كَانَ) 及其同類字的述語 (خَبَرُ كَانَ وَأَخَوَاتُهَا)
  - (إِنَّ)及其同類字的主語 (اِسْمُ إِنَّ وَأَخَوَاتُهَا)
  - 受詞 (الْمَفْعُولُ بِهِ)
  - 第二受詞 (الْمَفْعُولُ بِهِ الثاني)
  - 第三受詞 (الْمَفْعُولُ بِهِ الثالث)
  - 時間與地點副詞 (ظَرْفُ الزَّمَانِ وَظَرْفُ الْمَكَانِ)
  - 同源受詞 (الْمَفْعُولُ الْمُطْلَقُ)
  - 原因受詞 (الْمَفْعُولُ لَهُ ، المفعول لأجْلِهِ)
  - 伴同受詞 (الْمَفْعُولُ مَعَهُ)
  - 狀況副詞 (الْحَالُ)
  - 區分詞（識別詞） (التَّمْيِيزُ)
  - 被呼喚詞 (الْمُنَادَى)
  - 特指受詞 (الاخْتِصَاصُ)
- 屬格
  - 介系詞後面的名詞 (بعد حروف الجرّ)
  - 偏次名詞 (الْمُضَافُ إِلَيْهِ)
- 同格位
  - 形容詞(النَّعْتُ ، الصِّفَة)
  - 加強語氣 (التَّوْكِيدُ)
  - 同位語 (الْبَدَلُ)
  - 對等連接 (الْعَطْفُ)

字的尾音
- 變化尾音
  - 主格音標 (ُ、ٌ)
  - 受格音標 (َ、ً)
  - 屬格音標 (ِ、ٍ)
  - 祈使格音標 (ْ)
- 固定尾音
  - 開口音 (َ) → 名詞、虛詞、動詞過去與現在式
  - 裂口音 (ِ) → 名詞、虛詞
  - 聚口音 (ُ) → 名詞、虛詞、動詞現在式
  - 輕音 (ْ) → 名詞、虛詞、動詞過去命令現在式

名詞
- 變化尾音名詞 (المتمكّن)
  (الإعراب)
  - 完全變化尾音名詞 (المتمكّن الأمكن)
    (尾音接受 ُ、ٌ、َ、ً、ِ、ٍ)
  - 半變化尾音名詞 (المتمكّن غير الأمكن)
    (尾音只接受 َ、ُ) (الممنوع من الصرف)
  - 不變化尾音名詞 (المتمكّن المقدَّر)
- 固定尾音名詞 (غير المتمكّن)
  (البناء)
  - 開口音 (َ)
  - 裂口音 (ِ)
  - 聚口音 (ُ)
  - 輕音 (ْ)

動詞
- 變化尾音
  - 主格 (ُ)　　現在式 → 未受虛詞影響
  - 受格 (َ)　　現在式 → 受格虛詞影響
  - 祈使格 (ْ)　現在式 → 祈使格虛詞影響
- 固定尾音
  - 開口音 (َ)　過去式與現在式
  - 聚口音 (ُ)　現在式
  - 輕音 (ْ)　　過去式現在式與命令式

虛詞
- 變化尾音　無
- 固定尾音
  - 開口音 (َ)
  - 裂口音 (ِ)
  - 聚口音 (ُ)
  - 輕音 (ْ)

動詞固定尾音(بناء الفعل)

過去式動詞的固定尾音：

1) 固定於開口音(ـَ)
2) 固定於輕音 (ـْ)
3) 固定於聚口音 (ـُ)

現在式動詞的固定尾音

1) 固定於輕音 (ـْ)
2) 固定於開口音 (ـَ)

命令式動詞的固定尾音：

1) 固定於輕音 (ـْ)
2) 固定於省略字尾的(ن)
3) 固定於省略不健全動詞
4) 固定於開口音 (ـَ)

名詞固定尾音 (بناء الاسم)

1 - 人稱代名詞 (الضَّمِيرُ)
2 - 指示代名詞 (اسم الإشارة)
3 - 關係代名詞 (اسم الموصول)
4 - 疑問名詞 (اسم الاستفهام)
5 - 條件名詞 (اسم الشرط)
6 - 動作名詞 (اسم الأفعال)
7 - 複合名詞 (اسم المركّب)
8 - 被呼喚名詞 (المنَادَى)
9 - 種類否定名詞 (لا النافية للجنس)
10 - 其它名詞 (الأسماء المتفرّقة)

虛詞固定尾音 (بناء الحروف)

虛詞都是固定尾音的字，虛詞在句子中不佔任何文法格位。虛詞可分下列幾大類：

1 - 介系詞(حَرْفُ الْجَرِّ)
2 - 受格虛詞 (حَرْفُ النَّصْبِ)
3 - 動詞作用虛詞(الحَرْفُ المشبّه بالفعل)
4 - 祈使虛詞 (حَرْفُ الجَزْمِ)
5 - 連接虛詞 (حَرْفُ الْعَطْفِ)
6 - 疑問虛詞 (حَرْفُ الاستِفهام)
7 - 回答虛詞 (حَرْفُ الْجواب)
8 - 否定虛詞(حَرْفُ النَّفِي)
9 - 禁止虛詞 (حَرْفُ النَّهي)
10 - 強調虛詞(حَرْفُ التَّوْكِيدِ)
11 - 未來虛詞 (حَرْفُ التَّسْوِيس)
12 - 呼喚虛詞(حَرْفُ النِّدَاء)
13 - 除外虛詞 (حَرْفُ الاسْتِثْنَاءِ)
14 - 條件虛詞 (حَرْفُ الشَّرْطِ)
15 - 命令虛詞 (حَرْفُ الأمْرِ)
16 - 發誓虛詞 (حَرْفُ القَسَمِ)
17 - 起句虛詞 (حَرْفُ الاسْتِئْنَافِ)
18 - 期望虛詞 (حَرْفُ التَّرَجِّى)
19 - 願望虛詞 (حَرْفُ التَّمَنِّى)
20 - 原因虛詞 (حَرْفُ التَّعْلِيل)
21 - 催促虛詞(حَرْفُ التَّحْضِيض)
22- 表達虛詞 (حَرْفُ الْعَرْض)
23 - 突然虛詞 (حَرْفُ الْمُفَاجَأةِ)
24 - 比擬虛詞(حَرْفُ التَّشْبِيهِ)
25 - 解釋虛詞 (حَرْفُ التَّفْسِير)
26 - 提醒虛詞 (حَرْفُ التَّنْبِيهِ)
27 - 確指虛詞 (حَرْفُ التَّعْرِيفِ)
28- 人稱虛詞 (حَرْفُ الخِطابِ)
29- 區分虛詞 (حَرْفُ التَّفْرِقَةِ)
30 - 陰性虛詞 (حَرْفُ التَّأنِيثِ)
31- 保護虛詞 (حَرْفُ الْوِقَايَةِ)
32 - 修正虛詞 (حَرْفُ الاستِدْرَاكِ)
33 - 轉語虛詞 (حَرْفُ الإضْرَابِ)
34 - 選擇虛詞(حَرْفُ التَّخْيِير)
35 - 現在虛詞(حَرْفُ المضارعة)
36 - 字法虛詞(حَرْفُ التَّصْرِيفِ)
37 - 驚嘆虛詞(حَرْفُ التَّعَجُّبِ)
38 - 多餘虛詞 (الحَرْفُ الزَّائِدُ)
39 - لَيْسَ虛詞(الحَرْفُ المُشَبَّهُ بِلَيْسَ)
40 - 狀況虛詞(حَرْفُ وَاوُ الحَال)
41 - 伴同虛詞(حَرْفُ وَاوُ الْمَعِيَّةِ)

- 人稱代名詞
  - 分離人稱代名詞
    - 主格
    - 受格
  - 連寫人稱代名詞
    - 主格
    - 受格
    - 屬格
  - 隱藏人稱代名詞
    - 主格

- 人稱代名詞
  - 第一人稱
    - 單數
    - 複數
  - 第二人稱
    - 單數
      - 陽性
      - 陰性
    - 雙數
      - 陽性
      - 陰性
    - 複數
      - 陽性
      - 陰性
  - 第三人稱
    - 單數
      - 陽性
      - 陰性
    - 雙數
      - 陽性
      - 陰性
    - 複數
      - 陽性
      - 陰性

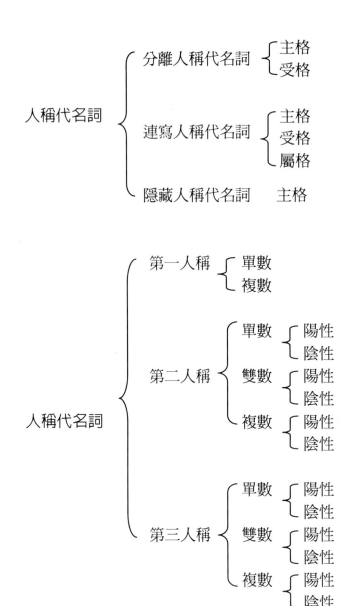

指示代名詞

1 - 指近距離的指示代名詞

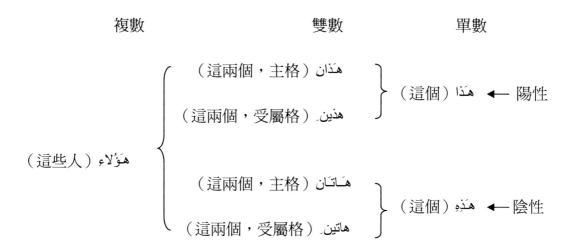

複數	雙數	單數	
（這些人）هَؤُلاءِ	（這兩個，主格）هَذان （這兩個，受屬格）هذينِ	（這個）هَذا	← 陽性
	（這兩個，主格）هَاتَان （這兩個，受屬格）هاتينِ	（這個）هَذِهِ	← 陰性

2 - 指遠距離的指示代名詞

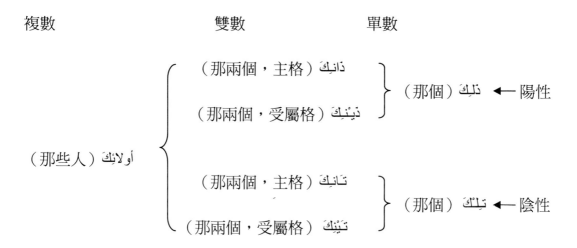

複數	雙數	單數	
（那些人）أولائِكَ	（那兩個，主格）ذَانِكَ （那兩個，受屬格）ذَيْنِكَ	（那個）ذَلِكَ	← 陽性
	（那兩個，主格）تَانِكَ （那兩個，受屬格）تَيْنِكَ	（那個）تِلْكَ	← 陰性

名詞的性
陰性　女人名字：زَيْنَبُ
國家名稱：الصِّينُ
城市名稱：دُبَيْ
身體上成雙的器官：عَيْنٌ
字尾為（ ة ـة ）：صُورَة، جَمِيلَة
字尾為（ ى ）：جَوْعَى
字尾為（ اء ）：صَحْرَاءُ
非理性名詞的複數：كُتُبٌ
其它常被視為陰性名詞：نَارٌ
陰陽性通用名詞：سُوقٌ

陽性　非上述所指的名詞

- 名詞的數
  - 單數
    - 陽性：
      - 主格：كِتَابٌ
      - 受格：كِتَابًا
      - 屬格：كِتَابٍ
    - 陰性：
      - 主格：صُورَةٌ
      - 受格：صُورَةً
      - 屬格：صُورَةٍ
  - 雙數
    - 陽性：
      - 主格：كِتَابَانِ
      - 受、屬格：كِتَابَيْنِ
    - 陰性：
      - 主格：صُورَتَانِ
      - 受、屬格：صُورَتَيْنِ
  - 複數
    - 陽性規則複數：
      - 主格：مُوَظَّفُونَ
      - 受、屬格：مُوَظَّفِينَ
    - 陰性規則複數：
      - 主格：مُوَظَّفَاتٌ
      - 受格屬格：مُوَظَّفَاتٍ
    - 不規則複數：
      - 主格：كُتُبٌ
      - 受格：كُتُبًا
      - 屬格：كُتُبٍ

- 名詞
  - 健全名詞　：　字尾沒有 (ي ، و ، ى ، ا)
  - 不健全名詞：
    - 字尾有(ي ، و ، ى ، ا)
    - 缺尾名詞：قَاضٍ
    - 節尾名詞：فَتًى ، عَصًا
    - 延尾名詞：صَحْرَاءُ ، أَصْدِقَاءُ

- 名詞
  - 確定（確指）名詞：
    - 加上冠詞的名詞 (اسم التعريف بال)
    - 偏次為確定的名詞 (مضاف إلى المعرفة)
    - 專有名詞 (اسم العَلَم)
    - 人稱代名詞 (الضَّمِيرُ)
    - 指示代名詞(اسم الإشَارة)
    - 關係代名詞 (اسم المَوْصُول)
    - 被呼喚名詞(المُنَادَى)
  - 非確定（泛指）名詞：非上述所指的名詞

形容詞 (الصفة)

與被形容的名詞性、數、格位、確定與否要一致

可當形容詞的名詞：

- 主動名詞 (اسم الفاعل)
- 被動名詞 (اسم المفعول)
- 形容詞型態的名詞 (الصفة المشبَّهة)
- 比較級名詞 (اسْمُ التَّفْضِيل)
- 關係代名詞 (اسم الموصول)
- 置於被指示後面的指示代名詞 (اسم الإشَارَة)
- 置於被數名詞後面的數詞 (الْعَدَدُ)
- 從屬名詞 (الاسم المنسوب)

可以當形容詞的句子：

- 名詞句 (الْجُمْلَةُ الاسْمِيَّة)
- 動詞句 (الْجُمْلَة الفِعْلَيَّة)
- 介系詞子句(شِبْهُ الْجُمْلَةِ - جارٌّ مَجْرُورٌ)
- 地點副詞子句 (شِبْهُ الْجُمْلَةِ - ظرْفُ مَكَانٍ)

句子

- 名詞句(الجملة الاسميّة)：以名詞開頭的句子，由起語與述語構成
- 動詞句(الجملة الفعليّة)：以動詞開頭的句子，由動詞+主詞（+ 受詞）構成

數字
{
基數　個位數若是 1 或 2，數詞與被數名詞性相同。
　　　個位數 3 以後，數詞與被數名詞單數形態的性相反。
　　　數詞 3-10　　　→　被數名詞複數屬格(―)。
　　　數詞 11-99　　 →　被數名詞單數受格(´―)。
　　　數詞成百千萬… 被數名詞單數屬格(―)。
　　　11-19　　　　　→　複合字，尾音固定於開口音。
　　　20-90 整數　　 →　陰陽性同形。
　　　300-900　　　　→　正偏組合複合字。

序數　跟形容詞用法相同。
　　　第 11～第 19 →複合字，尾音固定於開口音。

關係代名詞(الاسْمُ الْمَوْصُولُ)

專用關係代名詞
通用關係代名詞

專用關係代名詞

陽性

單數	雙數	複數
(الَّذِي)	(اللَّذَانِ)主格	(الَّذِينَ)
	(اللَّذَيْنِ)受格與屬格	

陰性

單數	雙數	複數
(الَّتِي)	(اللَّتَانِ)主格	(اللاَّتِي ، اللَّوَاتِي)
	(اللَّتَيْنِ) 受格與屬格	

通用關係代名詞
(مَا ، مَنْ)

受詞(المفعول بِهِ)

1 - 一般名詞當受詞。
2 - 人稱代名詞當受詞。
3 - 指示代名詞當受詞。
4 - 關係代名詞當受詞。
5 - 句子當受詞。
6 - 表示給予、認為、相信、知道、發現、使得、變為、當作等意思的字，可以接受兩個受詞，即第一受詞、第二受詞。
7 - 下列七個動詞可以接三個受詞：
    1) أرَى （告訴）。
    2) أعْلَمَ （告訴）
    3) أنْبَأ （告訴）。
    4) نَبَّأ （告訴）。
    5) أخْبَرَ （告訴）。
    6) خَبَّرَ （告訴）。
    7) حَدَّث （告訴）。

同源受詞 (المفعول المطلق)

1 - 用以加強動詞的語氣。
2 - 用以表示動詞動作的種類。
3 - 用以表示動詞動作發生次數

狀況副詞 (الحال)
1 - 主動名詞當狀況副詞
2 - 被動名詞當狀況副詞
3 - 類似主動名詞當狀況副詞

狀況副詞的種類：

單字
1 - 主動名詞
2 - 被動名詞
3 - 類似主動名詞
4 - 從屬名詞
5 - 一般名詞

子句
1 - 介系詞子句當狀況副詞
2 - 地點名詞的正偏組合子句

句子
1 - 名詞句當狀況副詞
2 - 動詞句當狀況副詞

區分副詞 (التَّمْيِيزُ)
1 - 說明句子的區分副詞。
2 - 說明單字的區分副詞。
3 - 說明度量衡的區分副詞。
4 - 用以說明數字
A- 數字 3 ～10 後面的（被數名詞）區分副詞為複數屬格格位。
B- 數字 11 ～99 後面（被數名詞）的區分副詞為單數受格格位。
C- 數字為百、千、萬、百萬、億、十億等整數後面（被數名詞）的區分副詞為單數屬格格位。

同位語 (البَدَلُ)
同位語有三種：
完全同位語(البدل المطابق ، بدل الكل من الكل) 與本位語是完全同一個實體的同位語
部份同位語(بدل البعض من الكل) 同位語只是原位語的一部份
內含同位語(بدل الاشْتِمَال) 同位語只是說明本位語的屬性或現象

加強語氣詞 (التَّوْكِيدُ)
一為意義加強語氣 (التوكيد المَعْنَوِيُّ)。
二為字面加強語氣 (التوكيدُ اللَّفْظِيُّ)。

對等連接詞（الْعَطْفُ）
阿拉伯文常用的對等連接虛詞有下列九個：
حتى ، لكن ، بل ، لا ن أم ، ثم ، ف ، و

كَانَ 及其同類字（كَانَ وَأخَوَاتُهَا）
ليس ، ما دام ، ما فتئ ، ما أنفكّ ، ما برح ، ما زال ، ظلّ ، بات أمسَى ، أضحى ، أصبح ، صار ، كان

كَادَ 及其同類字（كَادَ وَأخَوَاتُهَا）
كَادَ (يَكَادُ) ، أوْشَكَ (يُوشِكُ) ، كَرَبَ
اِخْلَوْلَقَ ، حَرَى ، عَسَى

إنَّ 及其同類字（إنَّ وَأخَوَاتُهَا）
لَيْتَ ، لَعَلَّ ، كَأنَّ ، لَكِنَّ ، أنَّ ، إنَّ

介系詞（أحْرُفَ الجَرِّ）

常用阿拉伯文的介系詞有：
مِنْ ، إلى ، عَنْ ، عَلَى ، فِي ، رُبَّ ، كَ ، بِ ، لِ ، حَتَّى ،مُذْ ، مُنْذُ .

受格虛詞(حرف النصب)
أنْ ، لَنْ ، كَيْ ، لِ ، لِكَيْ ، إذنْ ، حَتَّى ، لَ ، فَ ،أوْ ، وَ

祈使格虛詞（حرف الجزم）
لَمْ ، لَمَّا ، لِ (لامُ الأمْر) ، لا (لا النَّاهِيَةِ)
إنْ ، مَنْ ، مَا ، مَهْمَا ، مَتَى ، أيَّانَ ، إذمَا ، أيْنَ ، أنَّى ، حَيْثُمَا ، كَيْفَمَا ، أيٌّ

被呼喚詞（الْمُنَادَى）

常用的呼喚虛詞：يا ، أ ، أيْ ، أيَا ، هَيَا

驚嘆語氣（التَّعَجُّبُ）
(مَا أفْعَلَ ، أفْعِلْ بِـ)

除外句型（أسْلُوبُ الاسْتِثْنَاء）
除外虛詞：(إلاَّ)
除外名詞：سِوَى ، غَيْرٌ
除外動詞：مَا حَاشَا ، مَا خَلا ، مَا عَدَا

主動名詞 (اسم الفاعِل)

فَعل → فَاعِلٌ

被動名詞 (اسم المفعول)

فعل → مَفْعُولٌ

半主動名詞 (الصِّفَةُ الْمُشَبَّهَةُ)

1 - فَعِيلٌ

2 - فَعَلٌ

3 - فَعِلٌ

4 - فَعْلٌ

5 - فُعْلٌ

6 - فُعَالٌ

7 - فَعَالٌ

8 - فَيْعِلٌ

9 - فَعْلأنُ

10 - أفْعَلُ

比較級名詞 (اسْمُ التَّفْضِيل)

(أفْعَلُ)

時空名詞 (اِسْمُ الزَّمَان وَاسْمُ الْمَكَان)

1 - مَفْعَلٌ

2 - مَفْعَلَةٌ

3 - مَفْعِلٌ

工具名詞(اسْمُ الآلَةِ)

1 - مِفْعَل

2 - مِفْعَلَة

3 - مِفْعَالٌ

4 - فَعَّالَةٌ

5 - فَاعُولَةٌ ، فَاعُولٌ

6 - فَعَّالَةٌ

誇大名詞 (اسْمُ الْمُبَالَغَةِ)

1 - فَعَّالٌ

2 - فَعُولٌ

3 - فَعِيلٌ

示小名詞 (اسْمُ التَّصْغِير)

1 - فُعَيْلٌ

2 - فُعَيْعَلٌ

3 - فُعَيْعِيلٌ

句子的文法地位 (إعْرَابُ الْجُمْلَةِ)

有文法地位的句子(الجملة التي لها محلّ من الإعراب)

1) 主格地位子句
2) 受格地位子句
3) 屬格地位子句
4) 祈使格地位子句
5) 同格地位子句

沒有文法地位的句子(الجملة التي لا محلّ لها من الإعراب)

1) 起始句 (الجملة الابتدائية)
2) 另起句 (الجملة الاسْتِئْنَافِيَّة)
3) 插入子句(الجملة المُعْتَرَضَة)
4) 解釋子句(الجملة التفسيريَّة)
5) 關係子句(جملة الصِّلَةِ)
6) 動名詞子句(الجملة المصدريّة)
7) 誓句的回答子句(جملة جواب القَسَم)
8) 呼喚句的回答子句(جملة جواب النِدَاء)
9) 非祈使格虛詞的回答子句(الجملة الواقعة جوابا لشرط غير جازم)
10) 沒有(ف)引領的祈使格虛詞回答子句
11) 沒有文法地位的同格子句 (الجملة التابعة لجملة لا محل لها من الإعراب)

附錄四　動詞變化

第 I 式健全動詞變化表

動名詞	命令式	現在式		過去式		式別
		被動	主動	被動	主動	
	اِفْعَلْ	يُفْعَلُ	يَفْعَلُ	فُعِلَ		
	اِفْعِلْ	يُفْعَلُ	يَفْعِلُ		فَعَلَ	
不規則	اُفْعُلْ	يُفْعَلُ	يَفْعُلُ			I
	اِفْعَلْ	يُفْعَلُ	يَفْعَلُ	فُعِلَ	فَعِلَ	
	اِفْعِلْ	يُفْعَلُ	يَفْعِلُ			
	اُفْعُلْ	يُفْعَلُ	يَفْعُلُ	فُعِلَ	فَعُلَ	

第 I 式 (فَعَلَ)健全動詞與人稱代名詞變化

名詞		現在式	過去式	命令式	現在式	過去式	人稱
被動	主動	被動	被動		主動	主動	
مَفْعُولٌ	فَاعِلٌ	يُفْعَلُ	فُعِلَ		يَفْعَلُ	فَعَلَ	هُوَ
		يُفْعَلانِ	فُعِلا		يَفْعَلانِ	فَعَلا	هُمَا
		يُفْعَلُونَ	فُعِلُوا		يَفْعَلُونَ	فَعَلُوا	هُمْ
		تُفْعَلُ	فُعِلَتْ		تَفْعَلُ	فَعَلَتْ	هِيَ
		تُفْعَلانِ	فُعِلَتَا		تَفْعَلانِ	فَعَلَتَا	هُمَا
		يُفْعَلْنَ	فُعِلْنَ		يَفْعَلْنَ	فَعَلْنَ	هُنَّ
		تُفْعَلُ	فُعِلْتَ	اِفْعَلْ	تَفْعَلُ	فَعَلْتَ	أَنْتَ
		تُفْعَلانِ	فُعِلْتُمَا	اِفْعَلا	تَفْعَلانِ	فَعَلْتُمَا	أَنْتُمَا
		تُفْعَلُونَ	فُعِلْتُمْ	اِفْعَلُوا	تَفْعَلُونَ	فَعَلْتُمْ	أَنْتُمْ
		تُفْعَلِينَ	فُعِلْتِ	اِفْعَلِي	تَفْعَلِينَ	فَعَلْتِ	أَنْتِ
		تُفْعَلانِ	فُعِلْتُمَا	اِفْعَلا	تَفْعَلانِ	فَعَلْتُمَا	أَنْتُمَا
		تُفْعَلْنَ	فُعِلْتُنَّ	اِفْعَلْنَ	تَفْعَلُونَ	فَعَلْتُنَّ	أَنْتُنَّ
		أُفْعَلُ	فُعِلْتُ		أَفْعَلُ	فَعَلْتُ	أَنَا
		نُفْعَلُ	فُعِلْنَا		نَفْعَلُ	فَعَلْنَا	نَحْنُ

第Ⅰ式　疊音動詞與人稱代名詞變化參考表

以(مَدَّ)(延伸)為例

名詞		現在式	過去式	命令式	現在式	過去式	人稱
被動	主動	被動	被動		主動	主動	
مَمْدُودٌ	مَادٌّ	يُمَدُّ	مُدَّ		يَمُدُّ	مَدَّ	هُوَ
		يُمَدَّانِ	مُدّا		يَمُدَّانِ	مَدَّا	هُمَا
		يُمَدُّونَ	مُدُّوا		يَمُدُّونَ	مَدُّوا	هُمْ
		تُمَدُّ	مُدَّتْ		تَمُدُّ	مَدَّتْ	هِيَ
		تُمَدَّانِ	مُدَّتَا		تَمُدَّانِ	مَدَّتَا	هُمَا
		يُمْدَدْنَ	مُدِدْنَ		يَمْدُدْنَ	مَدَدْنَ	هُنَّ
		تُمَدُّ	مُدِدْتَ	مُدَّ	تَمُدُّ	مَدَدْتَ	أنْتَ
		تُمَدَّانِ	مُدِدْتُمَا	مُدَّا	تَمُدَّانِ	مَدَدْتُمَا	أنْتُمَا
		تُمَدُّون	مُدِدْتُمْ	مُدُّوا	تَمُدُّونَ	مَدَدْتُمْ	أنْتُمْ
		تُمَدِّينَ	مُدِدْتِ	مُدِّي	تَمُدِّينَ	مَدَدْتِ	أنْتِ
		تُمَدَّانِ	مُدِدْتُمَا	مُدَّا	تَمُدَّانِ	مَدَدْتُمَا	أنْتُمَا
		تُمْدَدْنَ	مُدِدْتُنَّ	اُمْدُدْنَ	تَمْدُدْنَ	مَدَدْتُنَّ	أنْتُنَّ
		أُمَدُّ	مُدِدْتُ		أمُدُّ	مَدَدْتُ	أنَا
		نُمَدُّ	مُدِدْنَا		نَمُدُّ	مَدَدْنَا	نَحْنُ

注意：

疊音動詞有下列五種型態：

فَعَلَ → يَفْعِلُ 如：فَرَّ → هُنَّ → فَرَرْنَ ، يَفْرِرْنَ

فَعَلَ → يَفْعَلُ 如：عَضَّ → هُنَّ → عَضَضْنَ ، يَعْضَضْنَ

فَعَلَ → يَفْعُلُ 如：سَرَّ → هُنَّ → سَرَرْنَ ، يَسْرُرْنَ

فَعِلَ → يَفْعَلُ 如：مَلَّ → هُنَّ → مَلِلْنَ ، يَمْلَلْنَ

فَعُلَ → يَفْعُلُ 如：حَبَّ → هُنَّ → حَبُبْنَ ، يَحْبُبْنَ

第 I 式 字首همزة動詞與人稱代名詞變化參考表

以(أَسَرَ)(囚禁)為例

名詞		現在式	過去式	命令式	現在式	過去式	人稱
被動	主動	被動	被動		主動	主動	
مَأْسُورٌ	آسِرٌ	يُؤْسَرُ	أُسِرَ		يَأْسِرُ	أَسَرَ	هُوَ
		يُؤْسَرَانِ	أُسِرَا		يَأْسِرَانِ	أَسَرَا	هُمَا
		يُؤْسَرُونَ	أُسِرُوا		يَأْسِرُونَ	أَسَرُوا	هُمْ
		تُؤْسَرُ	أُسِرَتْ		تَأْسِرُ	أَسَرَتْ	هِيَ
		تُؤْسَرَانِ	أُسِرَتَا		تَأْسِرَانِ	أَسَرَتَا	هُمَا
		يُؤْسَرْنَ	أُسِرْنَ		يَأْسِرْنَ	أَسَرْنَ	هُنَّ
		تُؤْسَرُ	أُسِرْتَ	اِئْسِرْ	تَأْسِرُ	أَسَرْتَ	أَنْتَ
		تُؤْسَرَانِ	أُسِرْتُمَا	اِئْسِرَا	تَأْسِرَانِ	أَسَرْتُمَا	أَنْتُمَا
		تُؤْسَرُونَ	أُسِرْتُمْ	اِئْسِرُوا	تَأْسِرُونَ	أَسَرْتُمْ	أَنْتُمْ
		تُؤْسَرِينَ	أُسِرْتِ	اِئْسِرِي	تَأْسِرِينَ	أَسَرْتِ	أَنْتِ
		تُؤْسَرَانِ	أُسِرْتُمَا	اِئْسِرَا	تَأْسِرَانِ	أَسَرْتُمَا	أَنْتُمَا
		تُؤْسَرْنَ	أُسِرْتُنَّ	اِئْسِرْنَ	تَأْسِرْنَ	أَسَرْتُنَّ	أَنْتُنَّ
		أُؤْسَرُ	أُسِرْتُ		آسِرُ	أَسَرْتُ	أَنَا
		نُؤْسَرُ	أُسِرْنَا		نَأْسِرُ	أَسَرْنَا	نَحْنُ

注意：

1 - أَكَلَ 的命令式是(كُلْ)，أَخَذَ 的命令式是(خُذْ) 。

2 - 字首همزة 的動詞有下列五種型態：

فَعَلَ → يَفْعَلُ 如：أَهَبَ → يَأْهَبُ

فَعَلَ → يَفْعِلُ 如：أَسَرَ → يَأْسِرُ

فَعَلَ → يَفْعُلُ 如：أَكَلَ → يَأْكُلُ

فَعِلَ → يَفْعَلُ 如：أَمِنَ → يَأْمَنُ

فَعُلَ → يَفْعُلُ 如：أَسُلَ → يَأْسُلُ

第 1 式　字中همزة動詞與人稱代名詞變化參考表
以(سَأَلَ)(問)為例

名詞		現在式	過去式	命令式	現在式	過去式	人稱
被動	主動	被動	被動		主動	主動	
مَسْؤُولٌ	سَائِلٌ	يُسْأَلُ	سُئِلَ		يَسْأَلُ	سَأَلَ	هُوَ
		يُسْأَلانِ	سُئِلا		يَسْأَلانِ	سَأَلا	هُمَا
		يُسْأَلُونَ	سُئِلُوا		يَسْأَلُونَ	سَأَلُوا	هُمْ
		تُسْأَلُ	سُئِلَتْ		تَسْأَلُ	سَأَلَتْ	هِيَ
		تُسْأَلانِ	سُئِلَتَا		تَسْأَلانِ	سَأَلَتَا	هُمَا
		يُسْأَلْنَ	سُئِلْنَ		يَسْأَلْنَ	سَأَلْنَ	هُنَّ
		تُسْأَلُ	سُئِلْتَ	إِسْأَلْ	تَسْأَلُ	سَأَلْتَ	أَنْتَ
		تُسْأَلانِ	سُئِلْتُمَا	إِسْأَلا	تَسْأَلانِ	سَأَلْتُمَا	أَنْتُمَا
		تُسْأَلُون	سُئِلْتُمْ	إِسْأَلُوا	تَسْأَلُونَ	سَأَلْتُمْ	أَنْتُمْ
		تُسْأَلِينَ	سُئِلْتِ	إِسْأَلِي	تَسْأَلِينَ	سَأَلْتِ	أَنْتِ
		تُسْأَلانِ	سُئِلْتُمَا	إِسْأَلا	تَسْأَلانِ	سَأَلْتُمَا	أَنْتُمَا
		تُسْأَلْنَ	سُئِلْتُنَّ	إِسْأَلْنَ	تَسْأَلْنَ	سَأَلْتُنَّ	أَنْتُنَّ
		أُسْأَلُ	سُئِلْتُ		أَسْأَلُ	سَأَلْتُ	أَنَا
		نُسْأَلُ	سُئِلْنَا		نَسْأَلُ	سَأَلْنَا	نَحْنُ

注意：

字首همزة 的動詞有下列四種型態：

فَعَلَ　→　يَفْعَلُ 如：سَأَلَ　→　يَسْأَلُ

فَعَلَ　→　يَفْعِلُ 如：وَأَى　→　يَئِي

فَعِلَ　→　يَفْعَلُ 如：سَئِمَ　→　يَسْأَمُ

فَعُلَ　→　يَفْعُلُ 如：لَؤُمَ　→　يَلْؤُمُ

第１式　字尾همزة動詞與人稱代名詞變化參考表

以(قَرَأَ)(唸書)為例

名詞		現在式	過去式	命令式	現在式	過去式	人稱
被動	主動	被動	被動		主動	主動	
مَقْرُوءٌ	قَارِئٌ	يُقْرَأُ	قُرِئَ		يَقْرَأُ	قَرَأَ	هُوَ
		يُقْرَآنِ	قُرِئَا		يَقْرَآنِ	قَرَآ	هُمَا
		يُقْرَؤُونَ	قُرِئُوا		يَقْرَؤُونَ	قَرَؤُوا	هُمْ
		تُقْرَأُ	قُرِئَتْ		تَقْرَأُ	قَرَأَتْ	هِيَ
		تُقْرَآنِ	قُرِئَتَا		تَقْرَآنِ	قَرَأَتَا	هُمَا
		يُقْرَأْنَ	قُرِئْنَ		يَقْرَأْنَ	قَرَأْنَ	هُنَّ
		تُقْرَأُ	قُرِئْتَ	إقْرَأْ	تَقْرَأُ	قَرَأْتَ	أَنْتَ
		تُقْرَآنِ	قُرِئْتُمَا	إقْرَآ	تَقْرَآنِ	قَرَأْتُمَا	أَنْتُمَا
		تُقْرَؤُونَ	قُرِئْتُمْ	إقْرَؤُوا	تَقْرَؤُونَ	قَرَأْتُمْ	أَنْتُمْ
		تُقْرَئِينَ	قُرِئْتِ	إقْرَئِي	تَقْرَئِينَ	قَرَأْتِ	أَنْتِ
		تُقْرَآنِ	قُرِئْتُمَا	إقْرَآ	تَقْرَآنِ	قَرَأْتُمَا	أَنْتُمَا
		تُقْرَأْنَ	قُرِئْتُنَّ	إقْرَأْنَ	تَقْرَأْنَ	قَرَأْتُنَّ	أَنْتُنَّ
		أُقْرَأُ	قُرِئْتُ		أَقْرَأُ	قَرَأْتُ	أَنَا
		نُقْرَأُ	قُرِئْنَا		نَقْرَأُ	قَرَأْنَا	نَحْنُ

注意：

　　字尾همزة 的動詞有下列五種型態：

　　　　فَعَلَ　→　يَفْعَلُ 　如：قَرَأَ　→　يَقْرَأُ

　　　　فَعَلَ　→　يَفْعِلُ 　如：هَنَأَ　→　يَهْنِئُ

　　　　فَعَلَ　→　يَفْعُلُ 　如：بَرَأَ　→　يَبْرُؤُ

　　　　فَعِلَ　→　يَفْعَلُ 　如：صَدِئَ　→　يَصْدَأُ

　　　　فَعُلَ　→　يَفْعُلُ 　如：جَرُؤَ　→　يَجْرُؤُ

第 I 式　字首為(و)動詞與人稱代名詞變化參考表 以(وَضَعَ)(放)為例

名詞		現在式	過去式	命令式	現在式	過去式	人稱
被動	主動	被動	被動		主動	主動	
مَوْضُوعٌ	وَاضِعٌ	يُوضَعُ	وُضِعَ		يَضَعُ	وَضَعَ	هُوَ
		يُوضَعَانِ	وُضِعَا		يَضَعَانِ	وَضَعَا	هُمَا
		يُوضَعُونَ	وُضِعُوا		يَضَعُونَ	وَضَعُوا	هُمْ
		تُوضَعُ	وُضِعَتْ		تَضَعُ	وَضَعَتْ	هِيَ
		تُوضَعَانِ	وُضِعَتَا		تَضَعَانِ	وَضَعَتَا	هُمَا
		يُوضَعْنَ	وُضِعْنَ		يَضَعْنَ	وَضَعْنَ	هُنَّ
		تُوضَعُ	وُضِعْتَ	ضَعْ	تَضَعُ	وَضَعْتَ	أَنْتَ
		تُوضَعَانِ	وُضِعْتُمَا	ضَعَا	تَضَعَانِ	وَضَعْتُمَا	أَنْتُمَا
		تُوضَعُونَ	وُضِعْتُمْ	ضَعُوا	تَضَعُونَ	وَضَعْتُمْ	أَنْتُمْ
		تُوضَعِينَ	وُضِعْتِ	ضَعِي	تَضَعِينَ	وَضَعْتِ	أَنْتِ
		تُوضَعَانِ	وُضِعْتُمَا	ضَعَا	تَضَعَانِ	وَضَعْتُمَا	أَنْتُمَا
		تُوضَعْنَ	وُضِعْتُنَّ	ضَعْنَ	تَضَعْنَ	وَضَعْتُنَّ	أَنْتُنَّ
		أُوضَعُ	وُضِعْتُ		أَضَعُ	وَضَعْتُ	أَنَا
		نُوضَعُ	وُضِعْنَا		نَضَعُ	وَضَعْنَا	نَحْنُ

注意：

字首為(و)的動詞有下列五種型態：

فَعَلَ → يَفْعَلُ 如：وَضَعَ → يَضَعُ

فَعَلَ → يَفْعِلُ 如：وَعَدَ → يَعِدُ

فَعِلَ → يَفْعَلُ 如：وَطِئَ → يَطَأُ

فَعِلَ → يَفْعِلُ 如：وَرِثَ → يَرِثُ

فَعُلَ → يَفْعُلُ 如：وَسُمَ → يَوْسُمُ

第Ⅰ式　字首為(ي)動詞與人稱代名詞變化參考表
以(يَسَرَ)(容易)為例

名詞		現在式	過去式	命令式	現在式	過去式	人稱
被動	主動	被動	被動		主動	主動	
مَيْسُورٌ	يَاسِرٌ	يُوسَرُ	يُسِرَ		يَيْسَرُ	يَسَرَ	هُوَ
		يُوسَرَانِ	يُسِرَا		يَيْسَرَانِ	يَسَرَا	هُمَا
		يُوسَرُونَ	يُسِرُوا		يَيْسَرُونَ	يَسَرُوا	هُمْ
		تُوسَرُ	يُسِرَتْ		تَيْسَرُ	يَسَرَتْ	هِيَ
		تُوسَرَانِ	يُسِرَتَا		تَيْسَرَانِ	يَسَرَتَا	هُمَا
		يُوسَرْنَ	يُسِرْنَ		يَيْسَرْنَ	يَسَرْنَ	هُنَّ
		تُوسَرُ	يُسِرْتَ	اِيسَرْ	تَيْسَرُ	يَسَرْتَ	أَنْتَ
		تُوسَرَانِ	يُسِرْتُمَا	اِيسَرَا	تَيْسَرَانِ	يَسَرْتُمَا	أَنْتُمَا
		تُوسَرُونَ	يُسِرْتُمْ	اِيسَرُوا	تَيْسَرُونَ	يَسَرْتُمْ	أَنْتُمْ
		تُوسَرِينَ	يُسِرْتِ	اِيسَرِي	تَيْسَرِينَ	يَسَرْتِ	أَنْتِ
		تُوسَرَانِ	يُسِرْتُمَا	اِيسَرَا	تَيْسَرَانِ	يَسَرْتُمَا	أَنْتُمَا
		تُوسَرْنَ	يُسِرْتُنَّ	اِيسَرْنَ	تَيْسَرْنَ	يَسَرْتُنَّ	أَنْتُنَّ
		أُوسَرُ	يُسِرْتُ		أَيْسَرُ	يَسَرْتُ	أَنَا
		نُوسَرُ	يُسِرْنَا		نَيْسَرُ	يَسَرْنَا	نَحْنُ

注意：

字首為(ي)的動詞有下列五種型態：

فَعَلَ → يَفْعَلُ 如：يَفَعَ → يَيْفَعُ
فَعَلَ → يَفْعُلُ 如：يَمَنَ → يَمْمُنُ
فَعِلَ → يَفْعَلُ 如：يَقِظَ → يَيْقَظُ
فَعِلَ → يَفْعِلُ 如：يَبِسَ → يَيْبِسُ
فَعُلَ → يَفْعُلُ 如：يَتُمَ → يَيْتُمُ

第 I 式　字中為，(ا)現在式為(و)動詞與人稱代名詞變化參考表
以(قَالَ – يَقُولُ)(說)為例

名詞		現在式	過去式	命令式	現在式	過去式	人稱
被動	主動	被動	被動		主動	主動	
مَقُولٌ	قَائِلٌ	يُقَالُ	قِيلَ		يَقُولُ	قَالَ	هُوَ
		يُقَالانِ	قِيلا		يَقُولانِ	قَالا	هُمَا
		يُقَالُونَ	قِيلُوا		يَقُولُونَ	قَالُوا	هُمْ
		تُقَالُ	قِيلَتْ		تَقُولُ	قَالَتْ	هِيَ
		تُقَالانِ	قِيلَتَا		تَقُولانِ	قَالَتَا	هُمَا
		يُقَلْنَ	قِلْنَ		يَقُلْنَ	قُلْنَ	هُنَّ
		تُقَالُ	قِلْتَ	قُلْ	تَقُولُ	قُلْتَ	أَنْتَ
		تُقَالانِ	قِلْتُمَا	قُولا	تَقُولانِ	قُلْتُمَا	أَنْتُمَا
		تُقَالُونَ	قِلْتُمْ	قُولُوا	تَقُولُونَ	قُلْتُمْ	أَنْتُمْ
		تُقَالِينَ	قِلْتِ	قُولِي	تَقُولِينَ	قُلْتِ	أَنْتِ
		تُقَالانِ	قِلْتُمَا	قُولا	تَقُولانِ	قُلْتُمَا	أَنْتُمَا
		تُقَلْنَ	قِلْتُنَّ	قُلْنَ	تَقُلْنَ	قُلْتُنَّ	أَنْتُنَّ
		أُقَالُ	قِلْتُ		أَقُولُ	قُلْتُ	أَنَا
		نُقَالُ	قِلْنَا		نَقُولُ	قُلْنَا	نَحْنُ

第 I 式　字中為，(ا)現在式為(ي)動詞與人稱代名詞變化參考表 以(بَاعَ – يَبِيعُ)(賣)為例

名詞		現在式	過去式	命令式	現在式	過去式	人稱
被動	主動	被動	被動		主動	主動	
مَبِيعٌ	بَائِعٌ	يُبَاعُ	بِيعَ		يَبِيعُ	بَاعَ	هُوَ
		يُبَاعَانِ	بِيعَا		يَبِيعَانِ	بَاعَا	هُمَا
		يُبَاعُونَ	بِيعُوا		يَبِيعُونَ	بَاعُوا	هُمْ
		تُبَاعُ	بِيعَتْ		تَبِيعُ	بَاعَتْ	هِيَ
		تُبَاعَانِ	بِيعَتَا		تَبِيعَانِ	بَاعَتَا	هُمَا
		يُبَعْنَ	بُعْنَ		يَبِعْنَ	بِعْنَ	هُنَّ
		تُبَاعُ	بُعْتَ	بِعْ	تَبِيعُ	بِعْتَ	أَنْتَ
		تُبَاعَانِ	بُعْتُمَا	بِيعَا	تَبِيعَانِ	بِعْتُمَا	أَنْتُمَا
		تُبَاعُونَ	بُعْتُمْ	بِيعُوا	تَبِيعُونَ	بِعْتُمْ	أَنْتُمْ
		تُبَاعِينَ	بُعْتِ	بِيعِي	تَبِيعِينَ	بِعْتِ	أَنْتِ
		تُبَاعَانِ	بُعْتُمَا	بِيعَا	تَبِيعَانِ	بِعْتُمَا	أَنْتُمَا
		تُبَعْنَ	بُعْتُنَّ	بِعْنَ	تَبِعْنَ	بِعْتُنَّ	أَنْتُنَّ
		أُبَاعُ	بُعْتُ		أَبِيعُ	بِعْتُ	أَنَا
		نُبَاعُ	بُعْنَا		نَبِيعُ	بِعْنَا	نَحْنُ

第 I 式　字中為(ا)，現在式為(ا)動詞與人稱代名詞變化參考表
以(خَافَ – يَخَافُ)(害怕)為例

名詞		現在式	過去式	命令式	現在式	過去式	人稱
被動	主動	被動	被動		主動	主動	
مَخُوفٌ	خَائِفٌ	يُخَافُ	خِيفَ		يَخَافُ	خَافَ	هُوَ
		يُخَافَانِ	خِيفَا		يَخَافَانِ	خَافَا	هُمَا
		يُخَافُونَ	خِيفُوا		يَخَافُونَ	خَافُوا	هُمْ
		تُخَافُ	خِيفَتْ		تَخَافُ	خَافَتْ	هِيَ
		تُخَافَانِ	خِيفَتَا		تَخَافَانِ	خَافَتَا	هُمَا
		يُخَفْنَ	خُفْنَ		يَخَفْنَ	خِفْنَ	هُنَّ
		تُخَافُ	خُفْتَ	خَفْ	تَخَافُ	خِفْتَ	أَنْتَ
		تُخَافَانِ	خُفْتُمَا	خَافَا	تَخَافَانِ	خِفْتُمَا	أَنْتُمَا
		تُخَافُونَ	خُفْتُمْ	خَافُوا	تَخَافُونَ	خِفْتُمْ	أَنْتُمْ
		تُخَافِينَ	خُفْتِ	خَافِي	تَخَافِينَ	خِفْتِ	أَنْتِ
		تُخَافَانِ	خُفْتُمَا	خَافَا	تَخَافَانِ	خِفْتُمَا	أَنْتُمَا
		تُخَفْنَ	خُفْتُنَّ	خَفْنَ	تَخَفْنَ	خِفْتُنَّ	أَنْتُنَّ
		أُخَافُ	خُفْتُ		أَخَافُ	خِفْتُ	أَنَا
		نُخَافُ	خُفْنَا		نَخَافُ	خِفْنَا	نَحْنُ

第Ⅰ式　字尾為(ا)動詞與人稱代名詞變化參考表
以(يَدْعُو – دَعَا)(邀請)為例

名詞		現在式	過去式	命令式	現在式	過去式	人稱
被動	主動	被動	被動		主動	主動	
مَدْعُوٌّ	دَاعٍ	يُدْعَى	دُعِيَ		يَدْعُو	دَعَا	هُوَ
		يُدْعَيَانِ	دُعِيَا		يَدْعُوَانِ	دَعَوَا	هُمَا
		يُدْعَوْنَ	دُعُوا		يَدْعُونَ	دَعَوْا	هُمْ
		تُدْعَى	دُعِيَتْ		تَدْعُو	دَعَتْ	هِيَ
		تُدْعَيَانِ	دُعِيَتَا		تَدْعُوَانِ	دَعَتَا	هُمَا
		يُدْعَيْنَ	دُعِينَ		يَدْعُونَ	دَعَوْنَ	هُنَّ
		تُدْعَى	دُعِيتَ	اُدْعُ	تَدْعُو	دَعَوْتَ	أَنْتَ
		تُدْعَيَانِ	دُعِيتُمَا	اُدْعُوَا	تَدْعُوَانِ	دَعَوْتُمَا	أَنْتُمَا
		تُدْعَوْنَ	دُعِيتُمْ	اُدْعُوا	تَدْعُونَ	دَعَوْتُمْ	أَنْتُمْ
		تُدْعَيْنَ	دُعِيتِ	اُدْعِي	تَدْعِينَ	دَعَوْتِ	أَنْتِ
		تُدْعَيَانِ	دُعِيتُمَا	اُدْعُوَا	تَدْعُوَانِ	دَعَوْتُمَا	أَنْتُمَا
		تُدْعَيْنَ	دُعِيتُنَّ	اُدْعُونَ	تَدْعُونَ	دَعَوْتُنَّ	أَنْتُنَّ
		أُدْعَى	دُعِيتُ		أَدْعُو	دَعَوْتُ	أَنَا
		نُدْعَى	دُعِينَا		نَدْعُو	دَعَوْنَا	نَحْنُ

第 I 式　字尾為(ى)動詞與人稱代名詞變化參考表

以(يَرْمِي – رَمَى) (丟)為例

名詞		現在式	過去式	命令式	現在式	過去式	人稱
被動	主動	被動	被動		主動	主動	
مَرْمِيٌّ	رامٍ	يُرْمَى	رُمِيَ		يَرْمِي	رَمَى	هُوَ
		يُرْمَيَانِ	رُمِيَا		يَرْمِيَانِ	رَمَيَا	هُمَا
		يُرْمَوْنَ	رُمُوا		يَرْمُونَ	رَمَوْا	هُمْ
		تُرْمَى	رُمِيَتْ		تَرْمِي	رَمَتْ	هِيَ
		تُرْمَيَانِ	رُمِيَتَا		تَرْمِيَانِ	رَمَتَا	هُمَا
		يُرْمَيْنَ	رُمِينَ		يَرْمِينَ	رَمَيْنَ	هُنَّ
		تُرْمَى	رُمِيتَ	اِرْمِ	تَرْمِي	رَمَيْتَ	أنْتَ
		تُرْمَيَانِ	رُمِيتُمَا	اِرْمِيَا	تَرْمِيَانِ	رَمَيْتُمَا	أنْتُمَا
		تُرْمَوْنَ	رُمِيتُمْ	اِرْمُوا	تَرْمُونَ	رَمَيْتُمْ	أنْتُمْ
		تُرْمَيْنَ	رُمِيتِ	اِرْمِي	تَرْمِينَ	رَمَيْتِ	أنْتِ
		تُرْمَيَانِ	رُمِيتُمَا	اِرْمِيَا	تَرْمِيَانِ	رَمَيْتُمَا	أنْتُمَا
		تُرْمَيْنَ	رُمِيتُنَّ	اِرْمِينَ	تَرْمِينَ	رَمَيْتُنَّ	أنْتُنَّ
		أُرْمَى	رُمِيتُ		أَرْمِي	رَمَيْتُ	أنَا
		نُرْمَى	رُمِينَا		نَرْمِي	رَمَيْنَا	نَحْنُ

第Ⅰ式　字尾為(ي)動詞與人稱代名詞變化參考表

以(يَنْسَى – نَسِيَ) (忘記)為例

名詞		現在式	過去式	命令式	現在式	過去式	人稱
被動	主動	被動	被動		主動	主動	
مَنْسِيٌّ	نَاسٍ	يُنْسَى	نُسِيَ		يَنْسَى	نَسِيَ	هُوَ
		يُنْسَيَانِ	نُسِيَا		يَنْسَيَانِ	نَسِيَا	هُمَا
		يُنْسَوْنَ	نُسُوا		يَنْسَوْنَ	نَسُوا	هُمْ
		تُنْسَى	نُسِيَتْ		تَنْسَى	نَسِيَتْ	هِيَ
		تُنْسَيَانِ	نُسِيَتَا		تَنْسَيَانِ	نَسِيَتَا	هُمَا
		يُنْسَيْنَ	نُسِينَ		يَنْسَيْنَ	نَسِينَ	هُنَّ
		تُنْسَى	نُسِيتَ	اِنْسَ	تَنْسَى	نَسِيتَ	أَنْتَ
		تُنْسَيَانِ	نُسِيتُمَا	اِنْسَيَا	تَنْسَيَانِ	نَسِيتُمَا	أَنْتُمَا
		تُنْسَوْنَ	نُسِيتُمْ	اِنْسَوْا	تَنْسَوْنَ	نَسِيتُمْ	أَنْتُمْ
		تُنْسَيْنَ	نُسِيتِ	اِنْسَيْ	تَنْسَيْنَ	نَسِيتِ	أَنْتِ
		تُنْسَيَانِ	نُسِيتُمَا	اِنْسَيَا	تَنْسَيَانِ	نَسِيتُمَا	أَنْتُمَا
		تُنْسَيْنَ	نُسِيتُنَّ	اِنْسَيْنَ	تَنْسَيْنَ	نَسِيتُنَّ	أَنْتُنَّ
		أُنْسَى	نُسِيتُ		أَنْسَى	نَسِيتُ	أَنَا
		نُنْسَى	نُسِينَا		نَنْسَى	نَسِينَا	نَحْنُ

注意：1 - 字尾不健全動詞，不論過去式與現在式，字尾為(ـَا ، ـَى)，在與人稱代名詞變化時，要唸成 (ـَوْ ، ـَيْ)。如：

دَعَا → هُمْ – دَعَوْا ، أَنْتَ - دَعَوْتَ

不可唸成 (هُمْ – دَعُوا ، أَنْتَ – دَعُوتَ)

رَمَى → هُمْ – رَمَوْا ، أَنْتَ – رَمَيْتَ

不可唸成 (هُمْ – رَمُوا ، أَنْتَ – رَمِيتَ)

يَنْسَى → أَنْتُمْ- تَنْسَوْنَ ، أَنْتِ – تَنْسَيْنَ

不可唸成 (أَنْتُمْ – تَنْسُونَ ، أَنْتِ – تَنْسِينَ)

2 - 字尾不健全動詞，不論過去式與現在式，字尾為(ـِيَ ، ـِي)，在與人稱代名詞變化時，要唸成 (ـُو ، ـِي)。如：

نَسِيَ → هُمْ – نَسُوا ، أَنْتَ – نَسِيتَ

不可唸成　(هُمْ – نَسَوْا ، أنْتَ – نَسَيْتَ)

يَرْمِي → هُمْ – يَرْمُونَ ، أنْتِ – تَرْمِينَ

不可唸成　(هُمْ – يَرْمَوْنَ ، أنْتِ – تَرْمَيْنَ)

3 - 記住下列口訣，就不會說錯：

阿 (ـَا ، ـَى)就是愛(ـَيْ)，阿就是奥(ـَوْ)

義 (ـِي ، ـِيَ)就是義(ـِي)，義就是務(ـُو)

第1式　字首(و)字尾(ى)不健全動詞與人稱代名詞變化參考表 以(وَعَى – يَعِي)(小心)為例

名詞		現在式	過去式	命令式	現在式	過去式	人稱
被動	主動	被動	被動		主動	主動	
مَوْعِيٌّ	وَاعٍ	يُوعَى	وُعِيَ		يَعِي	وَعَى	هُوَ
		يُوعَيَانِ	وُعِيَا		يَعِيَانِ	وَعَيَا	هُمَا
		يُوعَوْنَ	وُعُوا		يَعُونَ	وَعَوْا	هُمْ
		تُوعَى	وُعِيَتْ		تَعِي	وَعَتْ	هِيَ
		تُوعَيَانِ	وُعِيَتَا		تَعِيَانِ	وَعَتَا	هُمَا
		يُوعَيْنَ	وُعِينَ		يَعِينَ	وَعَيْنَ	هُنَّ
		تُوعَى	وُعِيتَ	عِ	تَعِي	وَعَيْتَ	أَنْتَ
		تُوعَيَانِ	وُعِيتُمَا	عِيَا	تَعِيَانِ	وَعَيْتُمَا	أَنْتُمَا
		تُوعَوْنَ	وُعِيتُمْ	عُوا	تَعُونَ	وَعَيْتُمْ	أَنْتُمْ
		تُوعَيْنَ	وُعِيتِ	عِي	تَعِينَ	وَعَيْتِ	أَنْتِ
		تُوعَيَانِ	وُعِيتُمَا	عِيَا	تَعِيَانِ	وَعَيْتُمَا	أَنْتُمَا
		تُوعَيْنَ	وُعِيتُنَّ	عِينَ	تَعِينَ	وَعَيْتُنَّ	أَنْتُنَّ
		أُوعَى	وُعِيتُ		أَعِي	وَعَيْتُ	أَنَا
		نُوعَى	وُعِينَا		نَعِي	وَعَيْنَا	نَحْنُ

注意：

1 - 字首(و)字尾(ى)不健全動詞有下列六種型態：

فَعَلَ → يَفْعِلُ 如：وَعَى → يَعِي

فَعِلَ → يَفْعَلُ 如：وَجِيَ → يَوْجَى

فَعِلَ → يَفْعِلُ 如：وَلِيَ → يَلِي

2 - 字首(ي)字尾(ى)不健全動詞，若是(يَفْعِلُ – فَعَلَ)則與字首(و)字尾(ى)不健全動詞變化相同。如：

فَعَلَ → يَفْعِلُ 如：يَدَى → يَدِي

第 I 式　字中(و)字尾(ى)不健全動詞與人稱代名詞變化參考表 以(طَوَى – يَطْوِي)(摺疊)為例

名詞		現在式	過去式	命令式	現在式	過去式	人稱
被動	主動	被動	被動		主動	主動	
مَطْوِيٌّ	طَاوٍ	يُطْوَى	طُوِيَ		يَطْوِي	طَوَى	هُوَ
		يُطْوَيَانِ	طُوِيَا		يَطْوِيَانِ	طَوَيَا	هُمَا
		يُطْوَوْنَ	طُوُوا		يَطْوُونَ	طَوَوْا	هُمْ
		تُطْوَى	طُوِيَتْ		تَطْوِي	طَوَتْ	هِيَ
		تُطْوَيَانِ	طُوِيَتَا		تَطْوِيَانِ	طَوَتَا	هُمَا
		يُطْوَيْنَ	طُوِينَ		يَطْوِينَ	طَوَيْنَ	هُنَّ
		تُطْوَى	طُوِيتَ	اِطْوِ	تَطْوِي	طَوَيْتَ	أَنْتَ
		تُطْوَيَانِ	طُوِيتُمَا	اِطْوِيَا	تَطْوِيَانِ	طَوَيْتُمَا	أَنْتُمَا
		تُطْوَوْنَ	طُوِيتُمْ	اِطْوُوا	تَطْوُونَ	طَوَيْتُمْ	أَنْتُمْ
		تُطْوَيْنَ	طُوِيتِ	اِطْوِي	تَطْوِينَ	طَوَيْتِ	أَنْتِ
		تُطْوَيَانِ	طُوِيتُمَا	اِطْوِيَا	تَطْوِيَانِ	طَوَيْتُمَا	أَنْتُمَا
		تُطْوَيْنَ	طُوِيتُنَّ	اِطْوِينَ	تَطْوِينَ	طَوَيْتُنَّ	أَنْتُنَّ
		أُطْوَى	طُوِيتُ		أَطْوِي	طَوَيْتُ	أَنَا
		نُطْوَى	طُوِينَا		نَطْوِي	طَوَيْنَا	نَحْنُ

注意：

字中字尾不健全動詞有下列兩種型態：

فَعَلَ → يَفْعِلُ 如：طَوَى → يَطْوِي

فَعِلَ → يَفْعَلُ 如：قَوِيَ → يَقْوَى

第 I 式　字中(ي)字尾(ي)不健全動詞與人稱代名詞變化參考表
以 (يَحْيَا – حَيِيَ)(生存)為例

名詞		現在式	過去式	命令式	現在式	過去式	人稱
被動	主動	被動	被動		主動	主動	
مَحْيِيٌّ	حَايٍ	يُحْيَا	حُيِيَ		يَحْيَا	حَيِيَ	هُوَ
		يُحْيَيَانِ	حُيِيَا		يَحْيَيَانِ	حَيِيَا	هُمَا
		يُحْيَوْنَ	حُيُوا		يَحْيَوْنَ	حَيُوا	هُمْ
		تُحْيَا	حُيِيَتْ		تَحْيَا	حَيِيَتْ	هِيَ
		تُحْيَيَانِ	حُيِيَتَا		تَحْيَيَانِ	حَيِيَتَا	هُمَا
		يُحْيَيْنَ	حُيِينَ		يَحْيَيْنَ	حَيِينَ	هُنَّ
		تُحْيَا	حُيِيتَ	اِحْيَ	تَحْيَا	حَيِيتَ	أَنْتَ
		تُحْيَيَانِ	حُيِيتُمَا	اِحْيَيَا	تَحْيَيَانِ	حَيِيتُمَا	أَنْتُمَا
		تُحْيَوْنَ	حُيِيتُمْ	اِحْيَوْا	تَحْيَوْنَ	حَيِيتُمْ	أَنْتُمْ
		تُحْيَيْنَ	حُيِيتِ	اِحْيَيْ	تَحْيَيْنَ	حَيِيتِ	أَنْتِ
		تُحْيَيَانِ	حُيِيتُمَا	اِحْيَيَا	تَحْيَيَانِ	حَيِيتُمَا	أَنْتُمَا
		تُحْيَيْنَ	حُيِيتُنَّ	اِحْيَيْنَ	تَحْيَيْنَ	حَيِيتُنَّ	أَنْتُنَّ
		أُحْيَا	حُيِيتُ		أَحْيَا	حَيِيتُ	أَنَا
		نُحْيَا	حُيِينَا		نَحْيَا	حَيِينَا	نَحْنُ

注意：

字中(ي)字尾(ي)的不健全動詞只有兩個，都是以下列型態出現：

فَعِلَ　يَفْعَلُ　如：حَيِيَ　←　يَحْيَا

عَيِيَ　←　يَعْيَا

第 II 到第 X 式健全動詞變化表

命令式	現在式	過去式	動名詞	現在式	過去式	式別
	被動	被動		主動	主動	
فَعِّلْ	يُفَعَّلُ	فُعِّلَ	تَفْعِيلٌ تَفْعِلَةٌ	يُفَعِّلُ	فَعَّلَ	II
فَاعِلْ	يُفَاعَلُ	فُوعِلَ	مُفَاعَلَةٌ فِعَالٌ	يُفَاعِلُ	فَاعَلَ	III
أَفْعِلْ	يُفْعَلُ	أُفْعِلَ	إِفْعَالٌ	يُفْعِلُ	أَفْعَلَ	IV
تَفَعَّلْ	يُتَفَعَّلُ	تُفُعِّلَ	تَفَعُّلٌ	يَتَفَعَّلُ	تَفَعَّلَ	V
تَفَاعَلْ	يُتَفَاعَلُ	تُفُوعِلَ	تَفَاعُلٌ	يَتَفَاعَلُ	تَفَاعَلَ	VI
اِنْفَعِلْ	يُنْفَعَلُ	أُنْفُعِلَ	اِنْفِعَالٌ	يَنْفَعِلُ	اِنْفَعَلَ	VII
اِفْتَعِلْ	يُفْتَعَلُ	أُفْتُعِلَ	اِفْتِعَالٌ	يَفْتَعِلُ	اِفْتَعَلَ	VIII
اِفْعَلَّ اِفْعَلِلْ	...	...	اِفْعِلَالٌ	يَفْعَلُّ	اِفْعَلَّ	IX
اِسْتَفْعِلْ	يُسْتَفْعَلُ	أُسْتُفْعِلَ	اِسْتِفْعَالٌ	يَسْتَفْعِلُ	اسْتَفْعَلَ	X

第 II 式到第 X 式動詞與四字根動詞，若碰到همزة動詞或疊音動詞或不健全動詞，則比照三字根動詞的狀況變化。

如：أَعْطَى ، دَهْدَى 比照 رَمَى 字尾變化。

　　يُعْطِي ، يُدَهْدِي 比照 يَرْمِي 字尾變化。

字中為(ا)不健全動詞的第Ⅳ式、第Ⅷ式、第 X 式變化參考表：

以 أَقَامَ ، اِخْتَارَ ، اِسْتَعَارَ 為例

命令式	現在式	過去式	動名詞	現在式	過去式	式別
	被動	被動		主動	主動	
						II
						III
أَقِمْ	يُقَامُ	أُقِيمَ	إِقَامَةٌ	يُقِيمُ	أَقَامَ	IV
						V
						VI
						VII
اِخْتَرْ	يُخْتَارُ	أُخْتِيرَ	اِخْتِيَارٌ	يَخْتَارُ	اِخْتَارَ	VIII
						IX
اِسْتَعِرْ	يُسْتَعَارُ	أُسْتُعِيرَ	اِسْتِعَارَةٌ	يَسْتَعِيرُ	اِسْتَعَارَ	X

第 II 式 فَعَّلَ 健全動詞與人稱代名詞變化參考表

名詞		現在式	過去式	命令式	現在式	過去式	人稱
被動	主動	被動	被動		主動	主動	
مُفَعَّلٌ	مُفَعِّلٌ	يُفَعَّلُ	فُعِّلَ		يُفَعِّلُ	فَعَّلَ	هُوَ
		يُفَعَّلَانِ	فُعِّلَا		يُفَعِّلَانِ	فَعَّلَا	هُمَا
		يُفَعَّلُونَ	فُعِّلُوا		يُفَعِّلُونَ	فَعَّلُوا	هُمْ
		تُفَعَّلُ	فُعِّلَتْ		تُفَعِّلُ	فَعَّلَتْ	هِيَ
		تُفَعَّلَانِ	فُعِّلَتَا		تُفَعِّلَانِ	فَعَّلَتَا	هُمَا
		يُفَعَّلْنَ	فُعِّلْنَ		يُفَعِّلْنَ	فَعَّلْنَ	هُنَّ
		تُفَعَّلُ	فُعِّلْتَ	فَعِّلْ	تُفَعِّلُ	فَعَّلْتَ	أَنْتَ
		تُفَعَّلَانِ	فُعِّلْتُمَا	فَعِّلَا	تُفَعِّلَانِ	فَعَّلْتُمَا	أَنْتُمَا
		تُفَعَّلُونَ	فُعِّلْتُمْ	فَعِّلُوا	تُفَعِّلُونَ	فَعَّلْتُمْ	أَنْتُمْ
		تُفَعَّلِينَ	فُعِّلْتِ	فَعِّلِي	تُفَعِّلِينَ	فَعَّلْتِ	أَنْتِ
		تُفَعَّلَانِ	فُعِّلْتُمَا	فَعِّلَا	تُفَعِّلَانِ	فَعَّلْتُمَا	أَنْتُمَا
		تُفَعَّلْنَ	فُعِّلْتُنَّ	فَعِّلْنَ	تُفَعِّلْنَ	فَعَّلْتُنَّ	أَنْتُنَّ
		أُفَعَّلُ	فُعِّلْتُ		أُفَعِّلُ	فَعَّلْتُ	أَنَا
		نُفَعَّلُ	فُعِّلْنَا		نُفَعِّلُ	فَعَّلْنَا	نَحْنُ

第 II 式 فَعَّلَ 字尾(ى)不健全動詞與人稱代名詞變化參考表

以(تَرْبِيَةٌ – يُرَبِّي – رَبَّى)(培養)為例

名詞		現在式	過去式	命令式	現在式	過去式	人稱
被動	主動	被動	被動		主動	主動	
مُرَبًّى	مُرَبٍّ	يُرَبَّى	رُبِّيَ		يُرَبِّي	رَبَّى	هُوَ
		يُرَبَّيَانِ	رُبِّيَا		يُرَبِّيَانِ	رَبَّيَا	هُمَا
		يُرَبَّوْنَ	رُبُّوا		يُرَبُّونَ	رَبَّوْا	هُمْ
		تُرَبَّى	رُبِّيَتْ		تُرَبِّي	رَبَّتْ	هِيَ
		تُرَبَّيَانِ	رُبِّيَتَا		تُرَبِّيَانِ	رَبَّتَا	هُمَا
		يُرَبَّيْنَ	رُبِّينَ		يُرَبِّينَ	رَبَّيْنَ	هُنَّ
		تُرَبَّى	رُبِّيتَ	رَبِّ	تُرَبِّي	رَبَّيْتَ	أَنْتَ
		تُرَبَّيَانِ	رُبِّيتُمَا	رَبِّيَا	تُرَبِّيَانِ	رَبَّيْتُمَا	أَنْتُمَا
		تُرَبَّوْنَ	رُبِّيتُمْ	رَبُّوا	تُرَبُّونَ	رَبَّيْتُمْ	أَنْتُمْ
		تُرَبَّيْنَ	رُبِّيتِ	رَبِّي	تُرَبِّينَ	رَبَّيْتِ	أَنْتِ
		تُرَبَّيَان	رُبِّيتُمَا	رَبِّيَا	تُرَبِّيَانِ	رَبَّيْتُمَا	أَنْتُمَا
		تُرَبَّيْنَ	رُبِّيتُنَّ	رَبِّينَ	تُرَبِّينَ	رَبَّيْتُنَّ	أَنْتُنَّ
		أُرَبَّى	رُبِّيتُ		أُرَبِّي	رَبَّيْتُ	أَنَا
		نُرَبَّى	رُبِّينَا		نُرَبِّي	رَبَّيْنَا	نَحْنُ

第 III 式 فَاعَلَ 健全動詞與人稱代名詞變化參考表

名詞		現在式	過去式	命令式	現在式	過去式	人稱
被動	主動	被動	被動		主動	主動	
مُفَاعَلٌ	مُفَاعِلٌ	يُفَاعَلُ	فُوعِلَ		يُفَاعِلُ	فَاعَلَ	هُوَ
		يُفَاعَلاَنِ	فُوعِلاَ		يُفَاعِلاَنِ	فَاعَلاَ	هُمَا
		يُفَاعَلُونَ	فُوعِلُوا		يُفَاعِلُونَ	فَاعَلُوا	هُمْ
		تُفَاعَلُ	فُوعِلَتْ		تُفَاعِلُ	فَاعَلَتْ	هِيَ
		تُفَاعَلاَنِ	فُوعِلَتَا		تُفَاعِلاَنِ	فَاعَلَتَا	هُمَا
		يُفَاعَلْنَ	فُوعِلْنَ		يُفَاعِلْنَ	فَاعَلْنَ	هُنَّ
		تُفَاعَلُ	فُوعِلْتَ	فَاعِلْ	تُفَاعِلُ	فَاعَلْتَ	أَنْتَ
		تُفَاعَلاَنِ	فُوعِلْتُمَا	فَاعِلاَ	تُفَاعِلاَنِ	فَاعَلْتُمَا	أَنْتُمَا
		تُفَاعَلُونَ	فُوعِلْتُمْ	فَاعِلُوا	تُفَاعِلُونَ	فَاعَلْتُمْ	أَنْتُمْ
		تُفَاعَلِينَ	فُوعِلْتِ	فَاعِلِي	تُفَاعِلِينَ	فَاعَلْتِ	أَنْتِ
		تُفَاعَلاَنِ	فُوعِلْتُمَا	فَاعِلاَ	تُفَاعِلاَنِ	فَاعَلْتُمَا	أَنْتُمَا
		تُفَاعَلْنَ	فُوعِلْتُنَّ	فَاعِلْنَ	تُفَاعِلْنَ	فَاعَلْتُنَّ	أَنْتُنَّ
		أُفَاعَلُ	فُوعِلْتُ		أُفَاعِلُ	فَاعَلْتُ	أَنَا
		نُفَاعَلُ	فُوعِلْنَا		نُفَاعِلُ	فَاعَلْنَا	نَحْنُ

第Ⅲ式 فَاعَلَ 字尾(ى)不健全動詞與人稱代名詞變化參考表
以(عَادَى – يُعَادِي – مُعَادَاةٌ)(懷敵意)為例

名詞		現在式	過去式	命令式	現在式	過去式	人稱
被動	主動	被動	被動		主動	主動	
مُعَادًى	مُعَادٍ	يُعَادَى	عُودِيَ		يُعَادِي	عَادَى	هُوَ
		يُعَادَيَانِ	عُودِيَا		يُعَادِيَانِ	عَادَيَا	هُمَا
		يُعَادَوْنَ	عُودُوا		يُعَادُونَ	عَادَوْا	هُمْ
		تُعَادَى	عُودِيَتْ		تُعَادِي	عَادَتْ	هِيَ
		تُعَادَيَانِ	عُودِيَتَا		تُعَادِيَانِ	عَادَتَا	هُمَا
		يُعَادَيْنَ	عُودِينَ		يُعَادِينَ	عَادَيْنَ	هُنَّ
		تُعَادَى	عُودِيتَ	عَادِ	تُعَادِي	عَادَيْتَ	أَنْتَ
		تُعَادَيَانِ	عُودِيتُمَا	عَادِيَا	تُعَادِيَانِ	عَادَيْتُمَا	أَنْتُمَا
		تُعَادَوْنَ	عُودِيتُمْ	عَادُوا	تُعَادُونَ	عَادَيْتُمْ	أَنْتُمْ
		تُعَادَيْنَ	عُودِيتِ	عَادِي	تُعَادِينَ	عَادَيْتِ	أَنْتِ
		تُعَادَيَانِ	عُودِيتُمَا	عَادِيَا	تُعَادِيَانِ	عَادَيْتُمَا	أَنْتُمَا
		تُعَادَيْنَ	عُودِيتُنَّ	عَادِينَ	تُعَادِينَ	عَادَيْتُنَّ	أَنْتُنَّ
		أُعَادَى	عُودِيتُ		أُعَادِي	عَادَيْتُ	أَنَا
		نُعَادَى	عُودِينَا		نُعَادِي	عَادَيْنَا	نَحْنُ

第IV式　أَفْعَلَ　健全動詞與人稱代名詞變化參考表

名詞		現在式	過去式	命令式	現在式	過去式	人稱
被動	主動	被動	被動		主動	主動	
مُفْعَلٌ	مُفْعِلٌ	يُفْعَلُ	أُفْعِلَ		يُفْعِلُ	أَفْعَلَ	هُوَ
		يُفْعَلانِ	أُفْعِلا		يُفْعِلانِ	أَفْعَلا	هُمَا
		يُفْعَلُونَ	أُفْعِلُوا		يُفْعِلُونَ	أَفْعَلُوا	هُمْ
		تُفْعَلُ	أُفْعِلِي		تُفْعِلُ	أَفْعَلَتْ	هِيَ
		تُفْعَلانِ	أُفْعِلَتَا		تُفْعِلانِ	أَفْعَلَتَا	هُمَا
		يُفْعَلْنَ	أُفْعِلْنَ		يُفْعِلْنَ	أَفْعَلْنَ	هُنَّ
		تُفْعَلُ	أُفْعِلْتَ	أَفْعِلْ	تُفْعِلُ	أَفْعَلْتَ	أَنْتَ
		تُفْعَلانِ	أُفْعِلْتُمَا	أَفْعِلا	تُفْعِلانِ	أَفْعَلْتُمَا	أَنْتُمَا
		تُفْعَلُونَ	أُفْعِلْتُمْ	أَفْعِلُوا	تُفْعِلُونَ	أَفْعَلْتُمْ	أَنْتُمْ
		تُفْعَلِينَ	أُفْعِلْتِ	أَفْعِلِي	تُفْعِلِينَ	أَفْعَلْتِ	أَنْتِ
		تُفْعَلانِ	أُفْعِلْتُمَا	أَفْعِلا	تُفْعِلانِ	أَفْعَلْتُمَا	أَنْتُمَا
		تُفْعَلْنَ	أُفْعِلْتُنَّ	أَفْعِلْنَ	تُفْعِلْنَ	أَفْعَلْتُنَّ	أَنْتُنَّ
		أُفْعَلُ	أُفْعِلْتُ		أُفْعِلُ	أَفْعَلْتُ	أَنَا
		نُفْعَلُ	أُفْعِلْنَا		نُفْعِلُ	أَفْعَلْنَا	نَحْنُ

第IV式 أَفْعَلَ 字首(همزة)動詞與人稱代名詞變化參考表

以(أَمُنَ – آمَنَ – يُؤْمِنُ – إِيمَانٌ)(信仰)為例

名詞		現在式	過去式	命令式	現在式	過去式	人稱
被動	主動	被動	被動		主動	主動	
مُؤْمَنٌ	مُؤْمِنٌ	يُؤْمَنُ	أُؤْمِنَ		يُؤْمِنُ	آمَنَ	هُوَ
		يُؤْمَنَانِ	أُؤْمِنَا		يُؤْمِنَانِ	آمَنَا	هُمَا
		يُؤْمَنُونَ	أُؤْمِنُوا		يُؤْمِنُونَ	آمَنُوا	هُمْ
		تُؤْمَنُ	أُؤْمِنَتْ		تُؤْمِنُ	آمَنَتْ	هِيَ
		تُؤْمَنَانِ	أُؤْمِنَتَا		تُؤْمِنَانِ	آمَنَتَا	هُمَا
		يُؤْمَنَّ	أُؤْمِنَّ		يُؤْمِنَّ	آمَنَّ	هُنَّ
		تُؤْمَنُ	أُؤْمِنْتَ	آمِنْ	تُؤْمِنُ	آمَنْتَ	أَنْتَ
		تُؤْمَنَانِ	أُؤْمِنْتُمَا	آمِنَا	تُؤْمِنَانِ	آمَنْتُمَا	أَنْتُمَا
		تُؤْمَنُونَ	أُؤْمِنْتُمْ	آمِنُوا	تُؤْمِنُونَ	آمَنْتُمْ	أَنْتُمْ
		تُؤْمَنِينَ	أُؤْمِنْتِ	آمِنِي	تُؤْمِنِينَ	آمَنْتِ	أَنْتِ
		تُؤْمَنَانِ	أُؤْمِنْتُمَا	آمِنَا	تُؤْمِنَانِ	آمَنْتُمَا	أَنْتُمَا
		تُؤْمَنَّ	أُؤْمِنْتُنَّ	آمِنَّ	تُؤْمِنَّ	آمَنْتُنَّ	أَنْتُنَّ
		أُؤْمَنُ	أُؤْمِنْتُ		أُؤْمِنُ	آمَنْتُ	أَنَا
		نُؤْمَنُ	أُؤْمِنْنَا		نُؤْمِنُ	آمَنْنَا	نَحْنُ

第IV式 أَفْعَلَ 字首(و)動詞與人稱代名詞變化參考表
以(وَقَفَ – أَوْقَفَ – يُوقِفُ – إِيقَافٌ)(使停止)為例

名詞		現在式	過去式	命令式	現在式	過去式	人稱
被動	主動	被動	被動		主動	主動	
مُوقَفٌ	مُوقِفٌ	يُوقَفُ	أُوقِفَ		يُوقِفُ	أَوْقَفَ	هُوَ
		يُوقَفَانِ	أُوقِفَا		يُوقِفَانِ	أَوْقَفَا	هُمَا
		يُوقَفُونَ	أُوقِفُوا		يُوقِفُونَ	أَوْقَفُوا	هُمْ
		تُوقَفُ	أُوقِفَتْ		تُوقِفُ	أَوْقَفَتْ	هِيَ
		تُوقَفَانِ	أُوقِفَتَا		تُوقِفَانِ	أَوْقَفَتَا	هُمَا
		يُوقَفْنَ	أُوقِفْنَ		يُوقِفْنَ	أَوْقَفْنَ	هُنَّ
		تُوقَفُ	أُوقِفْتَ	أَوْقِفْ	تُوقِفُ	أَوْقَفْتَ	أَنْتَ
		تُوقَفَانِ	أُوقِفْتُمَا	أَوْقِفَا	تُوقِفَانِ	أَوْقَفْتُمَا	أَنْتُمَا
		تُوقَفُونَ	أُوقِفْتُمْ	أَوْقِفُوا	تُوقِفُونَ	أَوْقَفْتُمْ	أَنْتُمْ
		تُوقَفِينَ	أُوقِفْتِ	أَوْقِفِي	تُوقِفِينَ	أَوْقَفْتِ	أَنْتِ
		تُوقَفَانِ	أُوقِفْتُمَا	أَوْقِفَا	تُوقِفَانِ	أَوْقَفْتُمَا	أَنْتُمَا
		تُوقَفْنَ	أُوقِفْتُنَّ	أَوْقِفْنَ	تُوقِفْنَ	أَوْقَفْتُنَّ	أَنْتُنَّ
		أُوقَفُ	أُوقِفْتُ		أُوقِفُ	أَوْقَفْتُ	أَنَا
		نُوقَفُ	أُوقِفْنَا		نُوقِفُ	أَوْقَفْنَا	نَحْنُ

第Ⅳ式　أَفْعَلَ　字首(ي)動詞與人稱代名詞變化參考表

以(يَقِظَ – أَيْقَظَ – يُوقِظُ – إِيقَاظٌ)(叫醒)為例

名詞		現在式	過去式	命令式	現在式	過去式	人稱
被動	主動	被動	被動		主動	主動	
مُوقَظٌ	مُوقِظٌ	يُوقَظُ	أُوقِظَ		يُوقِظُ	أَيْقَظَ	هُوَ
		يُوقَظَانِ	أُوقِظَا		يُوقِظَانِ	أَيْقَظَا	هُمَا
		يُوقَظُونَ	أُوقِظُوا		يُوقِظُونَ	أَيْقَظُوا	هُمْ
		تُوقَظُ	أُوقِظَتْ		تُوقِظُ	أَيْقَظَتْ	هِيَ
		تُوقَظَانِ	أُوقِظَتَا		تُوقِظَانِ	أَيْقَظَتَا	هُمَا
		يُوقَظْنَ	أُوقِظْنَ		يُوقِظْنَ	أَيْقَظْنَ	هُنَّ
		تُوقَظُ	أُوقِظْتَ	أَيْقِظْ	تُوقِظُ	أَيْقَظْتَ	أَنْتَ
		تُوقَظَانِ	أُوقِظْتُمَا	أَيْقِظَا	تُوقِظَانِ	أَيْقَظْتُمَا	أَنْتُمَا
		تُوقَظُونَ	أُوقِظْتُمْ	أَيْقِظُوا	تُوقِظُونَ	أَيْقَظْتُمْ	أَنْتُمْ
		تُوقَظِينَ	أُوقِظْتِ	أَيْقِظِي	تُوقِظِينَ	أَيْقَظْتِ	أَنْتِ
		تُوقَظَانِ	أُوقِظْتُمَا	أَيْقِظَا	تُوقِظَانِ	أَيْقَظْتُمَا	أَنْتُمَا
		تُوقَظْنَ	أُوقِظْتُنَّ	أَيْقِظْنَ	تُوقِظْنَ	أَيْقَظْتُنَّ	أَنْتُنَّ
		أُوقَظُ	أُوقِظْتُ		أُوقِظُ	أَيْقَظْتُ	أَنَا
		نُوقَظُ	أُوقِظْنَا		نُوقِظُ	أَيْقَظْنَا	نَحْنُ

第Ⅳ式 أَفْعَلَ 字尾(ى)不健全動詞與人稱代名詞變化參考表
以(إِعْطَاءٌ – يُعْطِي – أَعْطَى)(給予)為例

名詞		現在式	過去式	命令式	現在式	過去式	人稱
被動	主動	被動	被動		主動	主動	
مُعْطًى	مُعْطٍ	يُعْطَى	أُعْطِيَ		يُعْطِي	أَعْطَى	هُوَ
		يُعْطَيَانِ	أُعْطِيَا		يُعْطِيَانِ	أَعْطَيَا	هُمَا
		يُعْطَوْنَ	أُعْطُوا		يُعْطُونَ	أَعْطَوْا	هُمْ
		تُعْطَى	أُعْطِيَتْ		تُعْطِي	أَعْطَتْ	هِيَ
		تُعْطَيَان	أُعْطِيَتَا		تُعْطِيَانِ	أَعْطَتَا	هُمَا
		يُعْطَيْنَ	أُعْطِينَ		يُعْطِينَ	أَعْطَيْنَ	هُنَّ
		تُعْطَى	أُعْطِيتَ	أَعْطِ	تُعْطِي	أَعْطَيْتَ	أَنْتَ
		تُعْطَيَان	أُعْطِيتُمَا	أَعْطِيَا	تُعْطِيَانِ	أَعْطَيْتُمَا	أَنْتُمَا
		تُعْطَوْنَ	أُعْطِيتُمْ	أَعْطُوا	تُعْطُونَ	أَعْطَيْتُمْ	أَنْتُمْ
		تُعْطَيْنَ	أُعْطِيتِ	أَعْطِي	تُعْطِينَ	أَعْطَيْتِ	أَنْتِ
		تُعْطَيَان	أُعْطِيتُمَا	أَعْطِيَا	تُعْطِيَانِ	أَعْطَيْتُمَا	أَنْتُمَا
		تُعْطَوْنَ	أُعْطِيتُنَّ	أَعْطِينَ	تُعْطِينَ	أَعْطَيْتُنَّ	أَنْتُنَّ
		أُعْطَى	أُعْطِيتُ		أُعْطِي	أَعْطَيْتُ	أَنَا
		نُعْطَى	أُعْطِينَا		نُعْطِي	أَعْطَيْنَا	نَحْنُ

第IV式 أَفْعَلَ 字中(ا)不健全動詞與人稱代名詞變化参考表
以(أَعَادَ – يُعِيدُ – إِعَادَةٌ)(歸還)為例

名詞		現在式	過去式	命令式	現在式	過去式	人稱
被動	主動	被動	被動		主動	主動	
مُعَادٌ	مُعِيدٌ	يُعَادُ	أُعِيدَ		يُعِيدُ	أَعَادَ	هُوَ
		يُعَادَانِ	أُعِيدَا		يُعِيدَانِ	أَعَادَا	هُمَا
		يُعَادُونَ	أُعِيدُوا		يُعِيدُونَ	أَعَادُوا	هُمْ
		تُعَادُ	أُعِيدَتْ		تُعِيدُ	أَعَادَتْ	هِيَ
		تُعَادَانِ	أُعِيدَتَا		تُعِيدَانِ	أَعَادَتَا	هُمَا
		يُعَدْنَ	أُعِدْنَ		يُعِدْنَ	أَعَدْنَ	هُنَّ
		تُعَادُ	أُعِدْتَ	أَعِدْ	تُعِيدُ	أَعَدْتَ	أَنْتَ
		تُعَادَانِ	أُعِدْتُمَا	أَعِيدَا	تُعِيدَانِ	أَعَدْتُمَا	أَنْتُمَا
		تُعَادُونَ	أُعِدْتُمْ	أَعِيدُوا	تُعِيدُونَ	أَعَدْتُمْ	أَنْتُمْ
		تُعَادِيْنَ	أُعِدْتِ	أَعِيدِي	تُعِيدِينَ	أَعَدْتِ	أَنْتِ
		تُعَادَانِ	أُعِدْتُمَا	أَعِيدَا	تُعِيدَانِ	أَعَدْتُمَا	أَنْتُمَا
		تُعَدْنَ	أُعِدْتُنَّ	أَعِدْنَ	تُعِدْنَ	أَعَدْتُنَّ	أَنْتُنَّ
		أُعَادُ	أُعِدْتُ		أُعِيدُ	أَعَدْتُ	أَنَا
		نُعَادُ	أُعِدْنَا		نُعِيدُ	أَعَدْنَا	نَحْنُ

第Ｖ式 تَفَعَّلَ 健全動詞與人稱代名詞變化參考表

名詞		現在式	過去式	命令式	現在式	過去式	人稱
被動	主動	被動	被動		主動	主動	
مُتَفَعَّلٌ	مُتَفَعِّلٌ	يُتَفَعَّلُ	تُفُعِّلَ		يَتَفَعَّلُ	تَفَعَّلَ	هُوَ
		يُتَفَعَّلَانِ	تُفُعِّلَا		يَتَفَعَّلَانِ	تَفَعَّلَا	هُمَا
		يُتَفَعَّلُونَ	تُفُعِّلُوا		يَتَفَعَّلُونَ	تَفَعَّلُوا	هُمْ
		تُتَفَعَّلُ	تُفُعِّلَتْ		تَتَفَعَّلُ	تَفَعَّلَتْ	هِيَ
		تُتَفَعَّلَانِ	تُفُعِّلَتَا		تَتَفَعَّلَانِ	تَفَعَّلَتَا	هُمَا
		يُتَفَعَّلْنَ	تُفُعِّلْنَ		يَتَفَعَّلْنَ	تَفَعَّلْنَ	هُنَّ
		تُتَفَعَّلُ	تُفُعِّلْتَ	تَفَعَّلْ	تَتَفَعَّلُ	تَفَعَّلْتَ	أَنْتَ
		تُتَفَعَّلَانِ	تُفُعِّلْتُمَا	تَفَعَّلَا	تَتَعَدَّيَانِ	تَفَعَّلْتُمَا	أَنْتُمَا
		تُتَفَعَّلُونَ	تُفُعِّلْتُمْ	تَفَعَّلُوا	تَتَفَعَّلُونَ	تَفَعَّلْتُمْ	أَنْتُمْ
		تُتَفَعَّلِينَ	تُفُعِّلْتِ	تَفَعَّلِي	تَتَفَعَّلِينَ	تَفَعَّلْتِ	أَنْتِ
		تُتَفَعَّلَانِ	تُفُعِّلْتُمَا	تَفَعَّلَا	تَتَفَعَّلَانِ	تَفَعَّلْتُمَا	أَنْتُمَا
		تُتَفَعَّلْنَ	تُفُعِّلْتُنَّ	تَفَعَّلْنَ	تَتَفَعَّلْنَ	تَفَعَّلْتُنَّ	أَنْتُنَّ
		أُتَفَعَّلُ	تُفُعِّلْتُ		أَتَفَعَّلُ	تَفَعَّلْتُ	أَنَا
		نُتَفَعَّلُ	تُفُعِّلْنَا		نَتَفَعَّلُ	تَفَعَّلْنَا	نَحْنُ

第Ｖ式 تَفَعَّلَ 字尾(ى)動詞與人稱代名詞變化參考表

以(تَعَدَّى – يَتَعَدَّى – تَعَدٍّ)(超越)為例

名詞		現在式	過去式	命令式	現在式	過去式	人稱
被動	主動	被動	被動		主動	主動	
مُتَعَدًّى	مُتَعَدٍّ	يُتَعَدَّى	تُعُدِّيَ		يَتَعَدَّى	تَعَدَّى	هُوَ
		يُتَعَدَّيَانِ	تُعُدِّيَا		يَتَعَدَّيَانِ	تَعَدَّيَا	هُمَا
		يُتَعَدَّوْنَ	تُعُدُّوا		يَتَعَدَّوْنَ	تَعَدَّوْا	هُمْ
		تُتَعَدَّى	تُعُدِّيَتْ		تَتَعَدَّى	تَعَدَّتْ	هِيَ
		تُتَعَدَّيَانِ	تُعُدِّيَتَا		تَتَعَدَّيَانِ	تَعَدَّتَا	هُمَا
		يُتَعَدَّيْنَ	تُعُدِّينَ		يَتَعَدَّيْنَ	تَعَدَّيْنَ	هُنَّ
		تُتَعَدَّى	تُعُدِّيتَ	تَعَدَّ	تَتَعَدَّى	تَعَدَّيْتَ	أَنْتَ
		تُتَعَدَّيَانِ	تُعُدِّيتُمَا	تَعَدَّيَا	تَتَعَدَّيَان	تَعَدَّيْتُمَا	أَنْتُمَا
		تُتَعَدَّوْنَ	تُعُدِّيتُم	تَعَدَّوْا	تَتَعَدَّوْنَ	تَعَدَّيْتُمْ	أَنْتُمْ
		تُتَعَدَّيْنَ	تُعُدِّيتِ	تَعَدَّيْ	تَتَعَدَّيْنَ	تَعَدَّيْتِ	أَنْتِ
		تُتَعَدَّيَانِ	تُعُدِّيتُمَا	تَعَدَّيَا	تَتَعَدَّيَانِ	تَعَدَّيْتُمَا	أَنْتُمَا
		تُتَعَدَّيْنَ	تُعُدِّيتُمْ	تَعَدَّيْنَ	تَتَعَدَّيْنَ	تَعَدَّيْتُنَّ	أَنْتُنَّ
		أُتَعَدَّى	تُعُدِّيتُ		أَتَعَدَّى	تَعَدَّيْتُ	أَنَا
		نُتَعَدَّى	تُعُدِّينَا		نَتَعَدَّى	تَعَدَّيْنَا	نَحْنُ

第VI式 تَفَاعَلَ 健全動詞與人稱代名詞變化參考表

名詞		現在式	過去式	命令式	現在式	過去式	人稱
被動	主動	被動	被動		主動	主動	
مُتَفَاعَلٌ	مُتَفَاعِلٌ	يُتَفَاعَلُ	تُفُوعِلَ		يَتَفَاعَلُ	تَفَاعَلَ	هُوَ
		يُتَفَاعَلانِ	تُفُوعِلا		يَتَفَاعَلانِ	تَفَاعَلا	هُمَا
		يُتَفَاعَلُونَ	تُفُوعِلُوا		يَتَفَاعَلُونَ	تَفَاعَلُوا	هُمْ
		تُتَفَاعَلُ	تُفُوعِلَتْ		تَتَفَاعَلُ	تَفَاعَلَتْ	هِيَ
		تُتَفَاعَلانِ	تُفُوعِلَتَا		تَتَفَاعَلان	تَفَاعَلَتَا	هُمَا
		يُتَفَاعَلْنَ	تُفُوعِلْنَ		يَتَفَاعَلْنَ	تَفَاعَلْنَ	هُنَّ
		تُتَفَاعَلُ	تُفُوعِلْتَ	تَفَاعَلْ	تَتَفَاعَلُ	تَفَاعَلْتَ	أَنْتَ
		تُتَفَاعَلانِ	تُفُوعِلْتُمَا	تَفَاعَلا	تَتَفَاعَلان	تَفَاعَلْتُمَا	أَنْتُمَا
		تُتَفَاعَلُونَ	تُفُوعِلْتُمْ	تَفَاعَلُوا	تَتَفَاعَلُونَ	تَفَاعَلْتُمْ	أَنْتُمْ
		تُتَفَاعَلِينَ	تُفُوعِلْتِ	تَفَاعَلِي	تَتَفَاعَلِينَ	تَفَاعَلْتِ	أَنْتِ
		تُتَفَاعَلانِ	تُفُوعِلْتُمَا	تَفَاعَلا	تَتَفَاعَلان	تَفَاعَلْتُمَا	أَنْتُمَا
		تُتَفَاعَلْنَ	تُفُوعِلْتُنَّ	تَفَاعَلْنَ	تَتَفَاعَلْنَ	تَفَاعَلْتُنَّ	أَنْتُنَّ
		أُتَفَاعَلُ	تُفُوعِلْتُ		أَتَفَاعَلُ	تَفَاعَلْتُ	أَنَا
		نُتَفَاعَلُ	تُفُوعِلْنَا		نَتَفَاعَلُ	تَفَاعَلْنَا	نَحْنُ

第VI式 تَفَاعَلَ 字尾(ى)動詞與人稱代名詞變化參考表

以(تَنَاسٍ – يَتَنَاسَى – تَنَاسَى)(假裝忘記)為例

名詞		現在式	過去式	命令式	現在式	過去式	人稱
被動	主動	被動	被動		主動	主動	
مُتَنَاسًى	مُتَنَاسٍ	يُتَنَاسَى	تُنُوسِيَ		يَتَنَاسَى	تَنَاسَى	هُوَ
		يُتَنَاسَيَان	تُنُوسِيَا		يَتَنَاسَيَان	تَنَاسَيَا	هُمَا
		يُتَنَاسَوْنَ	تُنُوسُوا		يَتَنَاسَوْنَ	تَنَاسَوْا	هُمْ
		تُتَنَاسَى	تُنُوسِيَتْ		تَتَنَاسَى	تَنَاسَتْ	هِيَ
		تُتَنَاسَيَان	تُنُوسِيَتَا		تَتَنَاسَيَان	تَنَاسَتَا	هُمَا
		يُتَنَاسَيْنَ	تُنُوسِينَ		يَتَنَاسَيْنَ	تَنَاسَيْنَ	هُنَّ
		تُتَنَاسَى	تُنُوسِيتَ	تَنَاسَ	تَتَنَاسَى	تَنَاسَيْتَ	أَنْتَ
		تُتَنَاسَيَان	تُنُوسِيتُمَا	تَنَاسَيَا	تَتَنَاسَيَان	تَنَاسَيْتُمَا	أَنْتُمَا
		تُتَنَاسَوْنَ	تُنُوسِيتُمْ	تَنَاسَوْا	تَتَنَاسَوْنَ	تَنَاسَيْتُمْ	أَنْتُمْ
		تُتَنَاسَيْنَ	تُنُوسِيتِ	تَنَاسَيْ	تَتَنَاسَيْنَ	تَنَاسَيْتِ	أَنْتِ
		تُتَنَاسَيَان	تُنُوسِيتُمَا	تَنَاسَيَا	تَتَنَاسَيَان	تَنَاسَيْتُمَا	أَنْتُمَا
		تُتَنَاسَيْنَ	تُنُوسِيتُنَّ	تَنَاسَيْنَ	تَتَنَاسَيْنَ	تَنَاسَيْتُنَّ	أَنْتُنَّ
		أُتَنَاسَى	تُنُوسِيتُ		أَتَنَاسَى	تَنَاسَيْتُ	أَنَا
		نُتَنَاسَى	تُنُوسِينَا		نَتَنَاسَى	تَنَاسَيْنَا	نَحْنُ

第VII式 اِنْفَعَلَ 健全動詞與人稱代名詞變化參考表

名詞		現在式	過去式	命令式	現在式	過去式	人稱
被動	主動	被動	被動		主動	主動	
مُنْفَعَلٌ	مُنْفَعِلٌ	يُنْفَعَلُ	أُنْفُعِلَ		يَنْفَعِلُ	اِنْفَعَلَ	هُوَ
		يُنْفَعَلانِ	أُنْفُعِلا		يَنْفَعِلانِ	اِنْفَعَلا	هُمَا
		يُنْفَعَلُونَ	أُنْفُعِلُوا		يَنْفَعِلُونَ	اِنْفَعَلُوا	هُمْ
		تُنْفَعَلُ	أُنْفُعِلَتْ		تَنْفَعِلُ	اِنْفَعَلَتْ	هِيَ
		تُنْفَعَلانِ	أُنْفُعِلَتَا		تَنْفَعِلانِ	اِنْفَعَلَتَا	هُمَا
		يُنْفَعَلْنَ	أُنْفُعِلْنَ		يَنْفَعِلْنَ	اِنْفَعَلْنَ	هُنَّ
		تُنْفَعَلُ	أُنْفُعِلْتَ	اِنْفَعِلْ	تَنْفَعِلُ	اِنْفَعَلْتَ	أَنْتَ
		تُنْفَعَلانِ	أُنْفُعِلْتُمَا	اِنْفَعِلا	تَنْفَعِلانِ	اِنْفَعَلْتُمَا	أَنْتُمَا
		تُنْفَعَلُونَ	أُنْفُعِلْتُمْ	اِنْفَعِلُوا	تَنْفَعِلُونَ	اِنْفَعَلْتُمْ	أَنْتُمْ
		تُنْفَعَلِينَ	أُنْفُعِلْتِ	اِنْفَعِلِي	تَنْفَعِلِينَ	اِنْفَعَلْتِ	أَنْتِ
		تُنْفَعَلانِ	أُنْفُعِلْتُمَا	اِنْفَعِلا	تَنْفَعِلانِ	اِنْفَعَلْتُمَا	أَنْتُمَا
		تُنْفَعَلْنَ	أُنْفُعِلْتُنَّ	اِنْفَعِلْنَ	تَنْفَعِلْنَ	اِنْفَعَلْتُنَّ	أَنْتُنَّ
		أُنْفَعَلُ	أُنْفُعِلْتُ		أَنْفَعِلُ	اِنْفَعَلْتُ	أَنَا
		نُنْفَعَلُ	أُنْفُعِلْنَا		نَنْفَعِلُ	اِنْفَعَلْنَا	نَحْنُ

第VII式 اِنْفَعَلَ 字尾(ى)動詞與人稱代名詞變化參考表

以(اِنْعِدَاءٌ – يَنْعَدِي – اِنْعَدَى)(感染)為例

名詞		現在式	過去式	命令式	現在式	過去式	人稱
被動	主動	被動	被動		主動	主動	
مُنْعَدًى	مُنْعَدٍ	يُنْعَدَى	أُنْعُدِيَ		يَنْعَدِي	اِنْعَدَى	هُوَ
		يُنْعَدَيَانِ	أُنْعُدِيَا		يَنْعَدِيَانِ	اِنْعَدَيَا	هُمَا
		يُنْعَدَوْنَ	أُنْعُدُوا		يَنْعَدُونَ	اِنْعَدَوْا	هُمْ
		تُنْعَدَى	أُنْعُدِيَتْ		تَنْعَدِي	اِنْعَدَتْ	هِيَ
		تُنْعَدَيَانِ	أُنْعُدِيَتَا		تَنْعَدِيَانِ	اِنْعَدَتَا	هُمَا
		يُنْعَدَيْنَ	أُنْعُدِينَ		يَنْعَدِينَ	اِنْعَدَيْنَ	هُنَّ
		تُنْعَدَى	أُنْعُدِيتَ	اِنْعَدِ	تَنْعَدِي	اِنْعَدَيْتَ	أَنْتَ
		تُنْعَدَيَانِ	أُنْعُدِيتُمَا	اِنْعَدِيَا	تَنْعَدِيَانِ	اِنْعَدَيْتُمَا	أَنْتُمَا
		تُنْعَدَوْنَ	أُنْعُدِيتُمْ	اِنْعَدُوا	تَنْعَدُونَ	اِنْعَدَيْتُمْ	أَنْتُمْ
		تُنْعَدَيْنَ	أُنْعُدِيتِ	اِنْعَدِي	تَنْعَدِينَ	اِنْعَدَيْتِ	أَنْتِ
		تُنْعَدَيَانِ	أُنْعُدِيتُمَا	اِنْعَدِيَا	تَنْعَدِيَانِ	اِنْعَدَيْتُمَا	أَنْتُمَا
		تُنْعَدَيْنَ	أُنْعُدِيتُنَّ	اِنْعَدِينَ	تَنْعَدِينَ	اِنْعَدَيْتُنَّ	أَنْتُنَّ
		أُنْعَدَى	أُنْعُدِيتُ		أَنْعَدِي	اِنْعَدَيْتُ	أَنَا
		نُنْعَدَى	أُنْعُدِينَا		نَنْعَدِي	اِنْعَدَيْنَا	نَحْنُ

第VII式 اِنْفَعَلَ 字中(ا)動詞與人稱代名詞變化參考表

以(اِنْحَازَ – يَنْحَازُ – اِنْحِيَازٌ)(偏向)為例

名詞		現在式	過去式	命令式	現在式	過去式	人稱
被動	主動	被動	被動		主動	主動	
مُنْحَازٌ	مُنْحَازٌ	يُنْحَازُ	أُنْحِيزَ		يَنْحَازُ	اِنْحَازَ	هُوَ
		يُنْحَازَانِ	أُنْحِيزَا		يَنْحَازَانِ	اِنْحَازَا	هُمَا
		يُنْحَازُونَ	أُنْحِيزُوا		يَنْحَازُونَ	اِنْحَازُوا	هُمْ
		تُنْحَازُ	أُنْحِيزَتْ		تَنْحَازُ	اِنْحَازَتْ	هِيَ
		تُنْحَازَانِ	أُنْحِيزَتَا		تَنْحَازَانِ	اِنْحَازَتَا	هُمَا
		يُنْحَزْنَ	أُنْحِزْنَ		يَنْحَزْنَ	اِنْحَزْنَ	هُنَّ
		تُنْحَازُ	أُنْحِزْتَ	اِنْحَزْ	تَنْحَازُ	اِنْحَزْتَ	أَنْتَ
		تُنْحَازَانِ	أُنْحِزْتُمَا	اِنْحَازَا	تَنْحَازَانِ	اِنْحَزْتُمَا	أَنْتُمَا
		تُنْحَازُونَ	أُنْحِزْتُمْ	اِنْحَازُوا	تَنْحَازُونَ	اِنْحَزْتُمْ	أَنْتُمْ
		تُنْحَازِينَ	أُنْحِزْتِ	اِنْحَازِي	تَنْحَازِينَ	اِنْحَزْتِ	أَنْتِ
		تُنْحَازَانِ	أُنْحِزْتُمَا	اِنْحَازَا	تَنْحَازَانِ	اِنْحَزْتُمَا	أَنْتُمَا
		تُنْحَزْنَ	أُنْحِزْتُنَّ	اِنْحَزْنَ	تَنْحَزْنَ	اِنْحَزْتُنَّ	أَنْتُنَّ
		أُنْحَازُ	أُنْحِزْتُ		أَنْحَازُ	اِنْحَزْتُ	أَنَا
		نُنْحَازُ	أُنْحِزْنَا		نَنْحَازُ	اِنْحَزْنَا	نَحْنُ

第VIII式 اِفْتَعَلَ 健全動詞與人稱名詞變化參考表

名詞		現在式	過去式	命令式	現在式	過去式	人稱
被動	主動	被動	被動		主動	主動	
مُفْتَعَلٌ	مُفْتَعِلٌ	يُفْتَعَلُ	أُفْتُعِلَ		يَفْتَعِلُ	اِفْتَعَلَ	هُوَ
		يُفْتَعَلانِ	أُفْتُعِلا		يَفْتَعِلانِ	اِفْتَعَلا	هُمَا
		يُفْتَعَلُونَ	أُفْتُعِلُوا		يَفْتَعِلُونَ	اِفْتَعَلُوا	هُمْ
		تُفْتَعَلُ	أُفْتُعِلَتْ		تَفْتَعِلُ	اِفْتَعَلَتْ	هِيَ
		تُفْتَعَلانِ	أُفْتُعِلَتَا		تَفْتَعِلانِ	اِفْتَعَلَتَا	هُمَا
		يُفْتَعَلْنَ	أُفْتُعِلْنَ		يَفْتَعِلْنَ	اِفْتَعَلْنَ	هُنَّ
		تُفْتَعَلُ	أُفْتُعِلْتَ	اِفْتَعِلْ	تَفْتَعِلُ	اِفْتَعَلْتَ	أَنْتَ
		تُفْتَعَلان	أُفْتُعِلْتُمَا	اِفْتَعِلا	تَفْتَعِلانِ	اِفْتَعَلْتُمَا	أَنْتُمَا
		تُفْتَعَلُونَ	أُفْتُعِلْتُمْ	اِفْتَعِلُوا	تَفْتَعِلُونَ	اِفْتَعَلْتُمْ	أَنْتُمْ
		تُفْتَعَلِينَ	أُفْتُعِلْتِ	اِفْتَعِلِي	تَفْتَعِلِينَ	اِفْتَعَلْتِ	أَنْتِ
		تُفْتَعَلان	أُفْتُعِلْتُمَا	اِفْتَعِلا	تَفْتَعِلانِ	اِفْتَعَلْتُمَا	أَنْتُمَا
		تُفْتَعَلْنَ	أُفْتُعِلْتُنَّ	اِفْتَعِلْنَ	تَفْتَعِلْنَ	اِفْتَعَلْتُنَّ	أَنْتُنَّ
		أُفْتَعَلُ	أُفْتُعِلْتُ		أَفْتَعِلُ	اِفْتَعَلْتُ	أَنَا
		نُفْتَعَلُ	أُفْتُعِلْنَا		نَفْتَعِلُ	اِفْتَعَلْنَا	نَحْنُ

第Ⅷ式 اِفْتَعَلَ 字尾(ى)動詞與人稱代名詞變化參考表 以(اِرْتَقَى – يَرْتَقِي – اِرْتِقَاءٌ)(上升)為例

名詞		現在式	過去式	命令式	現在式	過去式	人稱
被動	主動	被動	被動		主動	主動	
مُرْتَقًى	مُرْتَقٍ	يُرْتَقَى	أُرْتُقِيَ		يَرْتَقِي	اِرْتَقَى	هُوَ
		يُرْتَقَيَان	أُرْتُقِيَا		يَرْتَقِيَان	اِرْتَقَيَا	هُمَا
		يُرْتَقَوْنَ	أُرْتُقُوا		يَرْتَقُونَ	اِرْتَقَوْا	هُمْ
		تُرْتَقَى	أُرْتُقِيَتْ		تَرْتَقِي	اِرْتَقَتْ	هِيَ
		تُرْتَقَيَان	أُرْتُقِيَتَا		تَرْتَقِيَان	اِرْتَقَتَا	هُمَا
		يُرْتَقَيْنَ	أُرْتُقِينَ		يَرْتَقِينَ	اِرْتَقَيْنَ	هُنَّ
		تُرْتَقَى	أُرْتُقِيتَ	اِرْتَقِ	تَرْتَقِي	اِرْتَقَيْتَ	أَنْتَ
		تُرْتَقَيَان	أُرْتُقِيتُمَا	اِرْتَقِيَا	تَرْتَقِيَان	اِرْتَقَيْتُمَا	أَنْتُمَا
		تُرْتَقَوْنَ	أُرْتُقِيتُمْ	اِرْتَقُوا	تَرْتَقُونَ	اِرْتَقَيْتُمْ	أَنْتُمْ
		تُرْتَقَيْنَ	أُرْتُقِيتِ	اِرْتَقِي	تَرْتَقِينَ	اِرْتَقَيْتِ	أَنْتِ
		تُرْتَقَيَان	أُرْتُقِيتُمَا	اِرْتَقِيَا	تَرْتَقِيَان	اِرْتَقَيْتُمَا	أَنْتُمَا
		تُرْتَقَيْنَ	أُرْتُقِيتُنَّ	اِرْتَقِينَ	تَرْتَقِينَ	اِرْتَقَيْتُنَّ	أَنْتُنَّ
		أُرْتَقَى	أُرْتُقِيتُ		أَرْتَقِي	اِرْتَقَيْتُ	أَنَا
		نُرْتَقَى	أُرْتُقِينَا		نَرْتَقِي	اِرْتَقَيْنَا	نَحْنُ

第VIII式 اِفْتَعَلَ 字中(ا)動詞與人稱代名詞變化參考表

以(اِغْتِيَالٌ - يَغْتَالُ – اِغْتَالَ)(暗殺)為例

名詞		現在式	過去式	命令式	現在式	過去式	人稱
被動	主動	被動	被動		主動	主動	
مُغْتَالٌ	مُغْتَالٌ	يُغْتَالُ	أُغْتِيلَ		يَغْتَالُ	اِغْتَالَ	هُوَ
		يُغْتَالاَنِ	أُغْتِيلا		يَغْتَالاَنِ	اِغْتَالا	هُمَا
		يُغْتَالُونَ	أُغْتِيلُوا		يَغْتَالُونَ	اِغْتَالُوا	هُمْ
		تُغْتَالُ	أُغْتِيلَتْ		تَغْتَالُ	اِغْتَالَتْ	هِيَ
		تُغْتَالاَنِ	أُغْتِيلَتَا		تَغْتَالاَنِ	اِغْتَالَتَا	هُمَا
		يُغْتَلْنَ	أُغْتِلْنَ		يَغْتَلْنَ	اِغْتَلْنَ	هُنَّ
		تُغْتَالُ	أُغْتِلْتَ	اِغْتَلْ	تَغْتَالُ	اِغْتَلْتَ	أَنْتَ
		تُغْتَالاَنِ	أُغْتِلْتُمَا	اِغْتَالا	تَغْتَالاَنِ	اِغْتَلْتُمَا	أَنْتُمَا
		تُغْتَالُونَ	أُغْتِلْتُمْ	اِغْتَالُوا	تَغْتَالُونَ	اِغْتَلْتُمْ	أَنْتُمْ
		تُغْتَالِينَ	أُغْتِلْتِ	اِغْتَالِي	تَغْتَالِينَ	اِغْتَلْتِ	أَنْتِ
		تُغْتَالاَنِ	أُغْتِلْتُمَا	اِغْتَالا	تَغْتَالاَنِ	اِغْتَلْتُمَا	أَنْتُمَا
		تُغْتَلْنَ	أُغْتِلْتُنَّ	اِغْتَلْنَ	تَغْتَلْنَ	اِغْتَلْتُنَّ	أَنْتُنَّ
		أُغْتَالُ	أُغْتِلْتُ		أَغْتَالُ	اِغْتَلْتُ	أَنَا
		نُغْتَالُ	أُغْتِلْنَا		نَغْتَالُ	اِغْتَلْنَا	نَحْنُ

第Ⅷ式 اِفْتَعَلَ 字首(و)動詞與人稱代名詞變化參考表
以(اِتِّصَالٌ – يَتَّصِلُ– اِتَّصَلَ – وَصَلَ)(連絡)為例

名詞		現在式	過去式	命令式	現在式	過去式	人稱
被動	主動	被動	被動		主動	主動	
مُتَّصَلٌ	مُتَّصِلٌ	يُتَّصَلُ	اُتُّصِلَ		يَتَّصِلُ	اِتَّصَلَ	هُوَ
		يُتَّصَلَانِ	اُتُّصِلَا		يَتَّصِلَانِ	اِتَّصَلَا	هُمَا
		يُتَّصَلُونَ	اُتُّصِلُوا		يَتَّصِلُونَ	اِتَّصَلُوا	هُمْ
		تُتَّصَلُ	اُتُّصِلَتْ		تَتَّصِلُ	اِتَّصَلَتْ	هِيَ
		تُتَّصَلَانِ	اُتُّصِلَتَا		تَتَّصِلَانِ	اِتَّصَلَتَا	هُمَا
		يُتَّصَلْنَ	اُتُّصِلْنَ		يَتَّصِلْنَ	اِتَّصَلْنَ	هُنَّ
		تُتَّصَلُ	اُتُّصِلْتَ	اِتَّصِلْ	تَتَّصِلُ	اِتَّصَلْتَ	أَنْتَ
		تُتَّصَلَانِ	اُتُّصِلْتُمَا	اِتَّصِلَا	تَتَّصِلَانِ	اِتَّصَلْتُمَا	أَنْتُمَا
		تُتَّصَلُونَ	اُتُّصِلْتُمْ	اِتَّصِلُوا	تَتَّصِلُونَ	اِتَّصَلْتُمْ	أَنْتُمْ
		تُتَّصَلُ	اُتُّصِلْتِ	اِتَّصِلِي	تَتَّصِلِينَ	اِتَّصَلْتِ	أَنْتِ
		تُتَّصَلَانِ	اُتُّصِلْتُمَا	اِتَّصِلَا	تَتَّصِلَانِ	اِتَّصَلْتُمَا	أَنْتُمَا
		تُتَّصَلْنَ	اُتُّصِلْتُنَّ	اِتَّصِلْنَ	تَتَّصِلْنَ	اِتَّصَلْتُنَّ	أَنْتُنَّ
		أُتَّصَلُ	اُتُّصِلْتُ		أَتَّصِلُ	اِتَّصَلْتُ	أَنَا
		نُتَّصَلُ	اُتُّصِلْنَا		نَتَّصِلُ	اِتَّصَلْنَا	نَحْنُ

第IX式 اِفْعَلَّ 健全動詞與人稱代名詞變化參考表

名詞		現在式	過去式	命令式	現在式	過去式	人稱
被動	主動	被動	被動		主動	主動	
مُفْعَلٌّ	مُفْعَلٌّ				يَفْعَلُّ	اِفْعَلَّ	هُوَ
					يَفْعَلاَّنِ	اِفْعَلاَّ	هُمَا
					يَفْعَلُّونَ	اِفْعَلُّوا	هُمْ
					تَفْعَلُّ	اِفْعَلَّتْ	هِيَ
					تَفْعَلاَّنِ	اِفْعَلَّتَا	هُمَا
					يَفْعَلِلْنَ	اِفْعَلَلْنَ	هُنَّ
				اِفْعَلَّ اِفْعَلِلْ	تَفْعَلُّ	اِفْعَلَلْتَ	أَنْتَ
				اِفْعَلاَّ	تَفْعَلاَّنِ	اِفْعَلَلْتُمَا	أَنْتُمَا
				اِفْعَلُّوا	تَفْعَلُّونَ	اِفْعَلَلْتُمْ	أَنْتُمْ
				اِفْعَلِّي	تَفْعَلِّينَ	اِفْعَلَلْتِ	أَنْتِ
				اِفْعَلاَّ	تَفْعَلاَّنِ	اِفْعَلَلْتُمَا	أَنْتُمَا
				اِفْعَلِلْنَ	تَفْعَلِلْنَ	اِفْعَلَلْتُنَّ	أَنْتُنَّ
					أَفْعَلُّ	اِفْعَلَلْتُ	أَنَا
					نَفْعَلُّ	اِفْعَلَلْنَا	نَحْنُ

第Ｘ式 اِسْتَفْعَلَ 健全動詞與人稱代名詞變化參考表

名詞		現在式	過去式	命令式	現在式	過去式	人稱
被動	主動	被動	被動		主動	主動	
مُسْتَفْعَلٌ	مُسْتَفْعِلٌ	يُسْتَفْعَلُ	أُسْتُفْعِلَ		يَسْتَفْعِلُ	اِسْتَفْعَلَ	هُوَ
		يُسْتَفْعَلانِ	أُسْتُفْعِلا		يَسْتَفْعِلانِ	اِسْتَفْعَلا	هُمَا
		يُسْتَفْعَلُونَ	أُسْتُفْعِلُوا		يَسْتَفْعِلُونَ	اِسْتَفْعَلُوا	هُمْ
		تُسْتَفْعَلُ	أُسْتُفْعِلَتْ		تَسْتَفْعِلُ	اِسْتَفْعَلَتْ	هِيَ
		تُسْتَفْعَلانِ	أُسْتُفْعِلَتَا		تَسْتَفْعِلان	اِسْتَفْعَلَتَا	هُمَا
		يُسْتَفْعَلْنَ	أُسْتُفْعِلْنَ		يَسْتَفْعِلْنَ	اِسْتَفْعَلْنَ	هُنَّ
		تُسْتَفْعَلُ	أُسْتُفْعِلْتَ	اِسْتَفْعِلْ	تَسْتَفْعِلُ	اِسْتَفْعَلْتَ	أَنْتَ
		تُسْتَفْعَلانِ	أُسْتُفْعِلْتُمَا	اِسْتَفْعِلا	تَسْتَفْعِلان	اِسْتَفْعَلْتُمَا	أَنْتُمَا
		تُسْتَفْعَلُونَ	أُسْتُفْعِلْتُمْ	اِسْتَفْعِلُوا	تَسْتَفْعِلُونَ	اِسْتَفْعَلْتُمْ	أَنْتُمْ
		تُسْتَفْعَلِينَ	أُسْتُفْعِلْتِ	اِسْتَفْعِلِي	تَسْتَفْعِلِينَ	اِسْتَفْعَلْتِ	أَنْتِ
		تُسْتَفْعَلانِ	أُسْتُفْعِلْتُمَا	اِسْتَفْعِلا	تَسْتَفْعِلان	اِسْتَفْعَلْتُمَا	أَنْتُمَا
		تُسْتَفْعَلْنَ	أُسْتُفْعِلْتُنَّ	اِسْتَفْعِلْنَ	تَسْتَفْعِلْنَ	اِسْتَفْعَلْتُنَّ	أَنْتُنَّ
		أُسْتَفْعَلُ	أُسْتُفْعِلْتُ		أَسْتَفْعِلُ	اِسْتَفْعَلْتُ	أَنَا
		نُسْتَفْعَلُ	أُسْتُفْعِلْنَا		نَسْتَفْعِلُ	اِسْتَفْعَلْنَا	نَحْنُ

第X式 اِسْتَفْعَلَ 字尾(ى)動詞與人稱代名詞變化參考表
以(عَدَى – اِسْتَعَدَى – يَسْتَعْدِي – اِسْتِعْدَاءٌ)(請求協助)為例

名詞		現在式	過去式	命令式	現在式	過去式	人稱
被動	主動	被動	被動		主動	主動	
مُسْتَعْدًى	مُسْتَعْدٍ	يُسْتَعْدَى	اُسْتُعْدِيَ		يَسْتَعْدِي	اِسْتَعْدَى	هُوَ
		يُسْتَعْدَيَان	اُسْتُعْدِيَا		يَسْتَعْدِيَان	اِسْتَعْدَيَا	هُمَا
		يُسْتَعْدَوْنَ	اُسْتُعْدُوا		يَسْتَعْدُونَ	اِسْتَعْدَوْا	هُمْ
		تُسْتَعْدَى	اُسْتُعْدِيَتْ		تَسْتَعْدِي	اِسْتَعْدَيَتْ	هِيَ
		تُسْتَعْدَيَان	اُسْتُعْدِيَتَا		تَسْتَعْدِيَان	اِسْتَعْدَتَا	هُمَا
		يُسْتَعْدَيْنَ	اُسْتُعْدِينَ		يَسْتَعْدِينَ	اِسْتَعْدَيْنَ	هُنَّ
		تُسْتَعْدَى	اُسْتُعْدِيتَ	اِسْتَعْدِ	تَسْتَعْدِي	اِسْتَعْدَيْتَ	أَنْتَ
		تُسْتَعْدَيَان	اُسْتُعْدِيتُمَا	اِسْتَعْدِيَا	تَسْتَعْدِيَان	اِسْتَعْدَيْتُمَا	أَنْتُمَا
		تُسْتَعْدَوْنَ	اُسْتُعْدِيتُمْ	اِسْتَعْدُوا	تَسْتَعْدُونَ	اِسْتَعْدَيْتُمْ	أَنْتُمْ
		تُسْتَعْدَيْنَ	اُسْتُعْدِيتِ	اِسْتَعْدِي	تَسْتَعْدِينَ	اِسْتَعْدَيْتِ	أَنْتِ
		تُسْتَعْدَيَان	اُسْتُعْدِيتُمَا	اِسْتَعْدِيَا	تَسْتَعْدِيَان	اِسْتَعْدَيْتُمَا	أَنْتُمَا
		تُسْتَعْدَيْنَ	اُسْتُعْدِيتُنَّ	اِسْتَعْدِينْ	تَسْتَعْدِينَ	اِسْتَعْدَيْتُنَّ	أَنْتُنَّ
		أُسْتَعْدَى	اُسْتُعْدِيتُ		أَسْتَعْدِي	اِسْتَعْدَيْتُ	أَنَا
		نُسْتَعْدَى	اُسْتُعْدِينَا		نَسْتَعْدِي	اِسْتَعْدَيْنَا	نَحْنُ

第X式 اِسْتَفْعَلَ 字中(ا)動詞與人稱代名詞變化參考表

以(عَادَ – اِسْتَعَادَ – يَسْتَعِيدُ – اِسْتِعَادَةٌ) (收復)為例

名詞		現在式	過去式	命令式	現在式	過去式	人稱
被動	主動	被動	被動		主動	主動	
مُسْتَعَادٌ	مُسْتَعِيدٌ	يُسْتَعَادُ	أُسْتُعِيدَ		يَسْتَعِيدُ	اِسْتَعَادَ	هُوَ
		يُسْتَعَادَان	أُسْتُعِيدَا		يَسْتَعِيدَان	اِسْتَعَادَا	هُمَا
		يُسْتَعَادُونَ	أُسْتُعِيدُوا		يَسْتَعِيدُونَ	اِسْتَعَادُوا	هُمْ
		تُسْتَعَادُ	أُسْتُعِيدَتْ		تَسْتَعِيدُ	اِسْتَعَادَتْ	هِيَ
		تُسْتَعَادَان	أُسْتُعِيدَتَا		تَسْتَعِيدَان	اِسْتَعَادَتَا	هُمَا
		يُسْتَعَدْنَ	أُسْتُعِدْنَ		يَسْتَعِدْنَ	اِسْتَعَدْنَ	هُنَّ
		تُسْتَعَادُ	أُسْتُعِدْتَ	اِسْتَعِدْ	تَسْتَعِيدُ	اِسْتَعَدْتَ	أَنْتَ
		تُسْتَعَادَان	أُسْتُعِدْتُمَا	اِسْتَعِيدَا	تَسْتَعِيدَان	اِسْتَعَدْتُمَا	أَنْتُمَا
		تُسْتَعَادُونَ	أُسْتُعِدْتُمْ	اِسْتَعِيدُوا	تَسْتَعِيدُونَ	اِسْتَعَدْتُمْ	أَنْتُمْ
		تُسْتَعَادِينَ	أُسْتُعِدْتِ	اِسْتَعِيدِي	تَسْتَعِيدِينَ	اِسْتَعَدْتِ	أَنْتِ
		تُسْتَعَادَان	أُسْتُعِدْتُمَا	اِسْتَعِيدَا	تَسْتَعِيدُ	اِسْتَعَدْتُمَا	أَنْتُمَا
		تُسْتَعَدْنَ	أُسْتُعِدْتُنَّ	اِسْتَعِدْنَ	تَسْتَعِدْنَ	اِسْتَعَدْتُنَّ	أَنْتُنَّ
		أُسْتَعَادُ	أُسْتُعِدْتُ		أَسْتَعِيدُ	اِسْتَعَدْتُ	أَنَا
		نُسْتَعَادُ	أُسْتُعِدْنَا		نَسْتَعِيدُ	اِسْتَعَدْنَا	نَحْنُ

第X式 اِسْتَفْعَلَ 字中疊音動詞與人稱代名詞變化參考表

以(عَدَّ – اِسْتَعَدَّ – يَسْتَعِدُّ – اِسْتِعْدَادٌ)(準備)為例

名詞		現在式	過去式	命令式	現在式	過去式	人稱
被動	主動	被動	被動		主動	主動	
مُسْتَعَدٌّ	مُسْتَعِدٌّ	يُسْتَعَدُّ	أُسْتُعِدَّ		يَسْتَعِدُّ	اِسْتَعَدَّ	هُوَ
		يُسْتَعَدَّانِ	أُسْتُعِدَّا		يَسْتَعِدَّانِ	اِسْتَعَدَّا	هُمَا
		يُسْتَعَدُّونَ	أُسْتُعِدُّوا		يَسْتَعِدُّونَ	اِسْتَعَدُّوا	هُمْ
		تُسْتَعَدُّ	أُسْتُعِدَّتْ		تَسْتَعِدُّ	اِسْتَعَدَّتْ	هِيَ
		تُسْتَعَدَّانِ	أُسْتُعِدَّتَا		تَسْتَعِدَّانِ	اِسْتَعَدَّتَا	هُمَا
		يُسْتَعْدَدْنَ	أُسْتُعْدِدْنَ		يَسْتَعْدِدْنَ	اِسْتَعْدَدْنَ	هُنَّ
		تُسْتَعَدُّ	أُسْتُعْدِدْتَ	اِسْتَعِدَّ اِسْتَعْدِدْ	تَسْتَعِدُّ	اِسْتَعْدَدْتَ	أَنْتَ
		تُسْتَعَدَّانِ	أُسْتُعْدِدْتُمَا	اِسْتَعِدَّا	تَسْتَعِدَّانِ	اِسْتَعْدَدْتُمَا	أَنْتُمَا
		تُسْتَعَدُّونَ	أُسْتُعْدِدْتُمْ	اِسْتَعِدُّوا	تَسْتَعِدُّونَ	اِسْتَعْدَدْتُمْ	أَنْتُمْ
		تُسْتَعَدِّينَ	أُسْتُعْدِدْتِ	اِسْتَعِدِّي	تَسْتَعِدِّينَ	اِسْتَعْدَدْتِ	أَنْتِ
		تُسْتَعَدَّانِ	أُسْتُعْدِدْتُمَا	اِسْتَعِدَّا	تَسْتَعِدَّانِ	اِسْتَعْدَدْتُمَا	أَنْتُمَا
		تُسْتَعْدَدْنَ	أُسْتُعْدِدْتُنَّ	اِسْتَعْدِدْنَ	تَسْتَعْدِدْنَ	اِسْتَعْدَدْتُنَّ	أَنْتُنَّ
		أُسْتَعَدُّ	أُسْتُعْدِدْتُ		أَسْتَعِدُّ	اِسْتَعْدَدْتُ	أَنَا
		نُسْتَعَدُّ	أُسْتُعْدِدْنَا		نَسْتَعِدُّ	اِسْتَعْدَدْنَا	نَحْنُ

四字根動詞變化表

命令式	現在式	過去式	動名詞	現在式	過去式	式別
	被動	被動		主動	主動	
فَعْلِلْ	يُفَعْلَلُ	فُعْلِلَ	فَعْلَلَةٌ فِعْلالٌ	يُفَعْلِلُ	فَعْلَلَ	I
تَفَعْلَلْ	يُتَفَعْلَلُ	تُفُعْلِلَ	تَفَعْلُلٌ	يَتَفَعْلَلُ	تَفَعْلَلَ	II
اِفْعَنْلِلْ	يُفْعَنْلَلُ	أُفْعُنْلِلَ	اِفْعِنْلالٌ	يَفْعَنْلِلُ	اِفْعَنْلَلَ	III
اِفْعَلِلَّ اِفْعَلْلِلْ	يُفْعَلَلُّ	أُفْعُلِلَّ	اِفْعِلاَّلٌ اِفْعِلْلالٌ	يَفْعَلِلُّ	اِفْعَلَلَّ	IV

四字根第 I 式 فَعْلَلَ 健全動詞與人稱代名詞變化參考表

名詞		現在式	過去式	命令式	現在式	過去式	人稱
被動	主動	被動	被動		主動	主動	
مُفَعْلَلٌ	مُفَعْلِلٌ	يُفَعْلَلُ	فُعْلِلَ		يُفَعْلِلُ	فَعْلَلَ	هُوَ
		يُفَعْلَلانِ	فُعْلِلا		يُفَعْلِلانِ	فَعْلَلا	هُمَا
		يُفَعْلَلُونَ	فُعْلِلُوا		يُفَعْلِلُونَ	فَعْلَلُوا	هُمْ
		تُفَعْلَلُ	فُعْلِلَتْ		تُفَعْلِلُ	فَعْلَلَتْ	هِيَ
		تُفَعْلَلانِ	فُعْلِلَتَا		تُفَعْلِلانِ	فَعْلَلَتَا	هُمَا
		يُفَعْلَلْنَ	فُعْلِلْنَ		يُفَعْلِلْنَ	فَعْلَلْنَ	هُنَّ
		تُفَعْلَلُ	فُعْلِلْتَ	فَعْلِلْ	تُفَعْلِلُ	فَعْلَلْتَ	أنْتَ
		تُفَعْلَلانِ	فُعْلِلْتُمَا	فَعْلِلا	تُفَعْلِلانِ	فَعْلَلْتُمَا	أنْتُمَا
		تُفَعْلَلُونَ	فُعْلِلْتُمْ	فَعْلِلُوا	تُفَعْلِلُونَ	فَعْلَلْتُمْ	أنْتُمْ
		تُفَعْلَلِينَ	فُعْلِلْتِ	فَعْلِلِي	تُفَعْلِلِينَ	فَعْلَلْتِ	أنْتِ
		تُفَعْلَلانِ	فُعْلِلْتُمَا	فَعْلِلا	تُفَعْلِلانِ	فَعْلَلْتُمَا	أنْتُمَا
		تُفَعْلَلْنَ	فُعْلِلْتُنَّ	فَعْلِلْنَ	تُفَعْلِلْنَ	فَعْلَلْتُنَّ	أنْتُنَّ
		أُفَعْلَلُ	فُعْلِلْتُ		أُفَعْلِلُ	فَعْلَلْتُ	أنَا
		نُفَعْلَلُ	فُعْلِلْنَا		نُفَعْلِلُ	فَعْلَلْنَا	نَحْنُ

四字根第 II 式 تَفَعْلَلَ 健全動詞與人稱代名詞變化參考表

名詞		現在式	過去式	命令式	現在式	過去式	人稱
被動	主動	被動	被動		主動	主動	
مُتَفَعْلَلٌ	مُتَفَعْلِلٌ	يُتَفَعْلَلُ	تُفُعْلِلَ		يَتَفَعْلَلُ	تَفَعْلَلَ	هُوَ
		يُتَفَعْلَلَانِ	تُفُعْلِلَا		يَتَفَعْلَلَانِ	تَفَعْلَلَا	هُمَا
		يُتَفَعْلَلُونَ	تُفُعْلِلُوا		يَتَفَعْلَلُونَ	تَفَعْلَلُوا	هُمْ
		تُتَفَعْلَلُ	تُفُعْلِلَتْ		تَتَفَعْلَلُ	تَفَعْلَلَتْ	هِيَ
		تُتَفَعْلَلَانِ	تُفُعْلِلَتَا		تَتَفَعْلَلَانِ	تَفَعْلَلَتَا	هُمَا
		يُتَفَعْلَلْنَ	تُفُعْلِلْنَ		يَتَفَعْلَلْنَ	تَفَعْلَلْنَ	هُنَّ
		تُتَفَعْلَلُ	تُفُعْلِلْتَ	تَفَعْلَلْ	تَتَفَعْلَلُ	تَفَعْلَلْتَ	أَنْتَ
		تُتَفَعْلَلَانِ	تُفُعْلِلْتُمَا	تَفَعْلَلَا	تَتَفَعْلَلَانِ	تَفَعْلَلْتُمَا	أَنْتُمَا
		تُتَفَعْلَلُونَ	تُفُعْلِلْتُمْ	تَفَعْلَلُوا	تَتَفَعْلَلُونَ	تَفَعْلَلْتُمْ	أَنْتُمْ
		تُتَفَعْلَلِينَ	تُفُعْلِلْتِ	تَفَعْلَلِي	تَتَفَعْلَلِينَ	تَفَعْلَلْتِ	أَنْتِ
		تُتَفَعْلَلَانِ	تُفُعْلِلْتُمَا	تَفَعْلَلَا	تَتَفَعْلَلَانِ	تَفَعْلَلْتُمَا	أَنْتُمَا
		تُتَفَعْلَلْنَ	تُفُعْلِلْتُنَّ	تَفَعْلَلْنَ	تَتَفَعْلَلْنَ	تَفَعْلَلْتُنَّ	أَنْتُنَّ
		أُتَفَعْلَلُ	تُفُعْلِلْتُ		أَتَفَعْلَلُ	تَفَعْلَلْتُ	أَنَا
		نُتَفَعْلَلُ	تُفُعْلِلْنَا		نَتَفَعْلَلُ	تَفَعْلَلْنَا	نَحْنُ

四字根第 III 式 اِفْعَنْلَلَ 健全動詞與人稱變化參考表

名詞		現在式	過去式	命令式	現在式	過去式	人稱
被動	主動	被動	被動		主動	主動	
مُفْعَنْلَلٌ	مُفْعَنْلِلٌ	يُفْعَنْلَلُ	أُفْعُنْلِلَ		يَفْعَنْلِلُ	اِفْعَنْلَلَ	هُوَ
		يُفْعَنْلَلَان	أُفْعُنْلِلَا		يَفْعَنْلِلَان	اِفْعَنْلَلَا	هُمَا
		يُفْعَنْلَلُونَ	أُفْعُنْلِلُوا		يَفْعَنْلِلُونَ	اِفْعَنْلَلُوا	هُمْ
		تُفْعَنْلَلُ	أُفْعُنْلِلَتْ		تَفْعَنْلِلُ	اِفْعَنْلَلَتْ	هِيَ
		تُفْعَنْلَلَان	أُفْعُنْلِلَتَا		تَفْعَنْلِلَان	اِفْعَنْلَلَتَا	هُمَا
		يُفْعَنْلَلْنَ	أُفْعُنْلِلْنَ		يَفْعَنْلِلْنَ	اِفْعَنْلَلْنَ	هُنَّ
		تُفْعَنْلَلُ	أُفْعُنْلِلْتَ	اِفْعَنْلِلْ	تَفْعَنْلِلُ	اِفْعَنْلَلْتَ	أَنْتَ
		تُفْعَنْلَلَان	أُفْعُنْلِلْتُمَا	اِفْعَنْلِلَا	تَفْعَنْلِلَان	اِفْعَنْلَلْتُمَا	أَنْتُمَا
		تُفْعَنْلَلُونَ	أُفْعُنْلِلْتُمْ	اِفْعَنْلِلُوا	تَفْعَنْلِلُونَ	اِفْعَنْلَلْتُمْ	أَنْتُمْ
		تُفْعَنْلَلِينَ	أُفْعُنْلِلْتِ	اِفْعَنْلِلِي	تَفْعَنْلِلِينَ	اِفْعَنْلَلْتِ	أَنْتِ
		تُفْعَنْلَلَان	أُفْعُنْلِلْتُمَا	اِفْعَنْلِلَا	تَفْعَنْلِلَان	اِفْعَنْلَلْتُمَا	أَنْتُمَا
		تُفْعَنْلَلْنَ	أُفْعُنْلِلْتُنَّ	اِفْعَنْلِلْنَ	تَفْعَنْلِلْنَ	اِفْعَنْلَلْتُنَّ	أَنْتُنَّ
		أُفْعَنْلَلُ	أُفْعُنْلِلْتُ		أَفْعَنْلِلُ	اِفْعَنْلَلْتُ	أَنَا
		نُفْعَنْلَلُ	أُفْعُنْلِلْنَا		نَفْعَنْلِلُ	اِفْعَنْلَلْنَا	نَحْنُ

四字根第Ⅳ式 اِفْعَلَلَّ 健全動詞與人稱代名詞變化參考表

名詞		現在式	過去式	命令式	現在式	過去式	人稱
被動	主動	被動	被動		主動	主動	
مُفْعَلَلٌّ	مُفْعَلِلٌّ	يُفْعَلَلُّ	أُفْعُلِلَّ		يَفْعَلِلُّ	اِفْعَلَلَّ	هُوَ
		يُفْعَلَلاَّنِ	أُفْعُلِلاَّ		يَفْعَلِلاَّنِ	اِفْعَلَلاَّ	هُمَا
		يُفْعَلَلُّونَ	أُفْعُلِلُّوا		يَفْعَلِلُّونَ	اِفْعَلَلُّوا	هُمْ
		تُفْعَلَلُّ	أُفْعُلِلَّتْ		تَفْعَلِلُّ	اِفْعَلَلَّتْ	هِيَ
		تُفْعَلَلاَّنِ	أُفْعُلِلَّتَا		تَفْعَلِلاَّنِ	اِفْعَلَلَّتَا	هُمَا
		يُفْعَلْلَلْنَ	أُفْعُلْلِلْنَ		يَفْعَلْلِلْنَ	اِفْعَلْلَلْنَ	هُنَّ
		تُفْعَلَلُّ	أُفْعُلْلِلْتَ	اِفْعَلِلَّ اِفْعَلْلِلْ	تَفْعَلِلُّ	اِفْعَلْلَلْتَ	أَنْتَ
		تُفْعَلَلاَّنِ	أُفْعُلْلِلْتُمَا	اِفْعَلِلاَّ	تَفْعَلِلاَّنِ	اِفْعَلْلَلْتُمَا	أَنْتُمَا
		تُفْعَلَلُّونَ	أُفْعُلْلِلْتُمْ	اِفْعَلِلُّوا	تَفْعَلِلُّونَ	اِفْعَلْلَلْتُمْ	أَنْتُمْ
		تُفْعَلَلِّينَ	أُفْعُلْلِلْتِ	اِفْعَلِلِّي	تَفْعَلِلِّينَ	اِفْعَلْلَلْتِ	أَنْتِ
		تُفْعَلَلاَّنِ	أُفْعُلْلِلْتُمَا	اِفْعَلِلاَّ	تَفْعَلِلاَّنِ	اِفْعَلْلَلْتُمَا	أَنْتُمَا
		تُفْعَلْلَلْنَ	أُفْعُلْلِلْتُنَّ	اِفْعَلْلِلْنَ	تَفْعَلْلِلْنَ	اِفْعَلْلَلْتُنَّ	أَنْتُنَّ
		أُفْعَلَلُّ	أُفْعُلْلِلْتُ		أَفْعَلِلُّ	اِفْعَلْلَلْتُ	أَنَا
		نُفْعَلَلُّ	أُفْعُلْلِلْنَا		نَفْعَلِلُّ	اِفْعَلْلَلْنَا	نَحْنُ

國家圖書館出版品預行編目

初學阿拉伯文文法 / 利傳田著. -- 一版. --
臺北市：秀威資訊科技, 2008. 09
面； 公分. - -（學習新知類；AD0009）

BOD 版
ISBN 978-986-221-069-7 (平裝)

1. 阿拉伯語 2.語法

807.86   97016532

學習新知類　　AD0009

初學阿拉伯文文法

作　　者 / 利傳田
發 行 人 / 宋政坤
執行編輯 / 黃姣潔
圖文排版 / 郭雅雯
封面設計 / 李孟瑾
數位轉譯 / 徐真玉　沈裕閔
圖書銷售 / 林怡君
法律顧問 / 毛國樑　律師
出版發行 / 秀威資訊科技股份有限公司
　　　　　臺北市內湖區瑞光路 583 巷 25 號 1 樓
　　　　　電話：02-2657-9211　　　傳真：02-2657-9106
　　　　　E-mail：service@showwe.com.tw

2008 年 9 月 BOD 一版
2008 年 11 月 BOD 二版
定價：380 元

讀 者 回 函 卡

感謝您購買本書，為提升服務品質，請填妥以下資料，將讀者回函卡直接寄回或傳真本公司，收到您的寶貴意見後，我們會收藏記錄及檢討，謝謝！
如您需要了解本公司最新出版書目、購書優惠或企劃活動，歡迎您上網查詢或下載相關資料：http:// www.showwe.com.tw

您購買的書名：_____

出生日期：_____年_____月_____日

學歷：□高中 (含) 以下　　□大專　　□研究所 (含) 以上

職業：□製造業　□金融業　□資訊業　□軍警　□傳播業　□自由業
　　　□服務業　□公務員　□教職　　□學生　□家管　□其它_____

購書地點：□網路書店　□實體書店　□書展　□郵購　□贈閱　□其他

您從何得知本書的消息？

　　□網路書店　□實體書店　□網路搜尋　□電子報　□書訊　□雜誌

　　□傳播媒體　□親友推薦　□網站推薦　□部落格　□其他_____

您對本書的評價：（請填代號　1.非常滿意　2.滿意　3.尚可　4.再改進）

　　封面設計____　版面編排____　內容____　文／譯筆____　價格____

讀完書後您覺得：

　　□很有收穫　□有收穫　□收穫不多　□沒收穫

對我們的建議：_____

_____

_____

_____

11466
台北市內湖區瑞光路 76 巷 65 號 1 樓
秀威資訊科技股份有限公司 收
BOD 數位出版事業部

（請沿線對折寄回，謝謝！）

姓　　名：＿＿＿＿＿＿＿＿　年齡：＿＿＿＿　性別：□女　□男

郵遞區號：□□□□□

地　　址：＿＿＿＿＿＿＿＿＿＿＿＿＿＿＿＿＿＿＿＿

聯絡電話：(日) ＿＿＿＿＿＿＿＿＿＿ (夜) ＿＿＿＿＿＿＿＿＿＿

E-mail：＿＿＿＿＿＿＿＿＿＿＿＿＿＿＿＿＿＿＿＿